THE PICTURE OF DORIAN GRAY

Oscar Wilde

道连·格雷的画像

[英国] 奥斯卡·王尔德 著
黄源深 译

译林出版社

图书在版编目（CIP）数据

道连·格雷的画像 / （英）奥斯卡·王尔德
(Oscar Wilde) 著 ; 黄源深译. -- 南京 : 译林出版社,
2025. 5. --（王尔德精选集）. -- ISBN 978-7-5753
-0540-2

Ⅰ. I561.44

中国国家版本馆CIP数据核字第2025623FW3号

《道连·格雷的画像》(*The Picture of Dorian Gray*，原著：Oscar Wilde，翻译：黄源深）简体中文版由上海外语教育出版社有限公司授权江苏译林出版社有限公司出版，仅供在中华人民共和国境内（中国香港、澳门、台湾地区除外）销售。

道连·格雷的画像　[英国] 奥斯卡·王尔德/著　黄源深/译

责任编辑　唐洋洋
装帧设计　山川制本workshop
内文插图　冯　雪
校　　对　王　敏　戴小娥
责任印制　颜　亮

出版发行　译林出版社
地　　址　南京市湖南路 1 号 A 楼
邮　　箱　yilin@yilin.com
网　　址　www.yilin.com
市场热线　025-86633278
排　　版　南京展望文化发展有限公司
印　　刷　苏州市越洋印刷有限公司
开　　本　787 毫米 ×1092 毫米　1/32
印　　张　9.25
插　　页　2
版　　次　2025 年 5 月第 1 版
印　　次　2025 年 5 月第 1 次印刷
书　　号　ISBN 978-7-5753-0540-2
定　　价　58.00 元

序

艺术家是美的创造者。

揭示艺术，隐去艺术家，是艺术的目的。

评论家是能把自己对美的印象转化为另一种形式或一种新东西的人。

批评的最高形式和最低形式是自传式的批评。

在美中发现丑的含义是一种并无可爱之处的堕落。那是一种过错。

在美中发现美的含义的人是有教养的人，这些人尚有希望。

认为美就是美的人是卓越的。

书没有道德和不道德之分，只有写得好坏之分，如此而已。

十九世纪对现实主义的厌恶，是卡利班在镜中窥见自己面容时所表现出的狂怒。

十九世纪对浪漫主义的厌恶，是卡利班在镜中没有窥见自己面容时所表现出的狂怒。

人的道德生活构成了艺术家的部分题材，而艺术的道德在于完美地运用不完美的手段。艺术家并不希望证实什么，即便真实的东西可以被证实。

艺术家没有道德取向，如有，那是不可原谅的风格的矫饰。

艺术家是没有病态的，艺术家什么都可以表达。

思想和语言对艺术家来说是艺术的工具。

恶与善对艺术家来说是艺术的材料。

从形式的角度看，音乐家的艺术是一切艺术的典型；从感觉的角度看，演员的技巧就是典型。

一切艺术既具有表层意义，又具有象征意义。

潜入表层底下的人得自担风险。

读出象征意义的人也得自担风险。

艺术所真正要反映的是旁观者，而不是生活。

对一部艺术作品意见的分歧说明这部作品有新意，有复杂性和生命力。

当批评家意见分歧的时候，艺术家自己的意见却是统一的。

我们可以原谅一个人做一件有用的事情，只要他对这件事不赞赏备至。做一件无用之事的唯一借口是对这件事爱之过深。

一切艺术都是全然无用的。

奥斯卡·王尔德

第一章

画室里弥漫着浓浓的玫瑰花香，夏日的轻风拂过园中的树木，开着的门便送来了馥郁的紫丁香味，或是满枝粉红色花的荆棘的清香。

亨利·沃登勋爵躺在波斯皮革做的长沙发上，习惯地抽着烟，数不清是第几支了。从沙发的角落望出去，正好看得见蜜黄色甜甜的金链花在闪烁。抖动着的树枝，似乎很难承载花儿火焰一般的美。飞鸟的奇异影子，不时掠过掩着大窗的长长的柞蚕丝窗帘，营造了瞬间的日本情调，令他想起东京那些脸色苍白如玉的画家。这些人运用必要的静态艺术手段，力求表达一种快速和动感。蜜蜂沉闷地嗡嗡叫着，穿行在高高的未经修剪的青草之间，或是单调地围着满地忍冬那灰黄色的花蕊一圈圈打转，似乎使这沉寂愈发压抑了。伦敦模糊的喧闹声，就像远处一架风琴奏出的低音。

房子中间直立的画架上，夹着一张画像，画像中的年轻人美貌绝伦，跟真人一般大。画像前面不远的地方，坐着画家巴兹尔·霍尔华德本人。几年前，他突然失踪，公众一片哗然，浮想联翩。

画家打量着他如此巧妙地再现在艺术中的优雅俊秀的形象，满意的笑容闪过脸庞，似乎正要在那儿徘徊，但他突然惊跳起来，闭上了眼睛，手指捂住眼帘，仿佛想把某个奇怪的梦捂进脑子，生怕自己从梦中醒来。

“这是你最好的作品，巴兹尔，你所有的画中，数这幅最出色，”亨利勋爵慢条斯理地说，“明年你可一定得送到格罗夫纳画廊去。皇家艺术学院太大，也太庸俗。每次我上那儿，不是人多得见不到画——那当然很可怕，就是画多得见不到人——那更糟糕。格罗夫纳画廊实在是唯一的去处。”

“我哪儿都不想送去，”他答道，脑袋往后一甩，那副奇怪的模样，往日在牛津大学时总会引来朋友们的一阵取笑，“不，我哪儿都不送。”

亨利勋爵吸着掺有鸦片的烈性香烟，扬起眉毛，透过奇妙的淡蓝色烟圈，惊讶地看着他。“什么地方都不送？我的好兄弟，为什么？有什么理由吗？你们画家也真怪！你忙碌一世，还不是图个名声。而一旦到手了，你却好像又要扔掉。你真傻，因为世上只有一件事比被人议论更糟糕了，那就是没有人议论你。这样的画像会使英国所有的年轻人望尘莫及，也使老年人妒忌不已，如果他们还能动感情的话。”

“我知道你会笑话我，”他回答，“但我真的不能拿去展出，画里倾注了太多的自我。”

亨利勋爵在沙发上舒展了一下身子，笑了起来。

“是呀，我知道你会笑我的，但我说的也是事实。”

“太多自我！哎呀，巴兹尔，我还不知道你那么自负。我实在看不出你与这位年轻的阿多尼斯之间有什么相似之处，你的脸那么粗糙，线条也不柔和，你的头发像煤一样黑，而他仿佛是象牙和玫瑰叶子做的。啊，我亲爱的巴兹尔，他是一位美少年，而你——当然，你有一种富有理智的表情，以及诸如此类的东西。不过，表情一染上理智，美，真正的美，也就终结了。理智本身是一种夸张，它破坏脸部的和谐。人一坐下来思考，便只见了鼻子，或是额头，或是某种可怕的东西。瞧瞧那些学识高深的职业中的成功人士吧，他们绝对令人厌恶！当然，教堂里例外。可在教堂里，他们不动脑筋。一个八十岁的主教，说着自己还是十八岁的孩子时别人教他说的话，自然，他看上去总是极其讨人喜欢。你那位神秘的年轻朋友，他的名字你从来没有告诉过我，但他的画像可把我迷住了，他是根本不思考的。这我很有把握。他属于那种长相漂亮、没有头脑的人。这种人冬天该常在这儿，因为那时没有花儿可以观赏；夏天也该常在这儿，因为那个季节我们需要点什么来让我们的理智清醒。别自作多情了，巴兹尔，你跟他一点都不像。”

“你理解错我的意思了，哈利[1]，”艺术家回答，“我当然不像他。这我非常明白。说实在的，真像他的话，我倒要难过了。你耸肩干吗？我说的是实话。大凡相貌和才智出众的，都在劫难逃。古往今来，这种劫数一直尾随着帝王们蹒跚的步履。我们和自己的同胞，还是没有什么区别好。丑陋和愚笨的人占尽了世间的便宜，可以随意而坐，张大嘴看戏。他们虽不知胜利为何物，却至少可免尝失败的滋味。他们像我们所有的人应该生活的那样生活着，无忧无虑，随遇而安，没有纷扰。他们既不把毁灭带给别人，也不必遭受他人所加予的毁灭。哈利，你的地位和财富，我的头脑，虽然不怎么样——我的艺术，不管价值如何，还有道连·格雷漂亮的外貌——我们都得为上帝所赐予我们的付出代价，可怕的代价。”

“道连·格雷？这是他的名字？”亨利勋爵问道，穿过画室，朝巴兹尔·霍尔华德走去。

“是呀，这是他的名字。我并没有想告诉你。”

“干吗不？”

“啊，我无法解释，要是我太喜欢什么人，我绝不会把他们的名字告诉别人，要不，这就好像把他们的一部分拱手让人一样。我已经变得有些诡秘了，似乎唯有秘密能使现代生活神秘莫测，或者妙不可言。哪怕最普通的事儿，一经掩盖便显得

1 亨利勋爵的昵称。

很有趣味。如今我离开城里，从来不跟别人说上哪儿去。一说便意兴全无了。这习惯大概也是够傻的，不过它给生活带来了不少浪漫情怀。我想你一定以为我蠢得可以。”

“绝对没有，”亨利勋爵答道，“绝对没有，我亲爱的巴兹尔。你好像忘了我已经成家了，婚姻的一大魅力在于瞒骗成了夫妻双方的绝对需要。我从来不知道妻子在哪儿，她也根本不知道我在干什么。两人碰在一起的时候——我们偶尔也碰头，一起在外面吃饭，或者上公爵那儿去——都一脸严肃地向对方编造最荒唐的故事。我的妻子精于此道，说真的，比我高明得多。她从来不搞错约会日期，而我却常常出错。不过她发现了也并不吵闹。有时我倒希望她吵，可她把我取笑了一番也就算了。”

“哈利，我讨厌你这么谈论你的婚姻生活，”巴兹尔·霍尔华德说，信步朝通向花园的门走去，“我相信你真是一个好丈夫，而你却为自己的德行深感惭愧。你很了不起，从来不言道德，却也从来不做错事。你的玩世不恭不过是故作姿态而已。”

“顺其自然倒是一种姿态，也是我所知道的最恼人的姿态。”亨利勋爵笑着说。两个年轻人一起走出门去，进了花园，在高大的月桂树荫下，一条长长的竹椅上坐了下来。阳光滑过闪亮的树叶，白色的雏菊在草地上颤抖。

亨利勋爵停了一下，取出手表。“我怕是该走了，巴兹尔，”他轻声说，“走之前，我一定要请你回答一个我刚问过的问题。”

“什么问题？”画家说，眼睛一直盯着地上。

“你很清楚。”

“我不知道，哈利。”

“好吧，我来告诉你吧。我要你解释一下为什么不愿送道连·格雷的画像去展出。我要的是真实的理由。”

“我已经把真实的理由告诉了你。”

“不，你没有。你说是因为画像里有太多的自我。嗨，这话太幼稚了。”

“哈利，”巴兹尔·霍尔华德说，目光直视亨利勋爵，“每一幅用感情画出来的画像，画的都是艺术家而不是模特儿。模特儿不过是偶然介入的，是一种诱因。画家在彩色画布上所揭示的不是模特儿，而是画家本人。我不愿拿这画去展出，是因为它暴露了我自己心灵的秘密。”

亨利勋爵笑着问：“那么是什么秘密呢？”

“我会告诉你的。”霍尔华德说，但脸上却露出了困惑的表情。

“我满含期待，巴兹尔。”他的朋友继续说，瞥了他一眼。

“哦，事实上也没有什么好说的，哈利，”画家答道，“恐怕你很难理解，也许不大会相信。”

亨利勋爵笑了笑，俯身从草地上采了一朵粉色花瓣的雏菊，打量了起来。“我肯定能理解。”他答道，专注地看着这个带白毛的金色小花盘，“至于信不信嘛，凡是不可信的我都信。”

风摇落了树上的一些花朵。沉甸甸、星星一般的紫丁香花簇，在令人倦怠的空气中摆动着。墙边一只蚱蜢开始鸣叫，一只瘦长的蜻蜓，由薄纱似的棕色羽翼承载着，飘然而过，像一根蓝色的丝线。亨利勋爵仿佛听得见霍尔华德的心在跳动，不知道下文如何。

“是这么一回事，”过了一会儿，画家说，“两个月前，我去参加布兰登太太的聚会。你知道，我们这些穷艺术家总得时不时地在社交场合露面，无非提醒公众，我们不是野蛮人。有一回你同我说，只要穿上晚礼服，系一根白领带，不管是谁，就是证券经纪人，也会博得个‘文明’的好名声。嗯，我在房间里约莫待了十分钟，跟那些穿戴过分、体态臃肿的寡妇和枯燥乏味的学者聊着天，忽然觉得有人在看我。我侧过身去，第一次看到了道连·格雷。我们的目光一交流，我便苍白失色了。一种奇怪的恐怖感袭上心头。我明白自己面对着一个极富人格魅力的人，要是我听之任之，这种人格会湮没我的一切天性，我的整个灵魂，乃至我的艺术本身。我生活中不需要任何外来影响。你知道，哈利，我生就一种独立性格，向来我行我素，至少在碰到道连·格雷之前一直是这样。随后——可我不知道怎么向你解释才好，我似乎预感到，生命中一种可怕的危机已经迫在眉睫。我有一种奇怪的感觉，好像命运为我准备了大喜大悲。我害怕了，转身走出房间，不是良心使然，而是因为胆怯。我也不以一逃了之为荣。”

“良心和胆怯实际上是一回事，巴兹尔。良心是公司的商标，如此而已。”

“我不相信，哈利，我觉得你自己也不信。不过，不管动机如何——也许是出于高傲，因为我过去一直很傲——当然我挣扎着朝门走去。不用说，在门口碰上了布兰登太太。‘你不会那么早就溜走吧，霍尔华德先生？’她尖叫着。你可知道她的嗓子尖得出奇？”

“我知道，除了不漂亮，她哪里都像一只孔雀。”亨利勋爵说，一面用他那纤细不安的手指把雏菊扯得粉碎。

“我不能把她甩掉。是她提携我进了王族的圈子，周旋于那些得了星级勋章和嘉德勋章的人之间，亲近那些戴着巨大的头饰、长着鹦鹉鼻子的老太太。她把我说成是她最要好的朋友。以前我只见过她一面，但她总记着把我捧为名流。我相信，当时我的一些画很成功，至少在小报上已有人评说，那是衡量十九世纪画作是否够得上不朽的标准。突然间我与这位年轻人打了个照面，他的人格奇怪地打动了我。我们靠得很近，几乎要相碰了，两人的目光再次相遇。我有些轻率，竟让布兰登太太把我介绍给他。说到底，也许并非轻率，而是无可避免。即使没有人介绍，我们也会攀谈起来，我敢肯定。后来道连就是这么同我说的。他也觉得我们注定要相识。”

“布兰登太太怎么形容这位奇妙的年轻人来着?”他的同伴问,“我知道,她会三言两语把客人们统统介绍一遍。我记得她把我带到一个身上挂满勋章和绶带,脸膛红通通,还争强好斗的老绅士面前,对着我的耳朵嘶叫起来,把这人最触目惊心的细节嚷得满屋子人都听到,而不幸的是她自以为还算小声呢。我赶紧逃走。我喜欢自己去结识别人,而布兰登太太介绍客人,就像拍卖商介绍拍品一样,要么轻描淡写说上几句,要么什么都说,就是不说你想知道的。”

“可怜的布兰登太太!哈利,你太损人了!”霍尔华德无精打采地说。

“老兄,她想搞个沙龙,到头来却只开了个饭店,我怎么能赞赏她呢?不过你谈谈,她说了道连·格雷先生什么呀?”

“哦,好像说他‘是个可爱的孩子——他可怜的妈妈和我形影不离。全忘了他是干什么的——恐怕他——什么也不干——噢,对了,演奏钢琴——要不就是小提琴了,对吧,亲爱的格雷先生?’我们两个都禁不住笑了起来,立刻交上了朋友。”

“就交朋友而言,笑绝对不是一个坏的开端,而绝对是最好的结局。”这位年轻的勋爵说着又采了一朵雏菊。

霍尔华德摇了摇头。“你不理解什么是友谊,哈利,”他喃喃地说,“或者反过来说,什么是敌意。你谁都喜欢,那就是说,你对谁都冷漠。”

“你太冤枉我了！”亨利勋爵叫了起来，把帽子往后一翘推向脑后，抬头看天，只见天上小小的云朵，像一束束打了结的光滑的白丝线，飘过夏日空旷的青绿色天空。“是的，你太冤枉我了。不同的人，我是完全区别对待的。我选择好看的人做朋友，性格好的人做相识，智力高的人当敌人。选择敌人的时候必须慎之又慎。我的敌人没有一个是傻瓜，而都是些智力不错的人，结果都很赏识我。我是不是很虚荣？我想是有一些。”

“想必如此，哈利。但根据你的分类，我只属于你的相识。”

“我的巴兹尔老兄，你远远胜过相识。”

“但根本算不上朋友，我猜想有点像兄弟，是不是？”

“啊，兄弟！我才不在乎兄弟呢。我的哥哥就是不死，我的弟弟们呢，一心想死。”

“哈利！”霍尔华德皱了皱眉嚷道。

“老兄，我不是很当真。但我免不了讨厌自己的亲戚，想是因为我们谁都无法容忍别人有着跟自己一样的毛病。我十分理解英国民主大众为何反对所谓上流社会的恶习。百姓们觉得，酗酒、愚蠢、道德败坏该是他们的特有财产，我们当中谁要是干了那些蠢事，就是侵犯了他们的领地。可怜的索思沃克一走进离婚法庭，便弄得群情激愤。但我敢说，正确过日子的无产阶级连百分之十都不到。”

“你说的话，我一个字都不同意。而且，哈利，我觉得你自己也未必信。”

亨利勋爵捋了捋翘起的棕色胡子，用带流苏的乌檀木手杖敲了一下他漆皮靴的鞋尖。“巴兹尔，你真是个道地的英国人！你已经第二次发表这种论调了。要是有人把一个想法告诉一个真正的英国人——那不免很鲁莽——他绝不会考虑那想法对不对。他所认为要紧的不过是人家自己相信不相信。嗳，一个想法的价值，同发表这个想法的人是否中肯无关。说实在的，很可能越是不中肯，这想法便越富有纯粹的理性，因为那样便不会受个人的需要、欲望或偏见所左右。不过，我无意同你讨论政治、社会学或玄学。比起原则来，我更喜欢人，而且，我喜欢没有原则的人胜过世上的一切。你再谈谈道连·格雷先生吧，你们多久碰一次头？”

“每天。不天天见面我就不高兴。我绝对需要他。”

“多奇怪啊！我原以为除了艺术，你对什么都不在乎。”

“对我来说，他现在便是我的全部艺术。”画家一本正经地说，“哈利，我有时认为，世界史上只有两个时代是重要的，第一个是出现新的艺术手段的时代；第二个是艺术出现新的个性的时代。油画的发明对于威尼斯人之重要，安提诺斯的脸对于近代希腊雕塑之重要，便是将来某一天道连·格雷的脸对我之重要。这不仅是因为我照着他绘制油画、炭笔画和素描，当然这些我全做了，而且，他对我所起的作用，远远超过了模特儿或被画人。我不是想同你说，我不满意自己所创作的他的画像，或者说，他的美如此出众，实在非艺术所能表达。艺术什么都能表达。而且，我知道自从我遇上道连·格雷以后，我作的画很好，是平生最好的画。不过说来也怪——不知你能否理解我？——他的人格向我启迪了一种全新的艺术形式，一种崭新的艺术风格。我观察事物的方式不同了，思考事物的方式也不同了。现在我能用以前难以觉察的方式来再现生活。‘在思想的白昼里梦寻着形式’——这句话是谁说的？我忘了，但道连·格雷对于我恰恰就是如此。只要这少年一出现——尽管他已经过了二十岁，但在我看来还是个少年——只要他一出现——啊！我不知道你能不能明白内中的一切含义。不知不觉中他为我勾画出了一个全新学派，这个学派满含浪漫主义的激情，希腊精神的完美，灵魂和肉体的和谐——那多么重要！我们在发疯的时候把两者截然分开了，发明了一个庸俗的现实主义，一个空洞的理想。哈利！你要是知道道连·格雷对我有多重要该多好！你记得我那张风景画吧，阿格纽爵士愿出那么高的价，但我还是不愿出手。这是我最好的画之一，为什么会这样呢？因为我作画的时候，道连·格雷就坐在我旁边。一种微妙的影响从他那儿传递给了我，于是我生平第一次在平凡的树林中，看到了自己时时寻觅而不可得的奇迹。”

“巴兹尔，这太离奇了！我一定要见见道连·格雷。”

霍尔华德从座位上站起来，在园子里来回踱着步。一会儿他又折了回来。“哈利，”他说，“道连·格雷完全成了我艺术的主题。在他身上，你什么也看不到，而我什么都看到了。他的形象不在画中，胜似在画中。我说过，他昭示了一种新方法，我觉得他在某种曲线中，在某种微妙动人的色彩中，就是这么一回事。”

“那你为什么不拿他的肖像画去展出呢？”亨利勋爵问道。

“因为不知不觉之中，我已经在画像中表露了一种奇怪的艺术崇拜。当然，我从来不愿同他说起这件事，他一点都不知道，以后我也决不会让他知道。但世人也许会猜测，而我不会向他们浅薄、窥探的目光敞开我的心扉。我的心绝不能放在他们的显微镜之下。画像里，我自己的东西太多了，哈利——我自己的东西太多了。”

“诗人们可不像你那么多虑。他们明白，表现激情有多利于出版。如今，一颗破碎的心的故事往往一版再版。”

“我讨厌他们这么做。”霍尔华德叫道，“艺术家应当创造美，但不应当把自己生活中的东西放进去。在我们这个时代，大家好像把艺术看成了自传，结果失去了抽象意义的美。将来有一天，我要向世界展示美是什么，为此，世人将永远不能看到我的道连·格雷画像。”

“我认为你错了，巴兹尔。不过我不想同你争论。只有失去理智的人才争论不休。告诉我，道连·格雷喜欢你吗？”

画家想了一会儿。“他喜欢我，”他停了一下回答道，“我知道他喜欢我。当然我也拼命说他好话。我觉得，说那种我悔不该说的话给了我一种莫名其妙的愉快。通常，他很迷人。我们坐在画室里，无所不谈。有时，他却很自私，以使我痛苦为乐。后来，哈利，我觉得自己已经把整个灵魂给了别人，而人家却仿佛把它当作一朵花似的别在衣服上，当作一种为虚荣增加魅力的装饰品，夏日的点缀。”

“巴兹尔，夏日总是迟迟不肯离去，”亨利勋爵低声说，“也许你比他先感到厌倦。虽然想来真令人伤心，但无疑天才比美更持久。这也就是我们大家都拼命地过分接受教育的原因。在激烈的生存竞争中，我们总想拥有某种经久不灭的东西，所以我们把垃圾和事实塞满脑袋，愚蠢地希望以此保持我们的地位。无所不晓的人是现代人的典范。而这种人的脑袋是很可怕的。它像一个古玩店，里面全是怪物和尘土，价非所值。我想你还是会先感到厌倦。将来有一天你会看着你的朋友，觉得他似乎哪里走了样，或者不喜欢他的色调什么的。你心里狠狠地责备他，打心眼里认为他对你很不礼貌。第二次他再上门，你会非常冷漠。这会是一大遗憾，你的性格会因此而改变。你告诉我的事，确实很浪漫，不妨称之为艺术的浪漫史，而浪漫史最坏的地方，在于它到头来使人不浪漫。”

“哈利，别这么说。只要我活着，道连·格雷的人格将左右着我。我感觉到的，你是感觉不到的。你太反复无常了。”

“啊，我亲爱的巴兹尔，那正是我能感觉到的原因。忠贞不贰的人只知道爱的小零小碎，而见异思迁者才懂得爱的大悲大痛。”亨利勋爵在一个精制的银盒上擦了根火柴，开始志得意满地抽起烟来，仿佛已经用一句话概括了整个世界。在绿漆似的常青藤中，一群叽叽喳喳的麻雀发出了窸窣的响声。蓝色的云影像燕子一样相互追逐着，飘过草地。园子里多么惬意！别人家的心情多么令人愉快！——他似乎觉得比他们的想法要愉快得多。自己的灵魂，朋友的激情——这些都是生活中迷人的东西。他一声不吭，饶有兴味地想象着自己由于跟霍尔华德待得过久而错过的一顿乏味的中饭。要是去姑妈那儿，他准会碰上胡德博迪勋爵，全部谈话会集中在怎样使穷人有饭吃，以及建造样板住房的必要性。每个阶级都会宣扬那些德行的重要性，而自己却无必要去实行。有钱人会侈谈勤俭之可贵，游手好闲者会妄论劳动的高尚。而值得高兴的是，这些闲谈他都躲过了。他在想着姑妈的时候，心里闪过了一个念头，于是便转向霍尔华德，说道："老兄，我刚才记起来了。"

"记起来了什么，哈利？"

"我在什么地方听到过道连·格雷这个名字。"

"什么地方？"霍尔华德问道，微微皱了皱眉。

"别那么一脸怒气，巴兹尔。是在我姑妈阿加莎夫人那儿。她说找到了一个很好的年轻人，可以帮忙做些伦敦东区[1]的工作，他的名字叫道连·格雷。我可以肯定，她从来没有同我说起他长得很漂亮。女人们不会欣赏好看的长相，至少好女人们

1 伦敦的贫民区，也是很多慈善机构工作的地点。

是这样。她说他很认真，禀性好。我立刻想象出一个戴眼镜的家伙，头发平直，满脸雀斑，迈着一双大脚。真希望当时就知道那是你的朋友。”

“我很高兴你不知道，哈利。”

“为什么？”

“我不要你同他见面。”

“你不要我同他见面？”

“是的。”

“道连·格雷先生在画室呢，先生。”管家走进园子说。

“现在你可得把我介绍给他了。”亨利勋爵叫着笑了起来。

画家转向在阳光下眨着眼睛的仆人。“叫格雷先生等一下，帕克。我一会儿就进来。”那人欠了欠身子，折回小径。

画家随后看着亨利勋爵。“道连·格雷是我最好的朋友，”他说，“他单纯，禀性好。你姑妈说得对。别毁了他。不要去影响他，你的影响会不好的。世界很大，了不起的人很多。别从我这里把这个给了我艺术一切魅力的人弄走。他是我艺术生涯的支柱。听着，哈利，我相信你。”他说得很慢，好像这些话是违心地从他那儿硬挤出来似的。

“你胡说八道什么呢！”亨利勋爵笑了笑说，拉着霍尔华德，几乎是把他领进了屋子。

第二章

他们一进画室便看到了道连·格雷，背朝他们，坐在钢琴旁边，翻着舒曼的乐谱《森林景象》。“你得把它借给我，巴兹尔，”他大声说，“太动人了，我要学。”

“那全得看你今天姿势摆得怎样，道连。”

“哦，我摆腻了，也不要跟真人一样大的画像。”小伙子回答，使着性子在琴凳上转了一圈。一看见亨利勋爵，脸红了好一阵子，惊跳了起来。“真对不起，巴兹尔，我不知道你有客。”

“这是亨利·沃登勋爵，道连，我牛津时的老朋友。刚才我还告诉他，你是一个多好的模特儿，这一下可全给你搅了。”

“你并没有搅了我见到你的愉快，格雷先生。”亨利勋爵走上前，伸出手去，“我姑妈常常跟我说起你，你是她特别喜欢的人之一，恐怕也是她的受害者之一。”

“现在我上了阿加莎太太的黑名册。”道连回答，露出滑稽的忏悔表情，“上星期二，我答应跟她一起去惠特查普尔[1]的一个俱乐部。说真的，我全忘了。我们本来要一起表演二重唱——我想是三个二重唱。不知道她会怎么说我，我吓得不敢去见她了。”

“哎呀，我可以让你跟姑妈和好。她可一心向着你呢。我想，你没上那儿，没有什么大不了。观众们也许真以为是二重唱呢，因为阿加莎姑妈一坐到钢琴前，发出来的声音便足有两个人那么响。”

“对她来说，那很可怕。在我听来，感觉也不会太好。”道连·格雷笑着回答道。

亨利勋爵打量着他，不错，他确实长得漂亮无比，红红的、曲线柔和的嘴唇，直率的蓝眼睛，拳曲的金发。他脸上的某种表情让人立刻就会信赖他。年轻人的全部坦率、激情和纯洁都写在那里。你感到，他没受世俗的玷污。难怪巴兹尔·霍尔华德对他崇拜不已。

“你太迷人了，不该去搞慈善，格雷先生——实在太迷人了。”亨利勋爵跌坐在沙发上，一面打开了他的烟盒子。

画家一直在忙着调颜色，准备画笔，看上去心事重重。听了亨利勋爵的最后一句话，他瞥了他一眼，犹豫了一下，随后说：“哈利，我想今天完成这幅画，要是我请你离开的话，你

1　伦敦东区贫民窟。

会认为我非常粗鲁吗?”

亨利勋爵微微一笑，瞧了瞧道连·格雷，问:“我得走吗，格雷先生?”

“哦，请别走，亨利勋爵。我知道，巴兹尔又生闷气了，他一这样，我便受不了。另外，我想请你说说，为什么我不能搞慈善。”

“我不知道自己能不能谈，格雷先生。这个话题很乏味，得一本正经地来谈。不过，既然你请我留下，当然我就不走了。你不会真的在乎，对不对，巴兹尔? 你常常同我说，你喜欢有人跟模特儿聊天。”

霍尔华德咬着嘴唇。“要是道连希望你留下，你当然得留下。道连的随心所欲是我们每个人的法律，除了他自己。”

亨利勋爵拿起帽子和手套。“你执意留我，巴兹尔，但恐怕我还是得走。我答应在奥尔良俱乐部跟人碰头。再见，格雷先生。找个下午上柯曾街来看我，五点钟我几乎总是在家的。来之前写封信，要是错过就太可惜了。”

“巴兹尔，”道连·格雷叫道，“亨利勋爵走的话，我也走。你作画的时候从来不张嘴说话，而我站在画台上，还要装出一副高兴面孔，实在乏味得可怕。请他留下来吧，我坚持。”

“留下吧，哈利，为道连，也为我。”霍尔华德说，紧盯着自己的画，“确实如此，工作的时候我从来不说话，也不听人家说话。不幸的模特儿们，一定觉得枯燥得可怕。我求你留下了。”

“可是奥尔良俱乐部那个人怎么办呢？”

画家笑了。“我想那没有什么难处。再坐下吧，哈利。道连呢，站到画台上去，别动得太多，也别理亨利勋爵说什么。他把所有的朋友都影响坏了，唯独我没有。”

道连·格雷走上画台，一副希腊年轻殉道者的样子，不满地向亨利勋爵微微噘了噘嘴。对亨利勋爵，他很有好感。勋爵跟巴兹尔截然不同。两人构成了饶有兴味的对比。勋爵有个好嗓子。一会儿道连对亨利勋爵说：“你的影响真的很坏吗？像巴兹尔说的那么坏？”

“世上并没有好影响这样的东西，格雷先生。一切影响都是不道德的——从科学的观点看，不道德。”

“为什么？”

“因为去影响一个人就是把自己的灵魂给了他。他便不会按天性去思考，或者按天性燃起自己的激情。他的美德不真实。他的罪过，要是有的话，也是借来的。他成了别人的音乐的回声，成了这么个演员，扮演着剧本中没有为他而写的角色。生活的目的在于自我发展。充分实现自己的天性，是我们每个人来到世间的目的。如今，人们倒怕起自己来了，忘记了他们的最高职责，也就是对自己应负的责任。当然，他们很慈悲，让饿肚子的吃饱，让要饭的有衣穿。但他们自己的灵魂却在挨饿，赤裸裸一无遮拦。我们的民族失去了勇气，也许从来就并未真有过勇气。惧怕社会是道德的基础，惧怕上帝是宗教的秘密，就是这两者支配着我们。但是——”

“你的头向右侧一点儿，好乖乖，道连。”画家说，沉浸在自己的创作之中，只觉得年轻人的脸上出现了一种从未有过的表情。

“但是，”亨利勋爵又往下说，嗓音低沉悦耳，同时还很有风度地挥了一下手，那是他的一个典型动作，在伊顿公学念书的日子就有了，“我相信，人的一生要是活得充分彻底。人要是抒发一切感情，表达一切思想，实现所有的梦想——我相信，世界将沉浸于新的喜悦之中，于是我们会忘掉中世纪时代的一切弊病，回到希腊的理想中去——也许是一种比希腊的理想更好、更丰富的东西。但我们当中最勇敢的分子也害怕自己。那种野蛮自残式的过分克己，不幸还存在，使生活大为失色。我们因为自我克制而遭到了惩罚。想要压制的每个冲动都在头脑中酝酿着，并毒害我们。肉体一旦犯罪，便与罪孽两清了，因为行动是一种净化方式。那时，就只剩下愉悦的回忆或是无比的悔恨。摆脱诱惑的唯一办法是向诱惑投降。倘若抵制，灵魂就会渴望自己所不允的东西，企求那些可怕的法律使其变得可怕和非法的东西，灵魂就会得病。据说，世上的大事件都发生在脑袋。在脑袋里，也只有在脑袋里，产生了世间的大罪大恶。你，格雷先生，拿你自己来说吧，你的青年时代像玫瑰一样红，少年时代像玫瑰一样白，你曾产生过让自己害怕的激情，有过令你胆战心惊的念头，做过白日梦和睡梦，只要一想起这些梦来，你会满脸愧色——”

“慢着！”道连·格雷支吾着，“慢着！你把我弄糊涂了，我不知该怎么说才好。明明有答案，可就是找不到。别说话，让我想一想，或者还不如让我尽量不去想。”

大约有十分钟，他一动不动地站在那里，嘴巴张开着，眼睛异样明亮。他模糊地意识到，内心正接受着一种全新的影响，而这种影响似乎来自他自己。巴兹尔的朋友同他说的几句话——随口说说的，毫无疑问，话中不乏刻意的悖论——拨动了某根秘密的心弦，这根心弦以前从未触及过，此刻却在奇怪地搏动着。

音乐曾经如此打动过他，无数次折磨过他，但音乐表达得并不清晰，它在我们心里创造的不是一个新世界，而是另一种混乱。话语呀！只不过是话语！它多么可怕！多么清楚，多么生动，多么残酷！你无法逃避话语，它蕴含着多么微妙的魔力，似乎能使无形的东西变成有形，似乎自身具有一种音乐，像提琴和诗琴一样动听。而只不过是话语！还有比话语更真实的吗？

不错，年少时他有很多东西不懂，此刻他懂了，忽地觉得生活的色彩像火一样红，仿佛自己向来就在火中行走。但为什么以前一直没有觉察呢？

亨利勋爵露出不可捉摸的微笑，观察着他，准确地知道人不说话时的心理活动，一时兴趣大增。他惊异于自己的话会有这种突然的影响力，记起了十六岁时读过的一本书，内中说的很多东西以前并不懂，不知道道连·格雷是不是也经历着类似的感受。他不过是无的放矢而已，难道那支箭真的射中了目标？这小伙子真可爱啊！

霍尔华德继续画着，笔触大胆奇特，内中的优美高雅之气，归根到底来自艺术的功力。他并没有意识到一时的沉寂。

“巴兹尔，我站累了，”道连·格雷突然叫道，“我得出去到花园里坐一下，这儿很闷。”

“很抱歉，老弟。一画起来我什么都无法考虑了。不过你姿势摆得比什么时候都好，一动也没动。我已经捕捉到了我所需要的效果——半张着的嘴和明亮的眼神。不知道哈利对你说了些什么，但肯定是他，使你露出了最佳表情。我猜想他在恭维你，他的话，你可一句也别听。”

“他肯定不是在恭维我，也许这就是他的话我一句都不信的原因了。”

“你知道自己都信了。”亨利勋爵说，用他那蒙眬无神的眼睛打量着道连，“我同你一起到花园里去，画室里热得要命。巴兹尔，弄点带冰块的饮料给我们，里面再放些草莓。”

“好的，哈利。揿一下铃就行了，等帕克进来我就把你们要的告诉他。我得把背景画好再来找你们。别让道连待得太久。我的绘画状态从来没有像今天这么好。这会是我的杰作。

现在看来，就是我的杰作。”

亨利勋爵走出画室，到了花园里，发现道连·格雷把脸埋在硕大凉爽的紫丁香花丛中，喝酒似的拼命吸吮着香气。他走近道连，把手搭在他肩上。“你做得很对，”他低声说，“只有感官才能拯救灵魂，就像只有灵魂才能拯救感官一样。”

小伙子吃了一惊，往后退去。他头上什么也没有戴，树叶撩起了他不听话的鬈发，缠住了金色的发丝。他像一个突然被叫醒的人那样，露出了恐惧的眼神，轮廓分明的鼻孔颤动着，某根隐蔽的神经震撼了他鲜红的嘴唇，弄得它抖个不停。

“是呀，”亨利勋爵继续说，“那是生活的一大秘密——用感官来拯救灵魂，用灵魂来拯救感官。你是一个了不起的创造。你知道的比你自己设想的要多，就像你知道的比你想要知道的要少一样。”

道连·格雷皱了皱眉，转过头去。他禁不住喜欢起身旁这个高高的、风度翩翩的年轻人来。那橄榄色浪漫的脸和疲惫的表情使他兴味盎然。在慢悠悠低沉的嗓音里，有一种极为动人的东西。甚至那白皙、冰凉、花一样的双手，也有一种奇妙的魅力。说话时，他的手像音乐一样流动着，似乎有着自己的语言。但他害怕他，并为害怕而感到惭愧。为什么得让一个陌生人来披露自己的心灵呢？他与巴兹尔相识已有几个月了，但他们之间的友情并没有改变他。突然间，生活中闯进了一个人，似乎给他揭示了生活的秘密。而这又有什么可怕呢？自己又不是个小学生，要是害怕，那可太荒唐了。

“我们走吧，到树荫下去坐坐，”亨利勋爵说，“帕克已经把饮料端出来了。阳光那么强，你再待下去就要给毁了，巴兹尔也绝不会再画你。你真的不能把自己晒坏了，那样不合适。”

“那有什么关系？”道连·格雷大笑着叫道，在花园一头的位子上坐了下来。

“这应当与你息息相关，格雷先生。”

“为什么？”

“因为你享受着最了不起的青春，而青春是值得拥有的。”

“我并没有那种感觉，亨利勋爵。”

“不，你只是现在没有罢了。某一天，等你垂垂老矣、满脸皱纹、丑陋不堪的时候，等思考把线条刻上你前额的时候，等激情把它可怕的火焰烙上你嘴唇的时候，你会感觉到的，你会强烈地感觉到。现在呢，无论你走到哪里，都会让世界倾倒，难道你能永远这样吗？……你有一张极其漂亮的面孔，格雷先生。别皱眉头，你确实如此。美是天才的一种形式——说真的，美高于天才，因为它不需要任何解释。美是世间的一大存在，就像阳光、春天，或者是映在黑黑的水中，我们称之为月亮的银色贝壳。它不容置疑，它拥有自己神圣的主权，它使占有美的人成为王子。你笑什么？唉，你一旦失去就不会笑了……有时，人会说美是肤浅的，也许如此。但至少不像思想那么肤浅。对我来说，美是奇迹中的奇迹。只有浅薄的人才不以貌取人。世界真正的神秘性在于可见之物，而不在于看不见的东西……是啊，格雷先生，诸神厚爱你，可是诸神赐予你的，会很快被取走。你只有几年时间，能够实实在在、完完美美、充充实实地生活。青春一逝，美也随之而去。到那时，你会突然发现，没有留下胜利的凯歌，或者不得不满足于一些渺小的胜利，而往昔的记忆会使这些胜利比失败还要让你痛苦。月复一月，美渐渐衰朽，某种可怕的东西接踵而至。时间妒忌你，跟你的美貌作对。你会脸色灰黄，两颊下陷，目光迟钝。你会感到无限痛苦……啊！你拥有青春的时候，就要感受它。不要虚掷你的黄金时代，不要去倾听枯燥乏味的说教，不要设法挽救无望的失败，不要把你的生命献给无知、平庸和低俗。这些都是我们时代病态的目标，虚假的理想。好好活！把你宝贵的内在生命活出来。什么都别错过。不断寻找新的感受，什么都不要怕……一种新的享乐主义——那正是我们的世纪所缺乏的。你也许是它看得见的象征。有你这样的个性，你没有什么干不成的。世界只属于你一个季节……从遇见你的那一刻，我看得出，你并没有十分意识到自己是怎样一个人，实际上可以成为怎样一个人。你身上有那么多东西让我着迷，所以我觉得必须把有关你的某些事告诉你。我想，要是你虚度了青春，那该有多不幸。因为你的青春岁月所剩无多——只有那么一点点时间了。普通的山花谢了又开，明年六月，金链花会像现在这样开得金黄。再过一个月，铁线莲会长出星星似的紫色花朵，一年又一年，绿色的叶子托举着紫色的星星。但我们的青春却一去不返。二十岁时跳得很欢的脉搏会变得微弱无力。我们的四肢废了，感官坏了。我们会衰变成可怕的傀儡，只剩下记忆中令我们害怕的激情，以及我们没有胆量接受的巨大诱惑，依然拂之不去。青春啊，青春！除了青春，世上什么也没有！”

道连·格雷瞪着眼睛倾听着，不胜惊讶。一簇丁香花从他手里落到沙砾上。一只毛茸茸的蜜蜂飞来了，嗡嗡地围着转了一会儿，然后落在椭圆形的花球上，顺着小小的星状花瓣急急忙忙地乱爬起来。他很有兴味地注视着。当我们害怕某些大事或是某种新的情绪袭来却又难以表达的时候，或是某种吓人的念头缠住我们的头脑，驱使我们屈服的时候，我们就会产生这种刻意的对琐事不同寻常的兴趣。一会儿，蜜蜂飞走了。只见它钻进了喇叭花紫色的花冠，那花朵似乎颤动了一下，轻轻地来回摇摆起来。

突然，画家出现在画室门口，断断续续打着手势，招呼他们进去。两人相视而笑。

“我等着呢，”他叫道，“快进来，光线挺不错，你们可以把饮料拿进来。”

他们起身，沿着小径信步走去。两只绿白相间的蝴蝶扇着翅膀，从身旁飞过，花园一角的梨树上，一只画眉叫了起来。

“格雷先生，你见到了我很高兴，是不是？”亨利勋爵瞧着他说。

“是呀，现在是很高兴，但不知道我能总是这么高兴吗？”

“总是！这是个可怕的字眼。我一听就不寒而栗。女人们很喜欢用这两个字。她们为了使浪漫永久却把浪漫破坏得一丝不剩。这个字眼也毫无意义。反复无常和永世不变的区别，在于前者比后者更持久些。”

道连·格雷挽住亨利勋爵的胳膊，走进画室。“既然如此，那么让我们之间的友谊也反复无常吧。”他轻声说，因为自己的唐突而涨红了脸。随后他走上画台，继续摆好原来的姿势。

亨利勋爵一屁股坐进了一把柳条大靠手椅里，看着他。霍尔华德不时后退几步，远远地打量自己的作品，除此之外，只有画笔落在画布上的沙沙声打破了沉寂。从敞开的门射进来的斜阳中，灰尘在飞舞，一片金黄。到处弥漫着浓浓的玫瑰花香。

约莫一刻钟以后，霍尔华德停止了作画，对道连·格雷看了很久，然后又对那幅画看了很久，咬着大画笔的一头，皱了皱眉。“全画好了。”他终于叫道，弯下身去，用瘦长的朱红色字母，在画布左角写上自己的名字。

亨利勋爵走过去细细琢磨起这幅画来。这无疑是件绝妙的艺术品，同时也画得极为逼真。

“老兄，我最最热烈地祝贺你，”他说，“这是现代最杰出的画像。格雷先生，过来瞧瞧你自己吧。”

小伙子跳了起来，仿佛从梦中惊醒过来似的。“真的画好了？”他喃喃地说，从画台上走了下来。

“全好了，”画家说，“今天你的姿势摆得很好，我非常感激。”

“那完全归功于我，”亨利勋爵插嘴说，“可不是吗，格雷先生？”

道连没有回答，无精打采地从画像前走过，但回头一看，便倒退了几步，两颊泛起了一阵愉快的红晕，眸子里透出喜悦之情，好像第一次才认识自己似的。他呆若木鸡地站在那里，模模糊糊地觉得霍尔华德同他在说话，但不知道说些什么。他恍然大悟似的意识到了自己的美貌。这种感觉，以前从未有过。巴兹尔·霍尔华德的恭维，不过是友好动听的溢美之词，他听过便一笑了之，丢到了脑后，并没有对他的个性产生什么影响。而随后，亨利·沃登勋爵发表了一通赞美青春的奇谈怪论，发出了青春短暂的骇人警告。这番话当时就打动了他，而此刻他站着，凝视自己英姿的映象时，亨利勋爵所描绘的情景，十分真切地浮现在他脑际。是呀，将来有一天，他的面容会干枯起皱，眼睛会昏花无神，优美的身材会变样走形，唇上的猩红会渐渐褪色，发上的金黄会悄然消失，构成他灵魂的生命，会毁坏他的躯体，他会变得丑陋可怕，粗糙不堪。

想到这里，他感到一阵剧痛如刀子般钻心，使他每一根细小的神经都颤抖起来。他的眼睛由淡而深，转成了紫晶色，蒙上了泪水。他觉得仿佛一只冰冷的手揪住了他的心。

“你不喜欢吗?”霍尔华德终于叫道，不明白这小伙子为什么缄默不语，心里有点不痛快。

“他当然喜欢啰,”亨利勋爵说，“谁会不喜欢?这是现代艺术中的一大杰作。不管你开什么价，我都给。我买定了。”

“这不是我的财产，哈利。”

“那么是谁的呢?”

“当然是道连的。”画家回答。

“这家伙真幸运。”

“多悲哀呀!”道连·格雷轻声说，仍然目不转睛地盯着自己的画像，“多悲哀呀!我会老起来，变得既讨厌又可怕。而这幅画却会永远年轻，永远停留在六月的这一天，不会更老……要是反过来就好了。要是永远年轻的是我，而变老的是画该多好!为了这个目的——为了这个目的——我什么都愿给!是的，我愿献出世上的一切!我愿拿我的灵魂去交换!”

“你不大会喜欢这样的交易，巴兹尔,”亨利勋爵大声说，笑了起来，“那样的话，你的作品就倒霉了。”

“我会坚决反对的，哈利。”霍尔华德说。

道连·格雷回头看着他。“我相信你会反对的，巴兹尔。你爱艺术甚于爱朋友。对你来说，我不过是一尊青铜像而已，我想连青铜像都不如。”

画家目瞪口呆。这不像是道连说的话。到底是怎么回事?

而这幅画却会永远年轻，永远停留在六月的这一天，不会更老……

他似乎很生气，脸涨得通红，两颊在发烧。

“是的，”他继续说，“在你的心目中，我不如你象牙做的赫耳墨斯神，或是银制的农牧神。你会永远喜欢这些东西。你能喜欢我多久呢？我想等我有了第一条皱纹，你就不喜欢了。现在我明白了，不管是谁，一旦失去了美丽的容颜，便失去了一切。你的画让我明白了这个道理。亨利·沃登勋爵说得千真万确，青春是唯一值得拥有的东西。等我发现自己老了，我便自杀。”

霍尔华德脸色煞白，一把抓住了他的手。“道连！道连！”他叫道，“别这么说。我从来没有像你这样的朋友，以后也不会再有。你不会妒忌物质的东西吧？——你比它们都要美！”

“凡是其美不灭的东西，我都妒忌。我妒忌你为我所作的画像。为什么它能保持我必须失去的东西呢？每分每秒的时光都从我身上取走什么，去转交给他。啊！要是能颠倒一下该多好！要是画像会变，而我永远同现在一样该多好！你干吗要画它呢？总有一天它会嘲笑我——狠狠地嘲笑我！”热泪夺眶而出。他抽出手，蓦地坐到了沙发上，把头埋在软垫里，仿佛在祈祷。

“你干的好事，哈利。”画家抱怨说。

亨利勋爵耸了耸肩。“这是真正的道连·格雷——如此而已。”

“这不是。”

“如果不是，那跟我有什么关系呢?”

“我请你走的时候你本该走掉。”他咕哝着。

“你请我留下我才留下的。”亨利勋爵回答。

“哈利，我可没法同时跟两个最要好的朋友吵架，但是你们俩却弄得我恨起自己最好的作品来了，我要把它毁掉。不就是画布和颜料吗?我不想让它夹在我们三个活人中间，损害我们的关系。”

道连·格雷从沙发靠垫上抬起了满头金发的脑袋，脸色苍白、眼泪汪汪地看着霍尔华德朝松木画桌走去，那张画桌放在掩着窗帘的窗子下面。他在那儿干什么呢?在一堆锡管和干燥的画笔中间，他的手指摸过来摸过去，寻找着什么。哦，原来是找那把长长的调色刀，刀刃很薄，是用柔钢做的。他终于找到了，正要拿它去划破画布。

小伙子忍住抽泣，从沙发上跳起来，朝霍尔华德冲过去，抢过他手里的刀子，把它扔到了画室的一头。“别这样，巴兹尔，别这样!”他叫道，“这等于是谋杀!”

“我很高兴你总算欣赏我的作品了，道连，”画家定下神来以后冷冷地说，“我从来没有想到你会欣赏这幅画。”

“岂止欣赏?我完全陶醉了，巴兹尔。它是我的一部分，我有这样的感觉。”

“好吧，等画干了，就上釉，装画框，送去你家。然后你爱怎么处置就怎么处置吧。”他穿过房间，打铃要茶点，“你还愿意喝茶的吧，道连？你也一样，是不是，哈利？还是你们都反对这种简单的乐趣？”

“我喜欢简单的乐趣，”亨利勋爵说，“简单的乐趣是‘复杂’所能找到的最后避风港。不过我不喜欢吵吵闹闹的场景，除非是在舞台上。可真够荒唐的，你们俩！不知是谁把人说成了理性的动物。这是迄今为止最不成熟的定义。人可以是很多东西，唯独不是理性的。不过，我很高兴人毕竟不是理性的：我还是希望你们两个家伙不要为画像吵个不休。巴兹尔，这画还是给我吧。这傻小子并不是真的想要它，而我倒真的想要。”

“要是你不把画给我，给了其他人，巴兹尔，我永远不会原谅你！”道连·格雷叫道，“而且我也不允许别人叫我傻小子。”

“你知道这画是你的，道连。它还没有问世我就给了你。”

“你知道你一直是个傻小子，格雷先生。而且，要是有人提醒你，你年纪轻得很，你不会真有反感吧。”

“今天早晨要是有人这么说，我会很反感的，哈利勋爵。”

“啊！今天早晨！从那时起你才算活着。”

这时响起了敲门声，进来一个管家，端着沉甸甸的茶盘，把它放在一张小小的日式茶几上。杯盘叮当作响，一把带凹槽花纹的乔治时代茶壶发出咝咝的响声。侍者送进来两个球形瓷缸。道连·格雷走过去把茶倒好。两个人懒洋洋地走向茶几，看看瓷缸盖子底下是什么东西。

“今晚我们去剧院吧，”亨利勋爵说，“肯定有地方在上演什么。我已经答应上怀特家吃饭，不过反正是个老朋友，我可以发个电报，告诉他我病了，或者是因为后来有约，没有办法去了。我想这个借口比较好，出人意料地直率。”

“要穿礼服，真是烦透了，”霍尔华德嘟哝着，“更何况穿上以后又难看得要死。”

“是呀，”亨利勋爵心不在焉地回答，“十九世纪的服装真可怕，那么灰暗，那么压抑。罪孽是留在现代生活中唯一的色彩。”

“你真不该在道连面前说这样的话，哈利。”

“哪一个道连面前？给我们倒茶的那个，还是画中的那个？”

“哪一个面前都不行。”

“我想同你一起去剧院，亨利勋爵。”小伙子说。

“那你就来吧。你也去好不好，巴兹尔？”

“我去不了，真的。我还是不去好，忙不过来呢。”

“好吧，光我们两人去吧，格雷先生。”

“那太好了。”

画家咬着嘴唇，拿了茶杯，向画像走去。“我就跟真的道连待在一起吧。”他伤心地说。

“它是真的道连吗？”画像的原型穿过房间朝他走去，“我真的像它？”

“是的，你跟它一模一样。”

“这多好啊，巴兹尔！”

“至少外表很像。但它是永远不会改变的，”霍尔华德叹息着说，“这一点很重要。”

“说起忠实，人们也真太大惊小怪了！”亨利勋爵大声说道，“哎呀，即使是爱情，也纯粹是个生理学上的问题，与我们个人的意志无关。年轻人想要忠实，却不忠实；老年人不想忠实，却力不从心，事情就是这样。”

“今晚别去看戏，道连，”霍尔华德说，“留下来同我一起吃饭。”

“不行，巴兹尔。”

“为什么？”

“因为我已经答应跟亨利·沃登勋爵一起去了。”

“他不会因为你守信而更喜欢你，他自己也常常食言的。我求你别去。”

道连·格雷笑了起来，摇了摇头。

“我求你啦。”

年轻人犹豫了一下，目光转向一头的亨利勋爵。勋爵正从茶几那边注视着他们，笑嘻嘻地觉得很有趣。

“我得去，巴兹尔。”他回答。

“那好吧，”霍尔华德说，走过去把杯子放在茶盘上，“已经不早了，你们还得换衣服，那就赶紧走吧。再见，哈利。再见，道连。尽快来看我，明天就来。”

“一定。”

“不会忘掉吧？”

“不，当然不会。”道连叫道。

“还有……哈利！”

“什么事，巴兹尔？”

“记住我求你的事，早上我们在花园里的时候说的。”

“我忘了。”

“我信任你。”

“我倒希望我能信任自己。”亨利勋爵笑着说，“来吧，格雷先生，我的马车已经在外边了。我可以送你到家。再见，巴兹尔。下午过得挺有意思。”

关了门以后，画家猛地跌坐在沙发上，脸上露出痛苦的表情。

第三章

第二天十二点半，亨利·沃登勋爵从科森街漫步来到阿尔本尼街，拜访他舅舅福默勋爵。他是一个性情随和，举止有些粗俗的老单身汉。外界都说他自私，因为没有从他那儿捞到什么特别的好处。但上流社会却认为他很慷慨，因为他款待着一批使他开心的人。他父亲做过我们驻马德里的大使，那时候伊莎贝拉还年轻，而普里姆则默默无闻。但后来他一气之下离开了外交界，原因是没有派他去巴黎当大使。他自己却认为，凭他的出身，偷懒的本事，写得一手好快报的能耐，纵情作乐的派头，这个职务非他莫属。儿子原是他的秘书，这时候也同长官一起辞职，尽管人家都认为做得有点愚蠢。几个月以后，儿子继承了爵位，开始专心致志地研究贵族们的伟大艺术——无所事事。他有两幢市区的大房子，为了省心，却宁愿住在单人套间里，并大多在俱乐部里吃饭。他也花了些心血，经营英格兰中部诸郡的煤矿，还为自己染指工业找到了借口，说是煤有一大好处，能让绅士们体面地在壁炉里烧木柴。政治上他属于保守党，只不过保守党执政的时候，他便大骂保守党人是一批激进坯子。在侍从面前他是个英雄，尽管要受他们欺侮；在亲戚面前他让人闻之胆寒，倒过来去欺侮人家。也只有英国才能造就这样的人物，而他总是说这个国家快要完蛋了。他的信条已经过时，却自有一大套为自己的偏见辩护的理由。

亨利勋爵走进房间，看见舅舅身穿粗陋的猎装坐着，吸着雪茄，对着《泰晤士报》嘟嘟哝哝。“哦，哈利，”这位老绅士说，“什么风把你这么早就吹来了？你们这些花花公子呀，不到两点不起床，不到五点不见人。”

“完全是出于家族亲情，请相信我，乔治舅舅。我想从你这儿弄点什么。”

“想必是要钱，”福默勋爵苦笑了一下说，“好，坐下来说个明白吧。现在的年轻人呀，总以为钱就是一切。”

“说得对，”亨利勋爵解开外套的扣子，低声说，“年纪大些了他们就懂了。不过我不需要钱，只有付账的人才需要，乔治舅舅，而我从来不付账。一个人如果不是长子，赊欠就成了他人生的资本，这样的日子过得挺舒畅。而且我总是跟达特穆尔的生意人往来，所以他们不来找我麻烦。我要的是信息，当然不是有用的信息，而是无用的。”

“行啊，凡是《英国蓝皮书》里写的，我都可以告诉你，哈利，虽然如今这些家伙写的尽是一派胡言。我当外交官那会儿情况还好些。不过，听说现在要经过考试才能进外交界。那又能指望什么呢？考试嘛，先生，是彻头彻尾的骗局。一个有身份的人，他知道的总是绰绰有余；一个没有身份的人，他所知道的对自己无益。”

“道连·格雷不属于《蓝皮书》的内容，乔治舅舅。”亨利勋爵懒洋洋地说。

“道连·格雷？这人是谁啊？”福默勋爵说，他浓密的白眉毛皱了起来。

“我正是为打听这事来的，乔治舅舅。或者不如说，我知道他是谁。他是最后一个克尔索勋爵的外孙。他母亲是德福洛的后代，叫玛格丽特·德福洛夫人。我想请你谈谈他母亲。她的模样？嫁给了谁？与你同时代的人，你几乎无人不知，所以也可能知道她。现在我对格雷先生很感兴趣，刚跟他见过面。”

“克尔索的外孙！”老绅士重复道——“克尔索的外孙！……当然……我同他母亲很熟。我想我参加了她的施洗礼。玛格丽特·德福洛，一个绝顶漂亮的姑娘，跟一个身无分文的年轻人私奔，弄得所有的男人都发了疯。那小子是个无名小卒，先生，步兵团里的少尉什么的。当然，我全都记得，就仿佛是昨天的事。婚后没几个月，这可怜家伙便在斯帕的一次决斗中丧了命。这件事的背后隐藏着一个丑闻。听说克尔索派了一个亡命之徒，一个比利时杀手，当众侮辱自己的女婿。他雇他来干的，先生，出钱雇的。那家伙好像对付一只鸽子似的把他捅死了。这事儿给包了起来，可是，天哪！打那以后，好一阵子克尔索都孤零零地在俱乐部里吃牛排。人家告诉我，他把女儿弄回来了，而她从此便不跟他说话。啊，是呀，这件事很糟糕。那姑娘也死了，前后还不到一年。所以留下了一个儿子，是不是？我已经把这事给忘了。这孩子长得怎么样？要是像他妈妈，那一定是个漂亮小伙子。”

“他长得很漂亮。”亨利勋爵表示赞同。

“但愿有可靠的人在照应他，”老人往下说，“如果克尔索通情达理，他应当有一大笔钱可以到手。他母亲也有钱。塞尔比家族所有的财产，都从他母亲的外祖父传给了他母亲。她外祖父痛恨克尔索，说他是个吝啬鬼。他也确实如此。他去过马德里，当时我还在那里。天哪，我真为他感到害臊。以前，女王总是向我问起那个为车钱与马车夫吵个没完的英国贵族，有人还为此编了不少故事。整整一个月我都不敢在宫廷露面。我希望他对待自己的外孙比对待马车夫要好些。”

“我不知道，”亨利勋爵答道，“我想这孩子会有钱的。他还没有成年，但已掌有塞尔比的产业，我知道。他这么告诉我的。而……他母亲长得很美吗？”

“玛格丽特·德福洛是我平生见过的最可爱的女子，哈利。她究竟为什么会鬼使神差地走到那条路上，我永远都弄不明白。只要她看中，她完全可以爱嫁谁就嫁谁。卡灵顿疯也似的追她。可是她很浪漫，那个家族的女人都这样。不过男人们都差劲，哎呀，女人们却非同寻常。卡灵顿跪在她面前，他自己告诉我的。她却嘲笑他，而当时伦敦的女子没有一个不在追求卡灵顿。说起糊涂婚姻，顺便提一句，你父亲告诉我达特穆尔要娶一个美国佬，他玩的是什么把戏？难道英国姑娘都配不上他？”

“眼下娶美国佬是一种时髦，乔治舅舅。”

“我可以跟全世界打赌，我看好英国女人，哈利。”福默勋爵用拳头击了一下桌子说。

“赌注都压在美国女人身上了。”

“听说她们没有耐力。”他的舅舅嘟哝着。

“长时间的角逐会使她们筋疲力尽，但美国人在障碍赛中很出色。她们往往速战速决。我想达特穆尔没有获胜的机会。”

“谁是她亲人？”老绅士咕哝着，“她有亲人吗？”

亨利勋爵摇了摇头。“美国姑娘隐瞒父母的身份，就像英国女人隐瞒自己的历史那么巧妙。”说着他站起来要走。

“想来他们是猪肉包装工，是吧？”

“希望如此，乔治舅舅，为达特穆尔着想。据说，在美国猪肉包装是最获利的行业，仅次于搞政治。”

“她长得好看吗？”

“她装出一副漂亮的样子。大多数美国女人都这样。这是她们迷人的诀窍。”

“美国女人为什么不能待在自己国家里呢？她们总是说，美国是女人的天堂。”

“没错。所以她们像夏娃一样，都急不可耐地要离开天堂，”亨利勋爵说，“再见，乔治舅舅，我再待下去就赶不上中饭了。谢谢你，提供了我要的信息。对新朋友，我什么都想知道；对老朋友，我什么都不想知道。”

“你上哪儿去吃中饭，哈利？”

“阿加莎姑妈那儿，我还约了格雷先生。他是姑妈新近的宠儿。”

“哼！告诉你姑妈阿加莎，别再为她那慈善募捐的事来找我麻烦了。我讨厌死了。啊呀，这个好心的女人以为我无所事事，专为她傻乎乎的奇思怪想送支票去。”

“行啊，乔治舅舅，我会告诉她的，不过不会有什么效果。慈善家会失去一切人性，这是他们最显著的特点。”

老绅士抱怨着表示同意，一面打铃召唤仆人。亨利勋爵踏上低矮的拱廊，到了柏灵顿街，再折向伯克莱广场。

这就是道连·格雷双亲的故事。故事讲述得十分粗略，却因为暗示着一段离奇而近乎现代的罗曼史，深深打动了他。一个漂亮的女人，为了疯狂的恋情而不顾一切。几周如痴如狂的甜蜜日子，被一桩奸诈丑恶的罪行所打断。挨过几个月无言的痛苦之后，一个婴儿在阵痛中出世了。死亡夺走了母亲，把孤苦伶仃的男孩留给了专横冷酷的老人。是啊，这是一个有趣的背景，烘托出了那男孩，使他更为完美。每一件令人赏心悦目的东西背后，总有一段悲哀的隐情。连最不起眼的小花要开放，世界也得经历阵痛。昨夜俱乐部的晚餐上，道连·格雷多么富有魅力。他坐在对面，目光愕然，双唇张开，沉浸在惊喜之中。红色的烛罩，把他那令人惊叹的面容映得像一朵红红的玫瑰。跟他交谈，就好像拉一把精制的小提琴，琴弓的一推一拉，一抖一动，都会得到呼应……把影响施与别人真令人兴奋，确实无与伦比。把自己的灵魂投射进某个优雅的身形，并让它在那里逗留一会儿；听到自己理性的见解产生了伴有激情和青春的音乐回响；把自己的气质像一种微妙流体或是奇异香气那样，灌注进另一种气质：这些都给人一种真正的快乐。在我们这个如此局促、如此庸俗的时代，这个声色犬马、缺乏志向的时代，那也许是一种最舒心的快乐……他在巴兹尔画室巧遇的这个小伙子，还是一个了不起的典型，或者至少可以塑造成一个了不起的典型。他很高雅，具有古老的希腊大理石雕刻所保留的童稚般的纯真和美丽。你把他塑造成什么都行，可以做成巨神泰坦，也可以做成小玩具。多么可惜啊，这样的美竟注定要消失！……而巴兹尔呢？从心理学角度看，他真有意思！新的艺术技巧，观察生活的新视角，出奇地因为某个人在场而得到了启发，而这个人自己却浑然不觉。沉默的精灵住在昏暗的林地里，毫无踪影地在空旷的田野走来走去，突然间像树神德律阿德斯那样显形了，而且一点也不害怕，因为画家的灵魂在寻觅着她。此刻，在他的灵魂中唤起了一种奇妙的情景，唯有在这种情景中，奇妙的东西才能够显现。于是，事物的形态和风格一定程度上变得真切了，获得了某种象征意义，仿佛它们本身呈现出了另一种更完美的风格，使其从影子变成了实体。这一切真不可思议！他记起了历史上类似的情况。不是那位思想艺术家柏拉图首先这么分析的吗？波纳洛蒂不是把它刻在写有十四行组诗的彩色大理石上吗？但在我们这个世纪，这却很奇特……是呀，就像道连·格雷不知不觉中影响着这位画家，使他创作出了出色的画像那样，他竭力要去影响道连·格雷。他要设法去控制他，事实上他已经成功了一半。他要得到那个奇妙的精灵。这个爱情和死亡的结晶，有着某种迷人的东西。

他突然停了下来，抬头看了看房子，发现走过姑妈家已经有一段路了，便笑着退了回来。他走进有些灰暗的大厅时，管家告诉他宾主已经入内去用午餐了。他把帽子和手杖交给了一个侍从，走进餐室。

“又迟到了，哈利。”姑妈朝他摇了摇头叫道。

他随口编了个理由，在她旁边的一个空位上坐了下来，朝四周打量了一下，看看有哪些人在座。道连在桌子的一头羞怯地向他欠了欠身子，脸上暗暗地泛起了愉快的红晕。坐在他对面的是哈里公爵夫人。她性情随和，脾气很好，相识的人都喜欢她。她体态有些臃肿，换个没有爵位的妇人，当代历史学家准会将她描绘成胖子。坐在她右边的是托马斯·伯顿爵士，一位激进的议员。在公开场合，他紧跟领袖，私下里却紧跟最好

把自己的气质像一种微妙流体或是奇异香气那样，灌注进另一种气质。

的厨师，奉行熟知的明智原则：与保守党人吃在一起，却与自由党人想到了一起。坐在她左面的是屈莱德里的厄斯金先生，一位很有魅力和文化素养的老绅士，却养成了沉默寡言的坏习惯，据他自己有一回对阿加莎夫人解释说，是因为三十岁之前把该说的话都说了。他的邻座是范德勒夫人，他姑妈的一位故友，女人中的圣贤，可惜打扮极其粗俗，使人想起装订得很蹩脚的圣歌集。幸亏她的另一边坐着福德尔勋爵，一个绝顶聪明的庸人，中等年纪，已经歇顶，光光的头犹如下议院大臣的声明，一无遮拦。范德勒夫人极其认真地和福德尔勋爵交谈着。按勋爵的说法，这种认真劲儿，是一切真正的好人所犯的不可原谅，却又谁都无法避免的错误。

“我们正说着可怜的达特穆尔的事儿，亨利勋爵。”公爵夫人大声说，隔着桌子愉快地朝他点了点头，“你认为他真的会娶这个迷人的小女子？”

“我相信她已经决定向他求婚了，公爵夫人。”

“那还得了！”阿加莎夫人嚷道，“说真的，有人应当出来干涉一下。”

“根据可靠消息，他父亲开了一家美国干货店。”托马斯·伯顿爵士说，一副目空一切的样子。

“我舅舅已说他是包装猪肉的，托马斯爵士。”

“干货！美国干货是什么？”公爵夫人问，惊愕地举起一双肥大的手，特别强调了一下那个“是”字。

“美国小说。”亨利勋爵回答，一面取过一些鹌鹑来吃。

公爵夫人显得莫名其妙。

“别理他，亲爱的，”阿加莎夫人耳语道，“他说的话自己从来不当真。”

“美洲被发现的时候，”这位激进的议员说着便开始列举一些乏味的事实。像所有那些想把一个话题谈彻底的人一样，他也终于弄得听者彻底疲惫了。公爵夫人叹了口气，行使自己的特权，把他打断了。“真希望美洲根本就没有被发现！”她嚷道，“说真的，我们的姑娘如今都没有机会了。这太不公平。”

“也许，说到底美洲根本就没有被发现，”厄斯金先生说，“我个人认为，美洲只不过是被觉察到罢了。”

“啊！可是我看到过美国居民的样子，”公爵夫人含糊其词地回答道，“我得承认，她们大都长得很漂亮，穿得也很好，所有的服装都是从巴黎弄来的，我希望我也一样阔绰得起。”

“据说好的美国人死后都会去巴黎。”托马斯爵士轻声笑道，满肚子都是过时的俏皮话。

“真的！那么坏的美国人死后上哪儿呢？”公爵夫人问道。

“他们去美国。”亨利勋爵咕哝着。

托马斯爵士皱起了眉头。“恐怕你的侄子对这个伟大的国家怀有偏见呢。”他跟阿加莎夫人说，“我游遍了美国，车子是由导游提供的，在这些事情上，他们向来很客气。我敢担保，去美国旅游会增长见识。”

“难道只有去芝加哥才增长见识？”厄斯金先生哀伤地问，“我可受不了这旅程。”

托马斯爵士挥了挥手。“屈莱德里的厄斯金先生把世界搬到他书架上来了。我们这些讲究实用的人，喜欢实地看世界，而不是从书本中读世界。美国人是一个非常有趣的民族，绝对地理智。我认为这是他们的显著特点。是呀，厄斯金先生，一个极其理智的民族。我敢说美国人从来不胡闹。”

“多么可怕！”亨利勋爵叫道，“我能忍受出于本能的暴力，却无法忍受出于本能的理性，使用这样的理性是不公平的，那是对理智的暗算。”

“我不明白你的意思。”托马斯爵士涨红了脸。

“我明白，亨利爵士。”厄斯金先生说，微微一笑。

“悖论尽管不错……”一位准男爵辩驳道。

“那是一个悖论吗？”厄斯金先生问道，“我并不这样认为。也许是吧，不过，真理就是以悖论的方式存在的，要检验事实就必须把它放在钢丝绳上来看，当事实成了杂耍演员时，我们就可以来判断它了。”

“我的天哪！”阿加莎夫人说，“瞧你们这些男人，这么争个不休！说实在的，我永远搞不清楚你们在谈论什么。啊，哈利，你让我很生气。为什么你劝说我们可爱的道连·格雷先生放弃伦敦东区？我敢说他会成为无价之宝。他们会喜欢他的演奏。”

“我要他为我演奏。”亨利勋爵叫道，笑了一笑。他朝桌子的一头瞧了一眼，看到对方报之以欢快的目光。

“惠特查普尔的人真不幸。”阿加莎夫人继续说。

“除了苦难，我什么都能同情。”亨利勋爵耸了耸肩说，“我不能同情苦难，因为太丑陋、太可怖、太痛苦了。现代人对痛苦的同情，是一种极度的病态。我们应当同情生活中的色彩、美丽和欢乐。生活中的痛苦，说得越少越好。”

“但是，东区仍然是个重要的问题。”托马斯爵士神情严肃地摇了摇头议论道。

“确实如此，”年轻的勋爵回答道，“这涉及奴役的问题，而我们却试图以取悦奴隶的方法来解决问题。”

政治家热切地看着他。“那么你建议怎样来改变呢？”他问。

亨利大笑起来。“在英国，除了天气我什么都不想改变，”他回答，“我很满足于哲理性的沉思。不过，鉴于十九世纪因为滥施同情而已经穷途末路，我倒建议应当求助科学来纠正我们。感情的长处在于把我们引向歧路，而科学的长处则在于没有感情用事。”

“可是我们的责任那么重大。”范德勒太太小心翼翼地大着胆子说。

“非常重大。”阿加莎夫人附和着。

亨利勋爵朝厄斯金先生看了一眼。“人类过于郑重其事了，这是世界的原罪。要是洞穴人当初知道放声大笑，历史就完全不一样了。”

“你真让人感到宽慰，”公爵夫人柔声说，“我来看你亲爱的姑妈的时候，总觉得内疚，因为我对东区的事丝毫不感兴趣。往后我可以正眼看她而不脸红了。”

“脸红是很赏心悦目的，公爵夫人。”亨利勋爵议论道。

“只有当人年轻的时候是这样，”她回答，“像我这样的老妇，脸红就不是一个好兆头了。啊，亨利勋爵，但愿你能告诉我怎样才能恢复青春。”

他想了一想。“你还记得早年犯过什么大错吗，公爵夫人？”他问，目光扫过桌子看着她。

“恐怕很多很多。”她大声说。

“那么就统统再犯一次吧，”他十分严肃地说，“人要讨回青春，就只要把以前干过的傻事再干一遍。”

“一个多么可爱的理论！”她叫道，“我必须把它付诸实践。”

“一个多么危险的理论！”托马斯爵士从紧闭的嘴唇吐出了这句话。阿加莎夫人摇了摇头，但不禁感到有趣。厄斯金先生倾听着。

“是的，”他又说下去，“那是人生的一大秘密。如今，多数人都死于耸人听闻的常识，他们发现人唯一从不后悔的是自己犯过的错误，但这时已经为时太晚了。”

满座的人都大笑起来。

他把玩着这个想法，变得任性自恃起来，把它丢到空中，变换个样子，一会儿放走它，一会儿又把它捉回来，用幻想使它闪光，用悖论使它飞翔。他这么玩着玩着，对愚蠢的赞颂竟幻化成了一种哲学，而哲学自己则变得年轻起来，如我们所能想象的那样，穿上酒迹斑斑的长袍，戴了常青藤花冠，踏着疯狂的欢快乐曲，像酒神的女祭司那样，在生命的小山上跳起舞来，嘲笑迟钝的赛利纳斯依然十分清醒。事实犹如受惊的森林动物，在她面前纷纷逃走了。她那白皙的脚，踩着巨大的酒榨机，机上坐着智者奥默[1]，她踩呀踩呀，直到葡萄的汁水泛起一阵阵紫色的泡沫，涌到她光着的脚周围，或者红色的酒泡溢出酒桶，滴在黑色倾斜的桶腰上。这是一件出色的即兴之作。他觉得道连·格雷目不转睛地看着他。由于意识到自己希望迷住听众中某个人的心，他的才思更加敏捷，他的想象更富有色彩。他才华横溢，异想天开，毫无顾忌。他使听者为之倾倒。他们跟着他的风笛笑个不停。道连·格雷始终盯着他，着了魔似的坐着，阵阵微笑掠过嘴唇，渐渐暗淡的眼神里出现了越来越惊讶的表情。

最后，现实披着时装，走进了房间——一个仆人来禀报，说公爵夫人的马车已在等候。她拧着手，假装很失望。"真讨厌！"她叫道，"我得告辞了。先要到俱乐部接我丈夫，送他

---

1 奥默（1048—1131），波斯诗人和天文学家，著有诗歌《鲁拜集》，好以饮酒忘却死亡和对上帝的失望。

上威利斯会议厅，主持某个荒唐的会议。要是迟了，他准要发火。我今天戴了这样的帽子可不能吵架，这东西弱不禁风，话说重了便会把它毁掉。不过我得走了，亲爱的阿加莎。再见，亨利勋爵，你很讨人喜欢，也很使人丧气，我真不知道对你的观点说什么好。哪一天晚上你得过来同我们一起吃饭。星期二好不好？星期二你有空吗？”

“为了你，我什么人都可以谢绝，公爵夫人。”亨利勋爵说着鞠了一躬。

“啊，那太好了，但也是你的不是，”她大声说，“你可得来呀。”随后便大模大样地走出了房间，后面跟着阿加莎和其他几位夫人。

亨利勋爵再次坐下的时候，厄斯金先生走过来，移过一把椅子，坐在他近旁，把手放在他的胳膊上。

“你大谈其书，”他说，“为什么自己不写一本呢？”

“我太喜欢看书了，因而无意去写书，厄斯金先生。当然我想写一本小说，一本像波斯地毯那么可爱，那么不真实的小说。在英国，除了那些热衷于报纸、初级读物和百科全书的人，找不到文学大众。世界上所有的民族中，英国人是最没有文学美感的。”

“恐怕你是对的。”厄斯金回答，“我自己在文学上也曾有过一番雄心，但早就放弃了。嗨，我的年轻朋友，如果我可以这么称呼你的话，我可不可以问一下，你午餐时说的话当真吗？”

“我都忘了说些什么了，”亨利勋爵微微一笑说，“都很不好吗？”

“真的很不好。说实在我认为你极端危险。要是我们善良的公爵夫人有什么差错，我们会以为你应当负主要责任。不过我得跟你谈一谈人生。我所属的这代人非常乏味。哪一天你对伦敦厌倦了，就上屈莱德里来，我有幸留着几瓶极好的红葡萄酒，你可以一边喝酒一边阐释你的享乐哲学。”

“我会陶醉的。拜访屈莱德里是一大荣幸。极好的主人，极好的图书室。”

“你一来就完美了。”老绅士说着彬彬有礼地鞠了一躬，“现在我得跟你的好姑妈告别了。我该上雅典娜文学俱乐部去，这会儿正是我们在那儿打瞌睡的时候。”

“你们都这样吗，厄斯金先生？”

“我们一共四十个人，坐在四十把扶手椅上。我们在试做文学院院士呢。”

亨利勋爵大笑着站了起来。“我要上海德公园去。”他大声说。

他走出门时，道连·格雷碰了碰他胳膊。“我跟你一起去吧。”他低声说。

“可我想你已经答应去看巴兹尔·霍尔华德了。”亨利勋爵回答。

“我宁可跟你走。是呀，我觉得一定得跟你走。就让我去吧。你能答应我不停地跟我谈天吗？谁都没有你谈得那么精彩。”

“啊！今天我可谈够了，”亨利勋爵微笑着说，“我现在只想观察一下生活，你高兴的话，不妨来同我一起观察。”

第四章

一个月后的一天下午，在亨利勋爵梅菲埃住宅的小图书室里，道连·格雷斜倚在豪华的靠手椅上。这书房本身就很别致，高高的橄榄色橡木护墙板，奶油色的中楣，外突的石膏顶。砖粉色的毡毯上，铺着带长长丝绸流苏的波斯小地毯。一张椴木小茶几上放着一个小雕像，出自克罗迪翁[1]的手笔。雕像旁边有一部《百篇小说集》[2]，是克洛维斯·伊夫[3]为玛格丽特·瓦卢阿[4]装订的，封面上饰有涂金的雏菊，那是王后选中的图案。壁炉架上摆着几个大青瓷坛子和一些仿制的郁金香。夏日伦敦那杏黄色的阳光，透过镶嵌着铅条的小窗射了进来。

---

1 克罗迪翁（1738—1814），法国雕塑家，以创作古代题材的作品著称。

2 这是一部出版于一四六二年的法国故事集，内容低俗淫猥，因其乐观的享乐主义而深得收藏者的喜爱。

3 克洛维斯·伊夫（1584—1635），法国王宫的图书装订师和配图师，以其夸张的风格而闻名。

4 玛格丽特·瓦卢阿（1553—1615），法王亨利·纳瓦尔之妻，是位生活荒唐的绝代佳人。

亨利勋爵还没有来书房。他按自己的准则行事，总是迟到。他的准则是，守时是时间的窃贼。所以道连·格雷一脸不高兴，无精打采地翻着插图精美的《曼侬·莱斯柯》[1]，那是他在一个书架上找到的。路易十四时代风格的时钟，一板一眼地响着单调的嘀嗒声，使他很不耐烦，有一两回竟想要走了。

他终于听到外面响起了脚步声，门开了。“你来得好晚呀，哈利！”他咕哝着。

“恐怕不是哈利，格雷先生。”回答的是个尖嗓子。

他赶紧回头看了一眼，并站了起来。“对不起，我以为是……”

“你以为是我先生，结果却是他太太。你得让我自我介绍一下。我看过你的照片，所以很熟悉你。我想我先生那儿有你十七张照片。”

“不是十七张吧，亨利夫人？”

“嗯，那么十八张吧。而且那天晚上我看到你和他一起在歌剧院看戏。”她说着神经质地大笑起来，带着她那“毋忘我”的呆滞眼神望着他。她是一个古怪的女人，身上的服装看上去仿佛是在怒气冲天时设计，大发雷霆时穿上去的。她平时总与某个人相爱，但她的热情从来得不到回应，所以一直保留着全部的幻想。她竭力要使自己看上去很别致，却落得个乱蓬

1　法国作家普雷沃的长篇小说，描写爱情与纵欲之间的矛盾。

蓬不整洁的样子。她的名字叫维多利亚，还有一个爱上教堂的癖好。

“想来是演《罗恩格林》[1]的时候吧，亨利夫人？”

“不错，是在上演亲切的《罗恩格林》的时候。我最喜欢瓦格纳的音乐。音量那么高，你可以只管谈天，不会让别人听见。这是一大优点，你说是不是，格雷先生？”

她那薄薄的嘴唇里又响起了神经质的短促笑声，她的手指开始拨弄一把玳瑁壳做的长柄裁纸刀。

道连笑着摇了摇头。“恐怕我不是这么想的，亨利夫人。演奏音乐的时候我从不说话——至少好的音乐是这样。如果碰上差的音乐，那就有责任用谈话来盖过它。”

“哎呀！那是哈利的一个看法，是不是，格雷先生？我老是从哈利的朋友那儿听到他的观点。这是我了解他观点的唯一方法。不过你别以为我不喜欢好音乐。我非常喜欢，但害怕好音乐。它弄得我太浪漫。我简直崇拜钢琴家——有时候一次崇拜两个，哈利这么说我的。我不知道他们身上有一种什么东西，也许是他们都是外国人的缘故。他们都是外国人，是不是？甚至那些出生在英国的人，过一阵子也成了外国人，是不是？他们这一招真聪明，同时也使艺术得益。使艺术世界化了，不是吗？你从来没有参加过我的聚会，是不是，格雷先

1　德国作曲家瓦格纳（1813—1883）所作的歌剧，初次上演于一八五〇年。

生？你一定得来。我买不起兰花，但在外国人身上我不惜工本。他们使你的房间富有生气。瞧，哈利来了！——哈利，我进来找你，想问些事儿——记不得要问什么了——发现格雷先生在这儿。我们非常愉快地聊了聊音乐，两人的看法很一致。不，很不一样。跟他聊天很愉快。我很高兴见到了他。”

“那很好，亲爱的，好极了。”亨利勋爵说，竖起了他新月状的黑眉毛，带着饶有兴味的微笑看着他们两个，“实在抱歉，我来晚了，道连。我上沃德街去看了看一块老式锦缎，讨价还价几小时才成交。如今的人啊，什么东西的价格都知道，就是不知道它们的价值。”

“恐怕我得走了，”亨利夫人嚷道，突然发出一阵傻乎乎的笑声，打破了尴尬的沉寂，“我答应了公爵夫人一起开车去兜风。再见，格雷先生。再见，哈利。我想你们在外面吃饭吧？我也在外面吃。也许我会在桑伯雷夫人那儿见到你们。”

“大概会的，亲爱的。”亨利勋爵说。他夫人像彻夜在雨中度过的极乐鸟，嗖地飞出房间，留下了一缕赤素馨香水的幽香。亨利勋爵关上门，然后点上一支烟，蓦地坐到了沙发上。

“千万别娶草黄色头发的女人，道连。”他抽了几口烟后说。

“为什么，哈利？”

“因为她们那么多情善感。”

“可是我喜欢多情善感的人。”

“干脆就别结婚，道连。男人结婚是因为疲惫，女人结婚是因为好奇，结果双方都大失所望。”

“我想我不可能结婚，哈利。我爱得太深了。这是你的一个警句，我正把它付诸实践，就像你说啥我干啥一样。”

“你爱上谁了？”亨利勋爵停了一下说。

“一个演员。”道连·格雷说着涨红了脸。

亨利勋爵耸了耸肩：“这样的开端司空见惯。”

“你要是见过她就不会这么说了，哈利。”

“她是谁？”

“她的名字叫西比尔·文。”

“从来没有听到过。”

“谁都没有听到过。不过，总有一天大家会听到的，她是个天才。”

“我的好家伙，没有一个女人是天才。女性是善于装饰的，她们从来没有话要说，却可以说得非常动人。女人代表物质对思想的胜利，正如男人代表思想对道德的胜利。”

“哈利，你怎么能这样说呢？”

“我亲爱的道连，这可是千真万确。眼下我正在分析女人，所以应当知道。这个问题并非像我想象的那么深奥。我发现，说到底只有两种女人：一种是不化妆的；一种是化妆的。不化妆的女人很有用，要是你想捞个名声，让人知道你很体面，你只要带她们去吃晚饭就行了。另一类女人很迷人，但她们犯了一个错误。她们化妆是要使自己显得年轻。而我们的祖母们化妆是要使自己口若悬河。胭脂和智慧在过去可是密不可分的，现在却不同了。一个女人只要看上去比自己的女儿年轻十岁，她就心满意足了。至于交谈，整个伦敦只有五个女人值得你跟她说话，而其中的两个，还不够资格进入体面的上流社会。不过，说说你的天才吧，你认识她多久了？”

“啊！哈利，你的观点真吓人。”

“别管它了，你认识她多久了？”

“三星期左右。”

“你在什么地方见到她的？”

“我会告诉你的，哈利。可是你千万别泼冷水。说到底，我没有碰上你的话，就不会有这事儿了。你激起了我狂热的欲望，想了解生活的一切方面。自从见到你后，一连几天，我的血管里似乎一直搏动着某种东西。无论是在海德公园漫步，还是沿着皮卡迪利大街闲逛，我都打量着走过我身边的每一个人，带着疯也似的好奇心，想知道他们过着怎样的生活。有些人使我着迷，有些人使我害怕。空气中像是夹杂着一股浓郁的毒气，诱使我产生了一种寻求刺激的热情……是呀，一天晚上，大约七点钟，我决定出去探险了。我觉得我们这个灰蒙蒙可怕的伦敦，像你说的一样，有万千的居民，有肮脏的罪犯，有引人注目的罪恶。我觉得这里一定有什么等待着我。我设想了千万种可能性。光是那种危险就使我感到愉快。我记得我们初次一起用餐的那个美妙无比的夜晚，你说过寻找美是生活的真正秘密。我不知道自己期望着什么，反正我出门了，朝东面游荡过去，在曲折龌龊的街道里和黑乎乎寸草不长的广场上，很快迷了路。八点半左右，我经过一个荒唐的小剧院，巨大的汽灯光芒四射，节目单耀眼夺目。一个可怕的犹太人站在门口，吸着劣质雪茄，身上的背心出奇得我平生从来没有见过。他蓄着油光光的鬈发，肮脏的衬衫中间闪着一颗大钻石。'要一个包厢吗，老爷？'他一见我就说，卑躬屈膝地脱下了帽子。他身上有一种使我感到有趣的东西，哈利。他极其可怕。我知道你会笑话我，但我真的进去了，为一个舞台包厢付了整整一个几尼。我至今还不明白为什么会这样做，可要是我没有——我亲爱的哈利，要是我没有这样做，也就不会有生活中最浪漫的经历了。我知道你在笑我。你真可怕！"

"我没有笑，道连，至少没有笑你。但你不该说这是你生活中最浪漫的经历，你应当说你生活中的初次浪漫经历。永远会有人爱你，你也会永远沉溺于爱情。多情是无所事事之人的特权。那是一个国家有闲阶级的一大用处。别害怕。许多美妙的事儿等待着你，这仅仅是开始呢。"

"你认为我的性格那么浅薄？"道连·格雷生气地叫道。

"不，我认为你的性格非常深沉。"

"那是什么意思？"

"我的好家伙，一生中只爱一次的人是真正的浅薄者。他们自称为忠实和忠贞的，我管它叫习惯性的懒散，或是缺乏想象力。忠实之于情感生活，犹如前后一致之于理智生活，纯粹是失败的自供状。什么忠实！将来我必须加以研究。这里面包藏着一种贪有欲。要是不怕别人捡走，有很多东西我们准会扔掉。可是我不想打断你，把你的故事往下讲吧。”

“后来，我就坐进了一个可怕的私人小包厢，正对着画有庸俗不堪的景物的幕布。我从幕布后面看出去，扫视了一下剧院。发现它花哨艳丽，俗不可耐，画的全是丘比特和象征丰收的羊角，活像一个蹩脚的婚礼蛋糕。顶层楼座和正厅后排都已满座，但昏暗的前两排却空空荡荡，我猜想他们称之为花楼的地方，几乎不见人影。卖橘子和姜汁酒的女人走来走去，观众则大嗑其坚果。”

“那一定很像英国戏剧全盛时期的样子。”

“我想一模一样，而且还很沉闷。我开始感到纳闷，不知道究竟该怎么办。这时我看到了剧目单。你想演的是什么戏，哈利？”

“估摸是《傻孩子》或者《天真的哑巴》之类。我相信我们的先辈们喜欢这些玩意儿。道连，我年岁越长，越是迫切感到凡是先辈们觉得够好的，我们都觉得不够好。艺术领域和政治领域一样，先辈们总是错的[1]。”

1　原文为法语。

“这个剧对我们来说也是不错的，哈利，是《罗密欧与朱丽叶》。必须承认，一看到莎士比亚在这个狭小的鬼地方上演，我心里就恼火。但我还是有些好奇，至少决计等待第一幕开场。乐队很糟糕，由一个弹着刺耳的钢琴的犹太青年指挥，差一点把我吓跑。好在拉幕终于开启，戏剧开场了。演罗密欧的是一个上了年纪的矮胖男子，有着用软木炭涂得黑黑的眉毛，破锣似的悲悲戚戚的嗓音，啤酒桶一样的身材。演茂丘西奥的几乎一样糟，是一个拙劣的丑角，随意插科打诨，与后座的观众混得火热。这两个角色跟布景一样古怪，仿佛出自乡下的戏班。可是那朱丽叶！哈利，设想一个不满十七岁的姑娘，鲜花一样的小脸，小小的希腊式脑袋，上面盘着一圈圈深棕色的发辫，她的眼睛像紫罗兰色的深井，注满了火一样的热情，她的嘴唇活像玫瑰花的花瓣。她是我今生今世见过的最可爱的女子。你曾告诉我悲情会使你无动于衷，但美，只有美会使你热泪盈眶。不瞒你说，哈利，我因为泪水蒙面，几乎看不清这个姑娘。而她的嗓音——我从来没有听到过如此动听的嗓音。起初音调低沉而圆润，似乎只流进你的耳朵里。后来，稍稍高了一些，听来像是一支长笛或是远处的双簧管在演奏。花园的那场戏，音调里有一种你只能在天亮前夜莺歌唱时才能听到的战栗的狂喜。后来的几瞬间，又转为小提琴的激情奔泻。你知道嗓音多么能打动人。你的嗓音和西比尔·文的嗓音是我永世难忘的两种嗓音。我一闭上眼睛就听得见它们，各自表达着不同的东西。我不知道听谁的好。干吗不爱她呢？哈利，我确实爱她。她是我生活中的至宝。一夜又一夜，我去看她的戏。一天晚上她扮演罗瑟琳[1],第二天晚上演伊摩琴[2]。我看见她从心上人的嘴上吸着毒药，在意大利阴暗的墓穴中死去。我看她装扮成一个漂亮的小伙子，身穿紧身衣裤，头戴讲究的帽子，在亚登森林里漫游[3]。她也扮演过疯女子，来到一个有罪的国王面前，让他戴上芸香，品尝苦菜[4]。她还扮演过一个纯洁无邪的人，被一双黑皮肤的妒忌之手掐断了芦苇一般的脖子[5]。我看她穿过各种各样的服装，演过不同年龄的角色。普通的女人难以激发人们的想象，因为她们受自己时代的局限。甚至连魅力也无法使她们改观。她们的头脑像她们的帽子那样一目了然，你总是可以看得清清楚楚，里面没有任何秘密。她们早上在公园里骑马，下午在茶会上聊天。她们的笑容一成不变，她们的举止非常时髦。她们很浅露。但是一个演员呀，全然不同！哈利啊！你为什么不告诉我最值得爱的是演员呢？”

“因为我爱过那么多演员，道连。”

“噢，不错，是些染了头发、涂了面孔令人作呕的家伙。”

---

1 莎士比亚戏剧《皆大欢喜》中流亡公爵的女儿。

2 莎士比亚戏剧《辛白林》中辛白林与以前的王后所生的女儿。

3 莎士比亚戏剧《皆大欢喜》中的场景。

4 莎士比亚戏剧《哈姆雷特》中奥菲利娅的所作所为。

5 莎士比亚戏剧《奥赛罗》中的情节。

“别贬低那些染发涂脸的人，有时她们有一种非同寻常的魅力。”亨利勋爵说。

“但愿我没有跟你提起西比尔·文。”

“你不可能不告诉我，道连。后半辈子，你干什么都会告诉我。”

“是的，哈利，我相信确实如此。我会忍不住告诉你。你对我有一种奇怪的影响力。要是我犯了罪，我会来向你坦白，你会理解我。”

“像你这样的人——又任性又快活——是不会去犯罪的，道连。不过我还是很感谢你的恭维。好吧，告诉我——把火柴递给我，乖乖。谢谢。——你跟西比尔·文的实际关系怎么样？”

道连·格雷跳了起来，脸色通红，目光如火。“哈利，西比尔·文是圣洁的！”

“只有圣洁的东西才值得去碰它，道连，”亨利勋爵说，话音里带着一丝莫名的悲哀，“可是你为什么要恼火呢？我想她迟早要属于你的。一个人恋爱的时候总是以自欺欺人开始，而以欺骗别人告终。这就是世人所说的罗曼史。无论怎么说，我想你是了解她的喽？”

“我当然了解她。我上剧院的第一个晚上，演出结束后那个可厌的老犹太人来到包厢，提出要把我带到幕后，介绍给她。我勃然大怒，告诉他朱丽叶死了已经几百年了，遗体躺在维罗纳的大理石墓穴里。从他愕然的表情里，我推想他以为我香槟或者什么的喝得太多了。”

“我并不感到意外。”

“随后，他问我是不是在为报纸写稿。我告诉他，我连报都不看。他听了似乎非常失望，悄悄地告诉我，所有的剧评家都密谋反对他，他得把他们统统都买通。”

“我认为他说得有理。不过嘛，看他们的外表，这些剧评家身价大都不高。”

“哎呀，他好像觉得自己经济上力不从心。”道连大笑着说，“可这时候剧场的灯熄了，我得走了。他要我尝尝他竭力推荐的雪茄。我谢绝了。第二天晚上，当然我又去了那个地方。他一见面便低低地鞠了一躬，硬说我是艺术的慷慨施主。他是一个极其讨厌的混蛋，不过对莎士比亚满怀热情。有一次还自豪地告诉我，他五次破产都完全是为了这位‘吟游诗人’。他坚持这么称呼莎士比亚，好像认为因他破产是一种荣耀。”

“是荣耀，我亲爱的道连——莫大的荣耀。大多数人破产是因为过多地投资于平淡的生活。为充满诗意的生活而破产是一种荣耀。不过，你什么时候同西比尔·文小姐第一次开始交谈？”

“第三个晚上。她在演罗瑟琳。我忍不住走了过去，之前曾扔给了她一些鲜花。她也曾看了我一眼，至少我认为她看了。这个老犹太人很执拗，一定要带我到后面去，于是我同意了。我居然不想认识她，有些不可思议，是不是？”

“不，我并不这样想。”

“我亲爱的哈利，这为什么？”

“我以后告诉你吧。现在我想知道这位姑娘。”

“西比尔吗？啊，她那么腼腆，那么温柔。身上有着一种孩子气。我谈了对她演出的想法后，她惊讶地瞪大了眼睛，似乎并没有意识到自己的魅力。我想我们两人都很紧张。那个老犹太人站在满是灰尘的休息室门口，咧开嘴笑着，把我们两人品评了一番，而我们则像孩子似的站着，你看着我，我看着你。他坚持叫我‘老爷’，所以我得让西比尔放心，我不是那种人。她干脆对我说：‘你更像一个王子，我得叫你迷人王子。’”

“哎呀，道连，西比尔小姐真能说好话。”

“你不了解她，哈利。她只不过是把我看作剧中的一个人物而已。她对人生一无所知。她跟她妈住在一起，她妈已经力乏色衰，第一夜扮演凯普莱特太太[1]，穿着洋红色的晨袍，看上去以前的家境还不错。”

“我知道那种表情，一看就没劲。”亨利勋爵低语道，细看起他的戒指来。

“那个犹太人要跟我谈她的过去，但我说不感兴趣。”

1　莎士比亚戏剧《罗密欧与朱丽叶》中朱丽叶的母亲。

“你说得完全正确。议论人家的伤心事其实是很卑鄙的。”

“我只对西比尔感兴趣。她的出身跟我有什么关系？她从头到脚，彻头彻尾，百分之百地神圣。我每晚都去看她的演出，而她一晚比一晚动人。”

“怪不得你现在根本不同我一起吃饭了。我猜想你一定卷进了什么奇怪的罗曼史。你的确如此，不过跟我想象的并不完全一样。”

“我亲爱的哈利，我和你天天不是一起吃午饭，就是吃晚饭，而且还几次一块上歌剧院。”道连说，惊讶地睁大了那双蓝眼睛。

“你总是很晚很晚才到。”

“是呀，我忍不住去看西比尔演出，”他嚷道，“即使只是看一幕。我急于要看她。一想到那颗隐藏在象牙色的小小躯体里的奇妙灵魂，我就不觉肃然起敬。”

“今晚你可以同我一起吃饭了，是不是，道连？”

他摇了摇头。“今晚她演伊摩琴，”他回答，“明晚她将演朱丽叶。”

“什么时候她才是西比尔·文呢？”

“永远不可能是。”

“祝贺你。”

“你真可怕！她集世上所有伟大女主角于一身。她并不只是个体。你笑啦，不过我告诉你，她是个天才。我爱她，也一定要让她爱我。你熟知生活的一切秘密，告诉我怎样引动西比尔来爱我！我要让罗密欧妒忌，让世间死去的情人们听见我们的笑声，而且伤感不已。我要用我们热情的呼吸，使他们化为尘灰的躯体恢复知觉，痛苦万分。我的天呀，哈利，我多么崇拜她！”他一面说一面在房间里走来走去，热辣辣的脸上泛起了潮热的红点。他激动极了。

亨利勋爵瞧着他，心里有一种难以捉摸的愉悦。跟他以前在巴兹尔·霍尔华德的画室相遇的那个腼腆、胆小的小伙子相比，他已是判若两人！他的天性像花儿一样成长，开出了火红的花朵。他的灵魂已经从躲藏的秘密角落爬出来，欲望主动上前去迎接它。

“你打算怎么办呢？”亨利勋爵终于说。

“我要你和巴兹尔哪天晚上去看她演出。对看的结果我一点都不怕。你们肯定会承认她的天才。然后我们得把她从犹太人手里弄出来。她跟他签了三年合同——至少两年零八个月——从现在算起。当然我得付他些钱。等一切都解决了，我要找个西区剧院，让她扬扬名。她会让整个世界发疯，就像当初让我发疯一样。”

“那不可能的，我的好家伙。”

“不，她会的。她不仅有艺术，有完美的艺术直觉，而且也有人格。你常常同我说，改变时代的是人格而不是原则。”

“好吧，我们哪一天晚上去？”

“让我想想。今天是星期二。我们就定在明天吧。明天她演朱丽叶。”

“好的。八点钟，勃里斯托尔旅馆见。我去叫巴兹尔。”

“请不要八点，哈利。六点半。我们得在幕起之前赶到，看她演与罗密欧见面的第一幕。”

“六点半！这么早！那像是吃点心，或是看英文小说的时候。得七点才行。有身份的人是不在七点前吃饭的。这段时间你还要跟巴兹尔碰头吗？要不，我写信告诉他？”

“啊呀，这个巴兹尔！我已经一个星期没有见到他了，也是我不好。他把肖像画送来给我，画框是他特意为我设计的，很精美。尽管画里的人比我年轻了整整一个月，很让我妒忌，但说实话，我还是很喜欢这幅画的。也许还是你写信给他好，我不想单独见他。他的话让我生气，当然，他也给了我忠告。”

亨利勋爵笑了笑。“人们总是爱把自己最需要的东西送给别人，我管这叫深层次的慷慨。”

“啊，巴兹尔是个大好人，不过，我好像觉得他有点庸俗，那是我认识了你以后发现的。”

“巴兹尔，我的好家伙，他把自身的魅力都倾注进了自己的作品，结果留给生活的就只有偏见、原则和常识。我所见到的艺术家们，凡是个性讨人喜欢的都是蹩脚的艺术家。出色的艺术家仅仅存在于他们的创作之中，而他们本人是极其乏味的。一个伟大的诗人，一个真正伟大的诗人，是一个最没有诗意的家伙。但是，末流的诗人却绝对富有吸引力。诗写得越糟，人看上去越神气。一个人倘使出版了一部二流的十四行诗，他就必然惹人注目。他在生活中实践着自己无力写出的诗，而另一些人则写出了自己不敢实践的诗。”

“难道真是这样吗，哈利？”道连·格雷说，一面从放在桌上带金黄色盖子的大瓶子里，倒了些香水在手帕上，“既然是你说的，那就肯定是的了。现在我得走了。伊摩琴在等着我呢。明天的事儿可别忘了。再见。”

亨利勋爵离开房间的时候垂下了厚重的眼睑，陷入了沉思。显然很少有人像道连·格雷那样使他感兴趣。可是那小伙子对另外一个人发疯似的爱，并没有给他带来一丝因烦恼或嫉妒所生的痛苦。他感到高兴，因为道连成了更有意思的研究对象。他经常被自然科学的方法所吸引，却又觉得自然科学的一般论题太琐细，也太无意义。于是他先是解剖自己，末了又去解剖别人。他觉得人类的生活是一件值得探究的事。与此相比，其他东西都是没有价值的。事实是这样，当一个人看着生活奇怪地受着痛苦和愉快的煎熬的时候，他脸上无法佩戴玻璃假面具，也不可能阻止有毒的烟雾熏得脑袋一片混沌，把想象搅成乱七八糟的幻想和梦呓。有些毒药难以捉摸，要了解它的性质，你自己也得中毒。有些疾病非常奇怪，要做出诊断，你必得亲身去体验。然而，你得到了何等巨大的报偿！世界对于你变得多么奇妙！了解激情不寻常的硬逻辑，探寻理智多彩的情感生活，观察它们什么地方相遇，什么地方分离，哪一点上一致，哪一点上相左，还真别有一番乐趣！又何必管它要付出多大的代价？为了得到一种新的感觉，再高的代价也是值得的。

他意识到，正是他的某些话，用音乐般的音调说出的音乐般动听的话，使道连·格雷的灵魂转向这位纯洁的姑娘，并为之倾倒。这么一想，他玛瑙似的褐色眼睛里射出了喜悦的光芒。这小伙子很大程度上是他的创造物。他使他早熟，那很了不起。普通人等待着生活把秘密暴露给他们，而对少数人，对上帝的选民来说，生活的面纱还没有拉开，内中的秘密就尽收眼底了。有时，那是艺术所产生的效果，主要是文学艺术，因为它直接表现激情和理智。但有时一个复杂的人格取而代之，担当起了艺术的职能，事实上，其自身便是一件艺术品。像诗歌、雕塑和绘画一样，生活本身就拥有精心创造的杰作。

不错，这小伙子有些早熟，春天就已开始了收割。他身上涌动着青春的脉搏和热情，但他的自我意识已经很强。对他进行观察是一种愉快。那么漂亮的脸蛋，那么美丽的灵魂，他使你为之惊叹。至于如何结局，或者注定要如何了结，都无关紧要。他就像露天表演或戏剧中的高雅角色，他们的欢乐似乎离你非常遥远，他们的忧愁却会激起你的美感，他们的伤痛像红红的玫瑰。

灵魂和肉体，肉体和灵魂，是多么神秘呀！灵魂中存在着动物性，肉体中有瞬时的灵性。感觉可以升华，理智可能堕落。谁能说得出何处是肉体冲动的终点，何处是灵魂冲动的起点？一般心理学家的武断定义是何等浅薄！然而要对不同学派的主张决定取舍又何其困难！难道灵魂是端坐在罪恶之屋中的幽灵？或者如乔达诺·布鲁诺[1]所想，肉体真的是在灵魂里？把精神从物质中分离出来是一大秘密，精神和物质的统一也是一大秘密。

他开始考虑我们是否能使心理学彻底成为一门科学，向我们揭示生活的一切动力。我们似乎常常误解自己，也很少理解别人。经验不具有伦理价值。它只不过是人赐给错误的名字。道德学家总是把它视为一种警示，认为对性格培养具有一定的伦理效果，赞扬经验能教育我们应该遵循什么，启发我们应当避免什么。但是经验中没有动力。它像良心一样不是一种积极因素。它实际所昭示的，无非是我们的未来与过去一模一样，一度犯过的罪孽，我们十分厌恶，但又会愉快地一犯再犯。

他很清楚，实验法是对情欲做出科学分析的唯一方法。自然道连·格雷是他手头的一个专题，而且有可能带来丰富的成果。他对西比尔·文那种突如其来的痴心，是一个很有意思的

1 布鲁诺（1548—1600），哥白尼太阳中心说和自由思想的倡导者，被中世纪宗教法庭判处死刑。自十九世纪中叶以来，他被西方作家和知识分子视为文化英雄。

心理现象。无疑这与好奇心有密切关系，对一种新体验的好奇和向往。然而它不是简单而是相当复杂的情欲。原本存在的孩提时代的感官本能，通过想象转化成对这个青年来说远离感官的东西，也正因为这样就显得更加危险。关于情欲的来源，我们有些自欺欺人，但正是这种情欲有力地支配着我们。我们最弱的动机是那些我们意识到其本质的动机。事情常常是这样，当我们认为是在对别人进行试验的时候，实际上是在对自己进行着试验。

亨利勋爵正坐着浮想联翩的时候，敲门声响了，进来一个侍者，提醒他该换装赴晚宴了。他站起来向街道望去。夕阳已经把对面房子高处的窗户染成了金红色。玻璃窗光闪闪像烧红的金属盘子。窗上端的天空好似一朵褪了色的玫瑰。他思考着朋友年轻火红的生活，不知道一切会怎样告终。

十二点半左右他回到家里，看见大厅的桌子上有一份电报。他打开来看，发现是道连·格雷发来的，说他已和西比尔·文订婚。

第五章

“妈妈，妈妈，我真开心！”姑娘小声说，把脸埋进这个容颜褪尽、面有倦色的女人的膝盖上，那女人背对着闯入的强光，坐在阴暗的起居室仅有的靠手椅里。“我真开心！”姑娘重复道，“你也一定很开心！”

文太太皱了皱眉，用那双因反复化妆而显得苍白瘦削的手，抚摸着女儿的头。“开心！”她应声说，“西比尔，只有看你表演时我才开心。除了表演，你什么都不该想。艾萨克斯先生一向待我们不错，而我们还欠了他钱呢。”

姑娘抬起头来，噘着嘴。“钱？妈妈，”她叫道，“钱有什么关系？爱情比钱更重要。”

“艾萨克斯先生预支了我们五十英镑，让我们还了债，又为詹姆斯购置了像样的行装。那你可不能忘记呀，西比尔。五十英镑是很大一笔钱，艾萨克斯先生也够体谅我们的。”

“他不是一个有身份的人，妈妈。我讨厌他跟我说话的那副样子。”姑娘说着站起来朝窗子走去。

“没有他，我不知道我们的日子该怎么过。”老妇人怨声怨气地回答。

西比尔把头往后一仰，哈哈大笑。“往后我们不需要他了，妈妈。现在，我们的生活由‘迷人王子’来照管。”随后她打住了，只觉得血直涌上来，脸上泛起了玫瑰色的红晕。急促的呼吸催开了她花瓣似的嘴唇。她的嘴唇颤动着。激情犹如一阵南风，吹遍了她周身，掀动了她精致的衣服的褶皱。“我爱他。”她光这么说了一句。

“傻孩子！傻孩子！”她鹦鹉学舌般地吐出这几个字来，算是回答。说话时她戴着假钻石、变了形的手指挥来挥去，使那几个字听上去有些古怪。

这姑娘又大笑起来。嗓音里透出了笼中鸟般的喜悦。她的眼睛抓住了这美妙的旋律，产生了共鸣，闪烁出明亮的目光。随后闭了一会儿，仿佛要掩盖内心的秘密。再次张开的时候，眸子里飘过一阵梦幻似的雾翳。

薄唇利舌的智慧坐在旧椅子上同她说话，暗示她要谨慎，还引述了一本借用常识之名写成的“懦弱”一书。她置之不理。在激情的牢狱中她是自由的。她的王子，“迷人王子”，同她在一起。她召唤记忆来重塑王子的形象，派出灵魂去寻找他，并把他带了回来。他的亲吻再次在她嘴上燃烧，她的眼睑留着他呼吸的余温。

然后，智慧改变了手法，主张探秘和发现。这年轻人也许很有钱，要是这样，婚姻就应当考虑。世俗的狡狯，波浪似的撞击着她的耳壳；诡计的箭矢，从她身边滑过。她看到智慧的薄唇在抖动和微笑。

突然她觉得要说话。她受不了这么长时间的沉默。“妈妈，妈妈，”她叫道，“他为什么那么爱我呢？我知道我为什么爱他。我爱他，是因为他就是爱的化身。可是他从我身上看到了什么呢？我配不上他。但是——我说不上来为什么——尽管我知道自己的身份比他低得多，但并不感到低贱。我觉得自豪，非常自豪。妈妈，你当初像我爱迷人王子那样爱爸爸吗？”

这位年长的妇人尽管两颊涂了粗劣的脂粉，还是显见得脸色苍白了。她干燥的嘴唇痛苦地抽搐着。西比尔冲向她，搂住脖子，吻了起来。“原谅我，妈妈。我知道谈起父亲会使你痛苦。但正因为你太爱他了才感到那么难过。别那么一脸伤心样儿，今天，我跟你二十年前一样开心。啊！让我一辈子那么开心吧！”

“我的孩子，你实在太年轻了，根本不是考虑爱情的时候。更何况你对那个年轻人又了解些什么啦？你连他的名字都不知道。这事儿挺烦人的，偏偏又赶上詹姆斯要到澳大利亚去。我有那么多事要考虑，你应该体谅我。不过，以前我也说过，如果他有钱的话……”

“啊！妈妈，妈妈，你就让我开心吧！”

文太太瞥了她一眼，用那种往往成了舞台演员第二天性的虚假戏剧动作，把她紧紧抱在怀里。这时候门开了，进来了一个蓬头褐发的青年。他个子敦实，手脚粗大，行动笨拙，不像他姐姐那么有教养。你很难设想两人之间有着如此密切的关系。文太太注视着他，笑得更欢了。她在想象中把儿子提高到了观众的地位，确实觉得这个场面很有趣。

“我想你还是留些亲吻给我吧，西比尔。”小伙子说，心平气和地抱怨着。

“啊！可你不喜欢人家亲你，吉姆[1]，”她大叫道，“你是头古怪可怕的大熊。”说完，穿过房间，冲上去把他搂住。

詹姆斯温情地看着姐姐的脸。“西比尔，我想请你出去同我散一会儿步。想必不会再看到这讨厌的伦敦了，我实在不想见它。”

“我的孩子，别说得那么可怕。”文太太喃喃地说，一面叹着气拿起一件艳丽俗气的戏装，开始缝补起来。儿子没有参加她们的表演，她有点扫兴，不然，这场戏会生动得多。

“为什么不说，妈妈？我真是这么想的。”

“孩子，你让我难过。我相信你从澳大利亚回来时已经很有钱了。我想殖民地根本没有上流社会，没有称得上上流社会的东西。所以你发了财就得回来，在伦敦立足。”

“上流社会！”小伙子咕哝着，“我不想知道什么上流社会。

1　詹姆斯的昵称。

我要挣些钱让你和西比尔脱离舞台。我恨死它了。”

“哎呀，吉姆！”西比尔大笑说，“你说得多刻薄！你真的要同我去散步吗？那太好了！我担心着你要跟一些朋友去告别，譬如说汤姆·哈代，他给了你那个可怕的烟斗，或者内德·兰顿，他因为你吸烟而笑话你。真让人高兴，你把最后一个下午给了我。上哪儿去好呢？去海德公园吧。”

“我太穷酸相了，”他皱了皱眉回答，“时髦有钱的人才上海德公园。”

“你瞎说，吉姆。”她轻声说，抚摸着吉姆的外衣袖口。

他犹豫了一阵子。“好吧，”终于说出了口，“不过换衣服别拖拉。”她手舞足蹈地出了房间。听得见她哼着歌奔上楼去，头顶上响起了那双小脚的踢踏声。

他在房里踱了两三个来回，随后转向椅子上一动不动的人影。“妈妈，我的东西都准备好了吗？”他问。

“全都准备好了，詹姆斯。”她回答，眼睛并没有离开手头的活儿。几个月来，她单独与这个粗鲁阴沉的儿子相处的时候，总觉得不自在。两人的目光一接触，这个浅薄诡秘的女人心里便不安起来。她常感到纳闷，不知道儿子是否对什么起了疑心。他的沉默使她难以忍受，因为他一言不发。她开始抱怨了。女人们好以攻为守，就像她们突然间莫名其妙地投降，是为了进攻。“我希望你对航海生活感到满意，詹姆斯，”她说，“别忘了是你自己选中的。你本可以进律师事务所，律师是一个很体面的阶层，在乡下是与上等人家一起吃饭的。”

“我讨厌事务所，也讨厌职员生活，”他回答，“但你说得很对，我选择了自己的生活。我只有一句话要说，管好西比尔。不要让她受到任何伤害。妈妈，你得照管好西比尔。”

“詹姆斯，你这话也说得有些莫名其妙了。我当然会照管好西比尔。”

“听说一个绅士夜夜都上剧场来，到幕后同她说话。有这回事吗？怎么搞的？”

“你在谈论你不懂的事，詹姆斯。干我们这一行的，都习惯于心满意足地接受很多人的捧场。有一个时期，我自己就常常收到不少花束。那往往是人家真正理解你的表演的时候。至于西比尔，我不知道她现在的感情是不是认真的。不过毫无疑问，我们谈到的那个青年完全是个绅士。他在我面前总是彬彬有礼。另外，他看上去很有钱，送的花也很可爱。”

“可是你连他的名字都不知道。”小伙子说，一点面子也不给。

“是不知道，”他母亲回答，脸上显得很平静，“他还没有透露自己的真名。我想他很浪漫。也许他是贵族的一员。”

詹姆斯·文咬着嘴唇。“照管好西比尔，妈妈，”他叫道，“把她照管好。”

“我的孩子，你很使我伤心。西比尔一向受到我的特别照顾。当然，要是那个绅士很有钱，与他结合也未尝不可。我相信他是一个贵族，有一副贵族派头，我得说，对西比尔来讲，那也许是一桩最理想的婚姻。他们俩是天生的一对。他的外貌出奇地漂亮，谁都注意到了。”

小伙子嘀咕了一阵，随后，他那粗糙的手指在窗玻璃上敲了起来。他刚转过头来想说什么，门开了，西比尔冲了进来。

“你们两人多严肃！”她叫道，“怎么啦？”

“没事儿，”他回答，“我想人有时是该严肃一点的。等会儿见，妈妈。我五点吃饭。除了衬衫，什么都收拾好了，所以你不用操心了。”

“等会儿见，孩子。”她回答，一面欠了欠身子，庄重得很不自然。

他同她说话的口气让她很恼火。而他的某种神情又使她感到害怕。

“吻我一下，妈妈。”姑娘说。西比尔花一般的嘴唇触到了她憔悴的脸颊，温暖了脸上的霜冻。

“我的孩子！我的孩子！”文太太叫道，抬头去看天花板，寻找想象中的顶层楼座观众。

“来吧，西比尔。”她弟弟不耐烦地说。他讨厌母亲装腔作势。

他们出了门，沐浴在阳光里。清风扑面，光影摇曳。两人沿着沉闷的休斯顿路走去。路人惊讶地打量着这个沉着脸、实敦敦的年轻人，他的衣服既粗陋又不合身，与他做伴的却是一个文雅而很有风度的姑娘。那情景仿佛一个粗俗的花匠戴着一朵玫瑰花在走路。

吉姆一回回与陌生人好奇的目光相遇，不时皱起眉来。他讨厌别人那么盯着他看，这种讨厌的性情，天才要到晚年才有，而普通人则一刻也没有摆脱。西比尔却丝毫没有意识到自己所造成的效果。她的爱颤动在嘴唇上，融化在笑声中。她尽想着迷人王子，也许为了能想得更多些，她没有谈起他，而是滔滔不绝地说着吉姆要乘船出海；说他肯定能发现金子；说他会从可恶的红衣丛林强盗[1]手中，救出美丽的女继承人。因为他不会永远做水手，或者货物管理员，或者诸如此类的工作。啊，不！水手的生活太糟糕了。设想被禁锢在可怕的船上，驼峰似的波浪，嘶叫着要冲进来，阴风吹落了桅杆，把船帆撕成一长条一长条触目惊心的碎片！他要在墨尔本离船而去，与船长客客气气告别，立刻就上金矿。一周不到，他就会发现大块纯金，有史以来掘到的最大金块，装上运金车，由六个骑警护送到沿海。丛林强盗三次打劫，都被杀得落花流水，死伤无数。或者，不。他干脆不去金矿。那是个破地方，那里的人喝得酩酊大醉，在酒吧里相互射杀，满口都是脏话。他要做一个清清爽爽的养羊农，一天晚上骑马回家的时候，看到一个漂亮

1 “丛林强盗”是指澳大利亚早期为生活所迫，遁入丛林为盗的定居者。伦敦的居民肯定早有所闻，从而触发了人物的想象。

的女继承人被强盗按在一匹黑马上带走，他追上去救了她。当然她堕入了爱河，他也爱上了她。他们结了婚，回到家乡，住在伦敦的一所豪宅里。是啊，他有着美好的未来。只是他得好自为之，不要发脾气，不要乱花钱。她只不过比他大了一岁，但阅世却要深得多。他还得保证每个邮班都要有信给她，每晚临睡前都要做祷告。上帝很仁慈，会保佑他。她也会替他祷告，若干年后，他会衣锦还乡，无比幸福。

这小伙子绷着脸只管听，没有应答。他感到了离家的伤痛。

可是，使他郁郁寡欢的并不仅此。他虽然涉世未深，却仍强烈地感到西比尔处境的危险。这个向她示爱的年轻花花公子可能不怀好意。他是个上等人，所以使恨他，出于某种连自己也说不清楚的奇怪的阶级本能，他恨那个上等人。正因为这样，他的恨也就更加刻骨铭心。他也意识到母亲禀性的浅薄和虚荣，从中看到了对西比尔及其幸福构成的巨大危险。孩子们以爱父母开始自己的人生，长大了评判父母，有时也原谅他们。

他母亲啊！他心里有话要问她，那些话他默默地想了几个月了。他从剧院偶尔听到的一言半语，一天晚上在后台口等候时传到他耳边的低声冷笑，勾起了他一连串可怕的想头。他记起此事，仿佛一根猎鞭抽打在他脸上，他双眉紧锁，筑起了一道楔子状的沟壑。他痛苦地抽搐着，咬着下嘴唇。

“我说的话你一句也没有听，吉姆，”西比尔叫道，“而我为你设计了一个幸福的未来。你开口说话呀。”

“你要我说什么呢?”

“啊!你说你会乖乖的,你不会忘记我们。”她朝他笑了一笑回答。

他耸了耸肩。“你会更快地忘记我,而不是我忘记你,西比尔。”

她涨红了脸。“你这是什么意思,吉姆?”她问道。

“我听说你交了个新朋友。他是谁?为什么你没有同我谈起他的情况?他对你不怀好意。”

“住嘴,吉姆!”她大叫了一声,“你不能说他的坏话,我爱他。”

“啊呀,你连他的名字都不知道,”这青年回答,“他是谁?我有权知道。”

“他叫迷人王子。不喜欢这个名字?啊!你这傻孩子!你可永远别忘了这个名字。你只要一见他就会认为他是世界上最好的人。有一天你会见到他:等你从澳大利亚回来的时候。你会非常喜欢他,谁都喜欢他。而我……我爱他。但愿你今晚能上剧院来,他会在那儿,我要扮演朱丽叶。啊!我怎么演才好呢!想象一下,吉姆,在热恋中扮演朱丽叶!而他就坐在那儿!为使他愉快而演出!我怕我会吓坏观众,不是吓倒他们,就是使他们倾倒。热恋的人是身不由己的。可怜而又可怕的艾萨克斯先生,会在酒吧里对着他的无业游民大叫一声‘天才’。

他一向把我当作一种信念来宣传，今晚他会宣布我是他的一大发现。我预感到了。这一切都要归功于他，全归功于他，迷人王子，我美妙无比的意中人，富有魅力的神明。与他相比我很贫穷。贫穷？那有什么关系？贫穷一钻进门，爱情就飞进窗。我们的谚语需要重写，那是冬天写成的，而现在是夏天，对我来说，我想是春天，是蓝色的天空中飞花的时节。”

“他是个上等人。”年轻人闷声闷气地说。

“一个王子，”她银铃似的叫道，“你还图什么别的呢？”

“他会把你当奴隶。”

“一想到自由我便会颤抖。”

“我要你提防他。”

“见到他就会崇拜他，了解他就会信任他。”

“西比尔，你被他迷倒了。”

她大笑着抓住了他的胳膊。“亲爱的吉姆老弟，你说话的口气好像已经活了一百岁似的。将来你自己恋爱，就知道那是什么滋味了。别这么苦着脸。你自然是应当高兴的，因为你虽然要走了，但我比以往任何时候都幸福。对我们俩来说，生活一直非常艰辛和困难。现在却不同了，你正走向一个新世界，而我发现了一个新世界。这儿有两把椅子，让我们坐下来，看着这些时髦的人走过吧。”

他们在一群旁观者中间坐了下来。路对面的郁金香花圃，红艳艳好似一圈圈跳动的火。一团白色的尘雾，似乎是一片菖蒲根花的云彩，悬挂在喘息着的空气中。色彩鲜艳的太阳伞，上下跳动着，活像巨型的蝴蝶。

她让弟弟谈自己，谈希望，谈前景。他说得很慢，很吃力。他们你一言，我一语地说着，就像赌徒发送筹码一样，你来我往。西比尔感到压抑，无法传递心中的喜悦。她所能得到的呼应，不过是一抹淡淡的笑容挂在他不快的嘴巴上。过了一阵子她便沉默不语了。突然她瞥见了一头金发和两片大笑着的嘴唇。道连·格雷和两位女士，坐着敞篷马车疾驰而过。

她蓦地站了起来。“那就是他！”她叫道。

“谁？”吉姆·文问道。

“迷人王子呀。”她回答，目送着那辆敞篷马车。

他跳将起来，粗野地一把抓住她的胳膊。“把他指给我看，哪一个是他？把他指出来。我必须见他！”他喊道。但就在这一刹那，伯威克公爵四匹马拉的马车，冲上来挡在了中间，而待到留出空隙，那辆敞篷马车已经旋风似的驶出海德公园。

“他走了，”西比尔伤心地低语道，“我真希望你见到了他。”

“但愿如此，因为要是他亏待了你，我就把他干掉，就像天上有上帝那么肯定。”

她恐惧地看着他。他重复了说过的话，字字似匕首般刺向空中。周围的人目瞪口呆，站在她身旁的一位女士嗤嗤笑着。

“走吧，吉姆，走吧。”她低声说。他紧随着她穿过人群，为自己说过的话感到高兴。

他们走到阿喀琉斯像的时候，她转过头来，眸子里透出一种怜惜的表情，这种表情到了嘴唇上便成了笑声。“你真傻，吉姆，傻透了。你这孩子脾气很不好，就是这么一回事。你怎么能说出那么可怕的话来？你不知道自己在说什么。你纯粹是妒忌和刻薄。啊！但愿你也爱上了谁。爱情使人善良，而你说的话却是恶毒的。”

“我十六岁了，”他答道，“明白自己的作为。妈妈帮不了你的忙。她不知道该怎么照顾你。现在我真希望干脆就不去澳大利亚了。我很想全都放弃。要是我没有签约，我真的会这样做。”

“噢，别那么当真了，吉姆。你很像妈以前常常在傻乎乎的闹剧中喜欢扮演的人物。我不打算同你争吵。我已经看到了他。啊！见到他便是无限幸福。我们不吵啦。我知道你不会伤害我所爱的人，是不是？”

“只要你还爱他，我想。”便是他阴沉的回答。

“我会永远爱他！”她叫道。

“那么他呢？”

“一样永远爱我。”

“他还是识相点好。”

她从他身边缩了回来，随后又把手搭在他胳膊上。他不过是个孩子。

他们在大理石拱门那儿招呼了一辆公共马车，乘到休斯顿路他们寒酸的家附近下了车。那已是五点过后，西比尔在演出前得躺下休息两个小时。吉姆执意要她这样做。他说宁可在母亲不在场的时候同她告别。母亲肯定会大闹一场，而他又最讨厌这样。

他们在西比尔自己的房间话别。年轻人心生妒忌，对夹在他们之间的陌生人恨之入骨。但她的胳膊搂住他脖子，她的手指抚摸他头发时，他心软了，十分动情地吻起她来。下楼的时候，他眼睛里满是泪水。

他母亲在楼下等他。他进房时她抱怨他不守时。他没有搭理，只顾坐下吃那顿并不充足的饭。苍蝇绕着桌子嗡嗡乱飞，或是爬在脏兮兮的桌布上。在公共马车的隆隆声和街车的嗵嗵声中，他依然能听得见那单调的嗞嗞叨叨声正在吞噬着留给他的每一分钟。

过了一会儿，他推开盘子，把头埋在手里。他觉得自己有权知道。如果事情真像他所怀疑的，那就早该告诉他了。他母亲恐惧地看着他，话语机械地从她嘴里吐出来。她的手指，扯动着一块镶花边的破烂手帕。钟敲六点，他站了起来，朝门走去。随后却又转过身来，看着母亲。两人的目光相遇。在她的眼神里，他看到了急切乞求宽恕的表情。这让他很光火。

“妈妈，我有事儿要问你。”他说。她的眼睛毫无目的地在房间里转来转去。她没有回答。“把实情告诉我，我有权知道。你同父亲结了婚吗？”

她深深地舒了口气，如释重负。几星期、几个月来她日夜畏惧的时刻终于到来了，但她并不感到害怕，说实在倒有些失望。问题问得很直接，直接得有些庸俗，因而需要一个直接的回答。这个场合不是逐渐导入的，有些生硬，令她想起一场拙劣的排练。

“没有。”她回答，惊异于生活之过于简单。

“那么我父亲是个恶棍？”年轻人叫道，捏紧了拳头。

她摇了摇头。“我知道他有牵累。我们彼此相爱。要是他还在世，他准会供养我们。儿呀，你别说他的坏话。他是你父亲，一个上等人。说真的，他门第很高。”

他咒骂了一声。“我自己倒是不在乎，”他大叫道，“可别让西比尔……一个上等人，或者自称是上等人的人爱上了她，是不是？想来门第也很高。”

一时间她感到了可怕的羞辱，低下了头去，双手抖抖地擦起眼睛来。“西比尔有一个母亲，”她轻声说，“而我没有。”

年轻人被打动了。他朝她走去，弯下腰去吻她。“对不起，要是我问起父亲的事让你伤心了，”他说，“但我不得不这样。现在我该走了。再见。别忘记现在你只有一个孩子需要照应了。相信我，要是那人亏待了我姐姐，我一定会打听出来他是谁，跟踪他，把他像狗一样宰了，我发誓。”

那傻乎乎过分夸张的威胁、与之相伴的情绪化的手势以及闹剧式的疯话，使她觉得生活似乎更加生动了。她熟悉这种气氛，呼吸也更加顺畅了，几个月来第一次赞赏起儿子来。要不是儿子打断了她，她准会继续那么冲动地把这场戏演下去。但箱子得拿下去，手套要去找出来。公寓里的差役忙进忙出。还要跟马车夫讨价还价。这一刻就在庸俗的细枝末节中过去了。儿子的车赶走时，她带着重又升起的失望感，在窗口挥动着破破烂烂的手帕。她意识到一个很好的机会给浪费了。为了安慰自己，她告诉西比尔自己的生活会多么孤寂，因为从此只有一个孩子需要照管了。她想起了这句话，心里挺高兴。至于那番威胁，她什么也没说。儿子讲得很生动，也很夸张。她觉得将来他们都会对此付诸一笑。

第六章

“想必你已经听到这消息了，巴兹尔？”那天晚上亨利勋爵说，当时霍尔华德正被领进勃里斯托尔旅馆的小包房，里面摆好了供三个人用饭的餐具。

“没有，哈利，”艺术家回答，一面把帽子和外衣交给打躬作揖的侍者，“什么消息？但愿与政治无关，我对政治不感兴趣。下议院里的人几乎没有一个值得画，尽管很多都需要改善一下形象。”

“道连·格雷订婚了。”亨利勋爵一面说一面看着他。

霍尔华德大吃一惊，皱起眉头。“道连·格雷订婚了！”他大叫道，“不可能！”

“千真万确。”

“跟谁结婚？”

“一个小演员什么的。”

“我不信。道连是个明白人。”

“道连因为太明白了，所以动不动要干出傻事来，亲爱的巴兹尔。”

“结婚可不是动不动就好干的事，哈利。”

“在美国除外。”亨利勋爵懒洋洋地回答，“不过，我并没有说他结婚了，只不过说订婚了，两者大有区别。我记得清清楚楚，我自己结了婚，但丝毫不记得订过婚。我倾向于认为我从来没有订过婚。”

“可是试想道连的出身、地位和财富，跟一个比他身份低得多的人结婚就荒唐了。”

“如果你想要他跟那姑娘结婚，你就把这告诉他吧，他准会干的。一个人要做一件愚蠢透顶的事，常常是出于最崇高的动机。”

“但愿这姑娘不错，哈利。我不想看到他跟一个会腐蚀他天性、摧毁他理智的坏家伙拴在一起。”

“哦，她岂止不错——她非常漂亮，”亨利勋爵低声说，喝着一杯橙汁苦艾酒，“道连说她很漂亮，而在这一类事上，他是不大会出错的。你作的画像启发了他对别人外表的欣赏能力。那幅画除了别的作用之外，确实产生了那种极好的效果。要是道连那孩子不失约的话，今晚我们要看到她了。”

“你可当真？”

“真的，巴兹尔。比什么时候都认真。”

“可你赞同吗，哈利？”画家问，咬紧嘴唇，在房间里来回踱步，“你大概不会赞成。这不过是鬼迷心窍干出来的傻事。”

“如今，无论什么事我都不说赞成，或者不赞成。以是或否的态度来对待生活是荒谬的，因为我们被送到世上不是来发表道德偏见的。我从不注意普通人说什么，也从不干预可爱的人干什么。要是一个人吸引我，他无论选择什么方式表达自己，对我来说都很可爱。道连·格雷爱上了一个扮演朱丽叶的漂亮姑娘，并打算和她结婚，那有什么不好？他就是娶了梅塞林娜[1]也照样有吸引力。你知道我不是婚姻的卫士。婚姻的真正弊病在于使人无私。但无私的人是没有色彩的，缺乏个性。不过，婚姻使人的某些禀性更加复杂，保留了利己主义，并增加了不少其他自我意识。人们身不由己地过着多重生活，变得高度条理化，而我认为高度条理化是人类生活的目的。此外，每一种经历都是有价值的。随你说婚姻如何不好，它毕竟是一种经历。我希望道连·格雷会娶这个姑娘为妻，死去活来地爱她半年，然后，又忽然迷上了另外一个人。他会成为一个很好的研究对象。”

“你没有一句话是当真的吧，哈利，你知道是说着玩的。要是道连·格雷给毁了，你会比谁都难过。你就是假装使坏。”

亨利勋爵哈哈大笑。“我们之所以把别人想得很好，是因为我们大家都替自己担心。乐观主义的基础纯粹是恐惧。我们盛赞邻居的某些美德，便自以为很慷慨，其实是因为那些美德

1 古罗马皇后，克劳迪斯之妻，公元前四十八年因荒淫和背叛被判处死刑。

可能对我们有好处。我们夸奖银行家，为的是可以透支；我们找出拦路强盗的优点，是希望他别来掏我们的口袋。我说的都是心里话。我很鄙视乐观主义。至于说毁了谁的生活，生活无所谓毁与不毁，只有发展受到了阻止才真的给毁了。如果你要毁坏一个人的天性，你只要把它加以改变就达到了目的。至于婚姻，那当然是愚蠢的，不过男女之间还有其他更有意思的关系，对此我自然会加以鼓励，这些关系因为时髦而具有魅力。不过道连本人来了，他会告诉你更多的东西。”

“亲爱的哈利，亲爱的巴兹尔，你们俩都该祝贺我！”小伙子说，一面脱下两肩都是缎子夹里的晚间用斗篷，一面挨个跟他的朋友握手。“我从来没有那么快乐过。当然一切来得很突然，愉快的事儿全都如此。我觉得这就是我一生所要寻觅的。”他又兴奋又快活，脸上泛起了红晕，看上去格外英俊。

“愿你永远那么快乐，道连，”霍尔华德说，“你没有把你订婚的事告诉我，我可不会原谅你。你告诉了哈利。”

“我也不会原谅你吃饭来迟了。”亨利勋爵插嘴道，把手搭在小伙子肩上，笑嘻嘻地说，“来吧，坐下来尝尝这里新来的厨师的手艺。过会儿，你再谈谈这究竟怎么回事。”

“其实也没有什么好讲的，”他们在一张小圆桌旁就座后，道连叫道，“事情的经过无非就是这样：昨天晚上同你分手后，哈利，我穿上礼服，到了鲁伯特街，在你介绍的一家意大利小餐馆用了晚饭，随后八点钟上了剧院。西比尔扮演罗瑟琳。当然，布景很糟糕，奥兰多[1]也荒唐可笑。可是那西比尔！你们真该见见她！她女扮男装登场，好看极了，穿着一件带棕黄袖子的苔青色丝绒紧身衣，一条咖啡色的背带紧身裤，戴一顶精致的绿色小帽，帽上的一颗宝石系着老鹰羽毛。她还披了一件带兜帽衬着暗红色里子的大氅。在我眼里，她似乎从来没有这样美妙绝伦。她有着你画室里那尊塔纳格拉赤陶小雕像的全部风韵，巴兹尔。她的头发拥着她的脸，就像深色的叶子拥着浅色的玫瑰。至于她的演技嘛，嗯，今晚你们会看到的。她简直是个天生的艺术家。我坐在幽暗的包厢里，完全神魂颠倒了。我忘了自己身处伦敦，生活在十九世纪。我的爱把我带到了人所未见的森林。演出结束后，我到了幕后，同她攀谈起来。我们坐在一起，她的眼睛里突然出现了一种我从来没有见过的表情。我的嘴唇凑向了她的嘴唇，两人便吻了起来。我无法向你们描述我当时的感觉。我的全部生活，似乎都浓缩成了尽善尽美的玫瑰色的欢愉。她浑身颤抖，像一朵摇曳着的白水仙，随后一下子跪倒在地，亲吻起我的手来。我觉得不该把这告诉你们，但实在忍不住。当然，我们订婚的事绝对保密，连她母亲都没告诉。不知道我的监护人会怎么说，拉德利勋爵肯定会勃然大怒。但我不在乎，反正要不了一年就成年了，到那时爱怎么干都行。我从诗中取来了爱情，在莎士比亚剧中找到了妻

1　莎士比亚戏剧《皆大欢喜》中罗兰·德·鲍埃爵士的儿子。

子，巴兹尔，我做得很对是不是？被莎士比亚教会说话的嘴唇，耳语着把秘密告诉我。我搂抱着罗瑟琳，亲吻着朱丽叶。”

“是的，道连，我想你是对的。”霍尔华德慢条斯理地说。

“你今天见过她吗？”亨利勋爵问。

道连·格雷摇了摇头。“我在亚登的森林同她分手，将要在维罗纳的果园与她相会。”

亨利勋爵若有所思地喝着香槟。“你在什么情况下提到了‘结婚’两个字，道连？而她是怎么回答的？也许你已经忘得一干二净。”

“亲爱的哈利，我并没有把这当作一桩买卖，也没有一本正经地向她求婚。我告诉她我爱她，她说她不配做我的妻子。什么不配呀！嗨，与她相比，整个世界都是微不足道的。”

“女人非常讲究实际，”亨利勋爵低声说，“比我们要实际得多。在那种场合，我们往往会忘了谈结婚的事儿，而她们总会提醒我们。”

霍尔华德按住他的胳膊。“别这么说，哈利。你已经惹得道连生气了。他跟别的男人不一样。他不会把苦恼带给别人。他的天性太好了，不会干出这种事情来。”

亨利勋爵的目光扫过桌子，回答说：“道连从来不生我的气，我有最充分的理由问这个问题，事实上，这也是原谅提问者的唯一理由，那就是单纯的好奇心。我有一个理论：往往是女人向我们求婚，而不是我们向女人求婚。当然中产阶级生活方式除外，但中产阶级不属于现代人。”

道连·格雷仰头大笑。“你实在是本性难改，哈利。可我不在乎，也不可能生你的气。你见了西比尔·文就会觉得，只有畜生，没有良心的畜生，才会中伤她。我不明白一个人怎么会想要羞辱心爱的人。我爱西比尔·文。我要把西比尔放在金色的基架上，看着整个世界拜倒在属于我的女人的脚下。婚姻是什么？是不可改变的誓言。因为这样，你便嗤之以鼻？啊！可别讥笑。我正要立下这样的誓言。她的信赖使我忠贞，她的信心促我从善。与她相处的时候，我对你的教诲感到遗憾。我已经完全不同于你心目中的我。我变了。我一碰到西比尔的手就忘掉了你，忘掉了你的一切荒谬而迷人、有毒却悦耳的理论。”

“那些理论是……？”亨利勋爵问，一面取了些色拉。

“哦，你关于人生的理论、关于爱情的理论、关于享乐的理论。说真的，你的一切理论，哈利。”

“唯有享乐值得有理论，”他带着优美的拖腔说，“但恐怕不能称之为我的理论。理论属于天性而不属于我。享乐是天性的考验，是天性表示赞许的标志。我们快乐的时候天性往往是好的，但好的时候却不一定快乐。”

“啊！可是你说的‘好’是什么意思？”巴兹尔·霍尔华德叫道。

“是呀，”道连附和着，往椅背上一靠，隔着桌子正中密密丛丛带紫色花蕊的蝴蝶花看了看亨利，“你说的‘好’是什么意思，哈利？”

“所谓‘好’就是与自身保持和谐，”他回答，白皙尖细的手指碰了碰杯子的细柄，“‘不和’就是被迫与别人保持和谐。一个人自身的生活是重要的。至于邻居的生活，假如你想做道学家，或者清教徒，那你尽可以向他们炫耀你的道德观，不然他们与你无关。此外，个人主义其实有着更高的目的。现代道德就是接受自己时代的准则。我认为，任何一个文化人接受自己时代的准则是最不道德的表现。”

“不过，要是一个人只为自己而生活，哈利，当然要为此付出可怕的代价，是吗？”画家建议道。

“是呀，如今什么都要价过高。我想穷人的真正悲剧在于，除了自我克制，他们什么都付不起。美丽的罪孽，像美丽的东西一样是富人的特权。”

“人们还得用除了金钱之外的其他方式来偿付。”

“什么方式呢，巴兹尔？”

“啊！我想是用忏悔，用受苦，用……唉，用意识到自己的堕落来偿付。”

亨利勋爵耸了耸肩。“我的好家伙，中世纪的艺术很动人，但中世纪的情感已经过时。当然在小说中用得着。但是，小说中能用的只是那些在现实中不再使用的东西。相信我，文明人从不因为享乐而悔恨，不文明的人从不知道什么是享乐。”

“我知道享乐是什么。”道连·格雷叫道，“那就是崇拜某个人。”

“那自然比被人崇拜好，”他回答，一面摆弄着水果，“受别人崇拜是一件讨厌的事。女人就像人类对待神明那样对待我们。她们崇拜我们，老缠着我们，要我们为她们效劳。”

“我该说她们把自己所求的先给了我们，”小伙子严肃地低语道，“她们赋予我们的天性以爱，因此有权把这种爱要回去。”

“那倒是千真万确的，道连。”霍尔华德叫道。

“从来没有什么千真万确的东西。”亨利勋爵说。

“这就是，”道连插嘴道，“你得承认，哈利，女人们把生活中最好的东西给了男人。”

“可能是这样，”亨利勋爵叹了口气，“但她们必定会一点点要回去。这就麻烦了。就像一个俏皮的法国人所说的那样，女人激起我们成就大事业的欲望，却阻止我们去付诸实现。”

“哈利，你太可怕了。我不明白我为什么这么喜欢你。”

“你会永远喜欢我，道连。”他答道，“要喝咖啡吗，你们两位？——侍者，拿咖啡和甜白兰地来，还有香烟。不，不用拿香烟了，我还有一些。巴兹尔，我不能任你吸雪茄了，你一定得吸香烟。香烟是一种至妙至极的享受，妙不可言，让你感到永不满足。人还能有什么别的奢望呢？是的，道连，你会永远喜欢我。在你眼里，我代表着你没有胆量涉足的罪孽。”

“你胡说八道，哈利！”道连叫道，从侍者放在桌上的喷火银龙里点了烟，“我们到剧院去吧。西比尔一上台，你便会产生新的生活理想。她将代表某种你从来不知道的东西。”

“我什么都知道，”亨利勋爵说，眼睛里露出了倦色，“但我随时准备体会新的情感。不过可惜的是，至少对我来说，没有情感这样的东西。好在你那个奇妙的姑娘会使我激动。我喜欢演出，它比生活要真实得多。我们这就走吧，道连，你跟我一起走。对不起，巴兹尔，我的车只够坐两个人，你只好乘另外的车紧随其后了。”

他们起座披上外套，站着喝起咖啡来。画家没有说话，想着别的事儿，一脸的阴郁。他无法容忍这桩婚姻，但似乎又觉得这比很多可能会发生的事要好得多。几分钟后，他们都下了楼。根据事先的安排，他自己坐车走。望着前面这辆马车闪动的灯光，他产生了一种莫名的失落感，觉得对他来说，道连·格雷再也不会跟过去一样了。生活已经把他们隔开……他的眼神暗淡了，拥挤、闪烁的街道在他目光里变得模糊起来。马车在剧院门口停下的时候，他似乎老了好多。

第七章

不知什么原因，那天晚上剧院爆满。肥胖的犹太经理在门口迎候，战战兢兢，满脸堆笑，一副讨好的样子。他领他们去了包厢，神态谦卑得有些夸张，珠光宝气的肥手挥来挥去，说话的嗓门很大。道连·格雷比以往什么时候都讨厌他，只觉得仿佛原本要找米兰达[1],偏偏却碰上了卡利班[2]。亨利勋爵对他倒颇有好感，至少嘴里是这么说的，而且执意要同他握手，明确告诉他，跟一个发现了真正的天才并为一位诗人而破产的人相遇，是莫大的荣幸。霍尔华德饶有兴味地看着正厅后座观众的一张张脸。空气非常闷热，巨大的汽灯光焰四射，像一朵巨型大丽花，所有的花瓣都喷出黄黄的火来。顶层楼座的青年已经把外套和背心脱掉，挂在座位旁边，与隔得很远的相识交谈着，还和邻座打扮得花哨俗气的姑娘一起吃着橘子。楼下正厅

---

1 莎士比亚戏剧《暴风雨》中的人物，旧米兰公爵普洛斯彼罗之女。

2 莎士比亚戏剧《暴风雨》中的人物，富有野性、丑陋怪诞的奴隶。

的一些女人大笑着，嗓门儿尖得刺耳。酒吧里传来了开瓶塞的啪啪声。

“在这样的地方找到了自己的女神!”亨利勋爵说。

“不错!”道连·格雷回答，“就是在这儿我找到了她。她比所有活物都神圣。她演出时你会把什么都忘了。她一上台，这些面容粗糙、举止野蛮、平平凡凡的粗人，便完全不一样了。他们静静地坐着看她，被她随心所欲地弄得哭哭笑笑。她让他们像小提琴那样富有反应，使他们脱俗，让你感觉到他们是跟自己一样的血肉之躯。”

“跟自己一样的血肉之躯!啊，但愿不要这样!”亨利勋爵叫了起来，这时他正用歌剧望远镜扫视楼座的观众。

“别理他，道连，”画家说，“我理解你的意思，也相信这个姑娘。凡是你喜欢的姑娘，必定是非常出众的；凡是具有你所描绘的那种效果的姑娘，必定是高雅的。使自己的时代脱俗，是一件值得做的事情。如果这姑娘能赋予一个没有灵魂的人以灵魂，能为过着肮脏丑陋的生活的人创造美感，能驱除他们的自私心，能把眼泪借给他们去为别人的不幸而哭泣，那就很值得你爱慕，也值得整个世界爱慕。这桩婚事很好，虽然起初我并不这样想，但现在我赞同了。神明为你创造了西比尔·文，没有她，你会是不完美的。”

“谢谢你，巴兹尔，”道连·格雷回答，捏了捏画家的手，“我知道你会理解我的。哈利那么玩世不恭，简直让我害怕。

乐队开始演奏了，音乐很糟糕，好在只有五分钟左右。过后幕会拉开，你们会看到这个姑娘，我将把我的整个生命奉献给她，我已经把我身上最好的东西给了她。”

一刻钟以后，在一阵乱哄哄的掌声中，西比尔登场了。不错，她看上去确实很可爱——亨利勋爵认为，她是平生所见的最可爱的姑娘之一。她羞怯的风韵和惊愕的眼神里，露出一种曲意逢迎的表情。她瞥了一眼拥挤不堪、热情洋溢的剧场，两颊泛起了淡淡的红晕，很像一面银镜中映出的玫瑰的影子。她后退了几步，嘴唇似乎在颤抖。巴兹尔·霍尔华德跳了起来，开始鼓掌。道连·格雷仿佛是在梦中似的，一动不动地坐着，凝视着她。亨利勋爵透过望远镜看着，喃喃地说："真迷人！真迷人哪！"

这场戏发生在凯普莱特家的厅堂里，罗密欧扮作香客，同茂丘西奥和其他朋友已经登堂入室。乐队虽糟，倒也奏起了几段音乐，舞蹈开始了。西比尔仿佛来自另一个更美妙的世界，飘然舞过一群服饰陈旧、动作笨拙的演员。她跳舞时摆动着身子，好像一棵植物在水中摇曳一样，喉部的曲线是洁白的百合花的曲线，手似乎是冷色的象牙做的。

但奇怪的是她无精打采，目光落在罗密欧身上的时候也没有一点喜悦之情。她读的几句台词——

信徒，莫把你的手儿侮辱，

这样才是最虔诚的礼敬；
神明的手本许信徒接触，
掌心的密合远胜如亲吻。[1]

以及紧接着的几句简短对话，纯粹矫揉造作。她的嗓子不错，但音调却绝对虚假，音色也不对。因此，诗句中的活力荡然无存，表达的情感也很不真实。

道连·格雷看着她的表演，脸色渐渐发白，心里既茫然又焦急。他的朋友都不敢对他说什么，觉得西比尔似乎极不胜任，两人都非常失望。

但他们觉得，对朱丽叶扮演者的真正考验是第二幕阳台上的一场戏。他们等待着。要是演不好，那就说明她一无是处了。

不容否认，她出现在月光下时显得非常动人。但演技却是做作得令人难以忍受，而且越演越糟。她的手势装腔作势，非常可笑。她说的每一句话都过分夸张。剧中那漂亮的段落——

幸亏黑夜替我罩上了一层面幕，
否则为了我刚才被你听去的话，
你一定可以看见我脸上羞愧的红晕。[2]

---

1 莎士比亚戏剧《罗密欧与朱丽叶》中第一幕第五场。译文引自朱生豪译本，人民文学出版社，一九八八年二月版（下同）。

2 莎士比亚戏剧《罗密欧与朱丽叶》第二幕第二场。

像是一个由二流的演说教师教出来的女学生朗诵的，一板一眼，咬得很准。她倚在阳台上，开始朗诵下面的美妙诗句：

> 我虽然喜欢你，
>
> 却不喜欢今天晚上的密约；
>
> 它太仓促、太轻率、太出人意料了；
>
> 正像一闪电光，等不及人家开一声口，已经消隐了下去。好人，再会吧！
>
> 这一朵爱的蓓蕾，靠着夏天的暖风的吹拂，
>
> 也许会在我们下次相见的时候，开出鲜艳的花来。[1]

她朗诵的那副样子，仿佛对她来说这些诗句不表达任何意义。这不是紧张造成的。要说紧张，她倒是很镇定。那不过是演艺的拙劣，她彻底失败了。

甚至连正厅后座和顶层楼座没有受过教育的普通观众，也对演出失去了兴趣，一时坐立不安，开始高声谈话和吹口哨。站在花楼后头的犹太经理，又是顿足，又是怒骂。只有姑娘自己无动于衷。

第二幕结束后，剧场里响起了一片嘘声。亨利勋爵从座位上站了起来，披上外套。“她很漂亮，道连，”他说，“但她不

1　莎士比亚戏剧《罗密欧与朱丽叶》第二幕第二场。

会演戏。我们走吧。”

“我要看完再走。”小伙子回答，语调生硬而痛苦，“实在抱歉，让你们浪费了一个晚上，哈利。我向你们两人道歉。”

“亲爱的道连，文小姐想必是病了，”霍尔华德打断说，“我们改日再来吧。”

“但愿她是病了，”道连回答，“不过我觉得她简直好像冷漠无情。她完全变了，昨夜还是个伟大的艺术家，今晚却只是个普通平庸的戏子。”

“别那样谈论你的心上人，道连。爱情比艺术更美妙。”

“两者都不过是模仿，”亨利勋爵议论道，“可我们还是走吧，道连，你不该再待下去了。观看拙劣的演出无益于人的道德。此外，我想你也不会叫你的妻子去演戏，所以就是把朱丽叶演得像木偶一样又何妨？她很可爱，要是她对生活和艺术都一无所知，倒也不失为一种愉快的经历。只有两种人最具吸引力，一种是无所不知的人，另一种是一无所知的人。啊呀，我亲爱的小伙子，别那么悲伤了！保持年轻的秘密在于驱除不宜情绪。跟巴兹尔和我到俱乐部去吧，吸会儿烟，为西比尔·文的美貌干杯。她那么漂亮，你还需要什么呢？”

“走开，哈利，”小伙子叫道，“我要单独待在这儿。巴兹尔，你一定得走。啊！你们没有看见我的心碎了吗？”他热泪盈眶，嘴唇颤抖，冲到包厢后面，靠在墙上，把头埋在手里。

“我们走吧，巴兹尔。”亨利勋爵说，话音里带着一种奇怪的温柔。两个年轻人一起走了出去。

过了一会儿，脚灯亮了，第三幕幕启。道连·格雷回到自己的座位。他脸色苍白，显得高傲和冷漠。演出拖拖拉拉，似乎没完没了的样子。一半观众离场，嘻嘻哈哈，靴子蹬得很响。整场演出是个大失败。最后一幕几乎是对着空空的座位在表演。幕落时有人耻笑，有人叹息。

戏一结束，道连·格雷就直冲幕后演员休息室。那姑娘独自站着，脸上露出得意之情，目光炯炯，神采飞扬。张开的嘴唇在为他们共同的秘密微笑着。

他进去时西比尔瞧着他，一脸极度喜悦的表情。“今天晚上我演得多糟，道连！”她叫了起来。

“糟糕透了！”他回答，惊讶地瞪着她——“糟糕透了！简直可怕。你病了吗？你不知道有多糟糕，也不知道我有多难过。”

姑娘微微一笑。“道连，”她回答，用音乐般的腔调拉长了他的名字，仿佛对她红红的花瓣似的嘴唇来说，这比蜜还甜，“道连，你应当理解的。可你现在理解了，是吗？”

“理解什么呀？”他愤愤地说。

“为什么我今天晚上会那么糟糕，为什么我永远会那么糟糕，为什么我以后再也演不好了。”

他耸了耸肩。“我想你病了。病了就不该演出。你自己出了洋相。我的朋友厌烦了，我也厌烦了。”

她似乎不在听他。欢乐改变了西比尔，她沉浸在极度幸福之中。

“道连，道连，”她叫道，“在认识你之前，演出是我唯一的现实生活。我只生活在剧院里，我想那都是事实。一个晚上我是罗瑟琳,另一个晚上是鲍西娅[1]。贝特丽丝[2]的欢乐就是我的欢乐，考狄利娅[3]的悲伤就是我的悲伤。我什么都相信，觉得与我同台演出的普通人似乎都是神。绘成的布景是我的世界，除了影子，我什么都不知道，还以为影子是真的。这时候你来了——啊，我英俊的心上人！——你从牢狱中解放了我的灵魂。你教会我明白什么是真正的现实。今晚，我有生以来第一次看透了自己一直参与的无聊演出，看出了它的空洞、虚假和愚蠢。今晚，这辈子第一次意识到罗密欧可恶、守旧和虚伪；意识到果园中的月光是虚假的；意识到布景很庸俗；意识到我念的台词是不真实的，不是我的话，也不是我要说的话。你给我带来了更高尚的东西，一切艺术不过是它的影子。你使我明白爱情究竟是什么。我的心上人！我的心上人！迷人王子！生命的王子！我已经讨厌影子。对我来说，你胜过一切艺术。既然如此，我与戏中的傀儡又有什么关系呢？今晚一上台，我不明白怎么会什么感觉都没有了。我原以为会非常出色，但发觉自己无能为力。蓦地我心里豁然开朗，个中原因全都明白了。

1　莎士比亚戏剧《威尼斯商人》中的人物，一位富家嗣女。

2　莎士比亚戏剧《无事生非》中的人物，梅西那总督里奥那托的侄女。

3　莎士比亚戏剧《李尔王》中的人物，李尔王的女儿。

对我来说，这一感悟好极了。我听见了他们的嘘声，但一笑了之。他们怎么能理解我们之间的爱呢？把我带走吧，道连。带我到没有人打扰我们的地方去。我讨厌舞台。我可以模仿一种自己没有感觉的激情，但无法模仿像火一样在我心中燃烧的激情。啊，道连呀，道连，现在你明白它的意义了吗？即使我能做得到，对我来说在戏里表演热恋也是一种亵渎行为。你使我认清了这个道理。”

道连跌坐在沙发上，转过脸去。“你扼杀了我的爱。”他咕哝着。

她惊异地看着他，笑了起来。他没有搭理。她走到他面前，用纤细的手指抚摸着他的头发。她跪了下来，拉过他的手放在自己的嘴唇上。他抽出手，不觉打了个寒噤。

随后，他跳了起来，走到门边。“没错，”他叫道，“你扼杀了我的爱。你曾经激发过我的想象。而现在你连我的好奇心都激不起来了。你简直一点吸引力都没有。我爱你是因为你了不起；因为你有天分，有才智；因为你实现了伟大诗人的梦想，赋予艺术的影子以形式和内容。可是你把这一切都丢掉了。你既浅薄又愚蠢。天哪！我疯啦，竟会爱上了你！我多傻啊！现在你对我已经毫无意义。我永远不想再见你了。我决不会再想你，决不会提起你的名字。你不知道你曾经对我意味着什么。啊，曾经……哎呀，我不忍心去想它！但愿我从来没有见到过你！你破坏了我生活中的浪漫。你说爱情损害了艺术，你对爱情多么无知！失去了艺术，你一无是处。我本可以使你成名，使你光彩夺目，灿烂辉煌。世界本会拜倒在你脚下，你本可以冠上我的名字。而现在你是什么呢？一个有一副漂亮脸蛋的三流戏子。”

姑娘脸色煞白，发起抖来。她的双手攥得紧紧的，她的嗓音似乎在喉咙里卡住了。“你说着玩玩的吧，道连？”她喃喃地说，“你在演戏。”

“演戏！我把演戏让给你。你才拿手呢。”他恨恨地说。

她从跪着的地方站了起来，带着虔诚的痛苦表情，穿过房间走到他面前，把手按在他胳膊上，睨视着他。道连把她推开。“别碰我！”他叫道。

她一声低吟，扑倒在他脚边，躺在那里，像一朵踩扁了的花。“道连，道连，别离开我！”她轻声说，“真对不起，我没有演好。我一直都想着你。可是我会努力的——真的，我会努力。我对你的爱来得那么突然。要是你没有吻我——要是我们没有彼此亲吻，我想我会永远不知道爱。再吻我一下吧，我心爱的人。不要离开我，我受不了。啊！不要离开我。我的弟弟……不，没事儿，他并不当真。他是说着玩的。……可是你，呵！你就不能原谅我一个晚上吗？我会非常努力，努力演得好些。别对我那么狠心，我爱你胜过世上的一切。毕竟只有一次我没有让你满意。不过你说得很对，道连，我应当表现得更像一个艺术家。我真傻，但我身不由己。呵！别离开我，别离开我。”一阵激动的哭泣使她透不过气来了。她像受伤了似的趴在了地板上。道连·格雷漂亮的眼睛俯视着她，线条分明的嘴唇不屑地噘了起来。一个你不再爱的人哭哭啼啼的时候，总会有某种可笑的东西。他似乎觉得西比尔·文是在演出一场荒唐的闹剧。她的眼泪和哭泣使他感到厌烦。

“我走了，”他终于说，语调镇静而清晰，“我不想对你太狠心，但我不能再见你了。你让我失望了。”

她默默地哭着，没有答话，却爬着离他更近了。她的纤纤小手漫无目的地伸了出来，仿佛在找寻他。道连转身离开了房间。一会儿以后，他出了剧院。

究竟要去哪儿，他自己也不知道。后来只记得是在灯光暗淡的街道上徘徊，走过黑影笼罩的狭长拱廊和一些面目狰狞的房子。喉咙嘶哑的女人发出刺耳的笑声，在他背后喊着。醉汉摇摇晃晃地走过，自言自语，骂骂咧咧，活像那些巨大的猿人。他看到古怪的孩子们聚集在台阶上，听到阴暗的院落传来尖叫和诅咒。

拂晓时，他不知不觉已来到考文特露天市场附近。夜色褪去，露出火红色的微光，苍穹像是一枚掏空了的珠子。满载着摇曳多姿的百合花的大车隆隆作响，慢悠悠地驶过空旷光洁的街道。空气里弥漫着浓郁的花香。对他来说，美丽的花儿似乎是一帖镇痛剂。他跟着那些人进了市场，看他们卸车。一个穿白色罩衫的赶车人送给他一些樱桃品尝，他道了谢，不明白为

她一声低吟，扑倒在他脚边，躺在那里，像一朵踩扁了的花。

什么那人拒绝收钱，开始无精打采地吃起樱桃来。樱桃是半夜里采摘的，还带着月色的寒气。一长队男童，扛着一筐筐带条纹的郁金香，还有黄玫瑰和红玫瑰，在他面前鱼贯而过，挨挨挤挤穿过一大堆绿宝石般的蔬菜。门廊下被太阳晒得褪了色的柱子旁边，闲荡着一群邋里邋遢不戴帽子的姑娘，等待着拍卖收场。其他的人都拥挤在广场咖啡屋的旋转门附近。拉车的高头大马打着滑，踩在粗糙的石子路上，摇动着马铃和马饰。有些车夫就睡在一堆麻袋中间。颈部色彩斑斓、腿脚粉红色的鸽子跳来跳去，啄着谷物。

过了一会儿，他叫了一辆马车回家。他在门口踯躅了一阵子。极目四顾，眺望寂静的广场，以及附近空空的紧闭的窗户和惹人眼目的百叶窗。此刻的天空一片乳色，屋顶在天空的反衬下闪闪发光。对面的一个烟囱升起了一缕轻烟，卷曲成紫色的丝带，飘向珍珠色的天空。

铺着橡木护墙板的巨大的门厅里，天花板上悬挂着一盏镀金的威尼斯大吊灯，那是某艘威尼斯地方官游艇上的掠夺物。吊灯上的三个喷嘴依旧闪闪烁烁地燃烧着，似乎冒出几道细细的蓝色火焰，火焰的边缘镶着白色的火。他熄了灯，把帽子和披肩扔在桌子上，经过书房朝卧室走去。那是楼下一间八角形的大房间，在一种崇尚奢华的新感觉的支使下，他刚刚把它装饰过一番。墙上挂着一些古怪的文艺复兴时期的壁毯，那是在塞尔比庄园一个废弃的阁楼上找到的。他转动门把手的时候，目光落在霍尔华德所作的画像上。他吃惊地倒退了一步。随后又继续往前，进了自己的房间，露出一副百思不解的神态。他取下插在外套上的花，似乎有些犹豫不决。最后他又返回去，走近画像，仔细端详起来。在好不容易透过乳白色丝绸百叶窗的暗淡的光线下，那画像的面孔似乎有点变形，表情显得不同了。也许可以说嘴角露出了一丝凶相。这实在有些蹊跷。

他转过身，走到窗前，拉起百叶窗。明亮的曙光洒向房间，把奇妙的影子推到阴暗的角落，让它在那里不住地颤抖。可是画像脸上他已经注意到的奇怪表情，似乎还停留在那儿，甚至更为强烈了。抖动着的热烈的阳光，把画像嘴角的凶相照得清清楚楚，跟他仿佛做了坏事后镜子里出现的映象一样分明。

他退缩了，从桌上拿起了一面椭圆形镜子，急急忙忙透过光洁的表面往里看。这面镜子是亨利勋爵送给他的无数礼品之一，边框饰有多个象牙做的丘比特。镜子里并没有使他红红的嘴唇变形的线条。这究竟是怎么回事？

他揉了揉眼睛，走近画像，再次细看起来。他审视这幅画的时候，并没有发现什么变化的痕迹。但无疑整个表情变了。那不是他的幻觉，而是令人心寒的、明明白白的事实。

他颓然坐在一条椅子上，开始思考起来。他突然想起这幅画完成的那天他在巴兹尔的画室说过的话。不错，他记得清清楚楚。他许了一个愚蠢的愿，希望自己永远年轻，而画像会变老；希望自己的美貌不会失去光泽，而画布上的脸会替他显示情欲和罪孽；希望画中的形象会因为痛苦和思索而干枯，而他自己则能保持刚刚意识到的青春的滋润和可爱。当然他的愿望没有兑现！那样的事是不可能的，连想一想都觉得可怕。可是那画像就在他面前，嘴角上露出了一丝凶相。

凶相！难道他很凶残？这是那位姑娘的过错，不是他的错。他梦想她成为一位伟大的艺术家，把自己的爱献给了她，因为他认为她伟大。后来她让他失望，她浅薄而不足取。但是他想到她躺在自己的脚边，像小孩子似的哭泣的时候，心里便涌起了无限悔恨之情。他记得自己看着她时是多么无情。为什么他成了那个样子？为什么给了他这样一颗灵魂？可是他自己也是够痛苦的。在戏上演那可怕的三个钟头，他经受了漫长的痛苦，挨过了没完没了的折磨。他的生命跟西比尔的完全一样有价值，如果他给西比尔造成了终身的伤害，那么西比尔也给他带来了一时的损毁。何况女人比男人更耐受痛苦。她们靠情感而生活，一心只想着情感。她们看中情人，无非是找个人可以哭哭闹闹。这是亨利勋爵告诉他的，而亨利勋爵是熟知女人的。为什么他要为西比尔感到烦恼呢？现在她已与他无干。

可是还有这幅画呢？他对其中的变化该说什么呢？这幅画隐藏着他的秘密，述说着他的故事，已经教会他热爱自己的美貌。它会不会叫他讨厌自己的灵魂呢？他会再看它一眼吗？

不，这不过是理智的混乱所造成的幻觉。他度过的那个可怕的夜晚留下了幻象。突然间，他脑子里闪过一个使人发疯的小红点。这幅画没有变，只有蠢人才以为它变了。

可是画像凝视着他，漂亮而扭曲的面孔带着狞笑，明亮的头发在朝阳下闪光。画像的蓝眼睛与他的眼睛相遇，他心头萌生了说不尽的遗憾，不是为他自己，而是为他自己的画像。它已经变了，还会变得更多。闪闪金光会褪成灰色，红白玫瑰似的容貌会憔悴。他每造一孽，脸上就会出现污点，毁掉白皙的肌肤。可是他决不造孽。这幅画无论变与不变，都是他良心的明白写照。他会拒绝诱惑。他再也不见亨利勋爵了——至少不再听他的话，那些难以捉摸的有毒理论。曾几何时在巴兹尔·霍尔华德的花园里，这些理论激起了他的痴心妄想。他要回到西比尔身边，跟她重归于好，同她结婚，努力再去爱她。是的，他有责任这样做。她一定比他更痛苦。可怜的孩子！他太自私了，对她很冷酷。西比尔又会重现曾经有过的魅力。他们在一起会很幸福，两人的生活会纯洁而美丽。

他从椅子上站起来，拉过一块很大的幕帘遮住画像，瞥了画像一眼，不觉打了个寒战。“多可怕！”他自言自语地低声说，走到窗前，打开了窗子。他到了草地上，深深地吸了一口气。清晨的新鲜空气似乎驱走了一切阴暗的情绪。他只想着西比尔。身边隐约响起了爱的回音，他反复叨念着西比尔的名字。露水浸湿了的花园里，鸟儿在歌唱，似乎在向花儿诉说西比尔的故事。

第八章

他一觉醒来的时候，早已是午后。侍者踮着脚尖悄悄地进来过好几回，看他有没有动静，觉得好生奇怪，为什么这么晚了小少爷还没有醒来。终于铃响了，维克多轻手轻脚进了房间，端着一个古老的法国塞弗尔小瓷盘，上面放着一杯茶和一叠信件。他拉开挂在三扇大窗前、带蓝色闪光里子的橄榄色缎子窗帘。

“先生今天早上睡得很好。”他微笑着说。

“几点钟了，维克多？”道连·格雷睡眼惺忪地问。

“一点一刻，先生。”

这么晚了！他坐了起来，喝了点茶，翻了翻信件。其中有一封是亨利勋爵的来信，是他那天早晨派人送来的。他犹豫了一会儿，把它放到了一边。其他的信，他懒洋洋地拆开了。里面照例又是些贺卡、吃饭请帖、私人画展的票子、慈善音乐会的节目单，以及诸如此类的东西。在这个季节，这类请帖每天清早都朝着时髦的年轻人铺天盖地涌来。还有一张费用很高的账单，是支付一套路易十五时代风格的银质雕花梳妆用具的。他不敢把账单送给他的监护人，因为那人很老派，不明白在我们生活的时代，不必要的东西就是必需品。此外，还有几封言辞谦恭的信，是杰明街放债人写来的，表示随时可以提供任何数量的贷款，利息极为合理。

大约十分钟后，他起来了，披上一件考究的丝绣开司米羊毛睡袍，进了玉髓铺成的浴室。久睡以后，凉水浴恢复了他的精神，使他似乎忘掉了已经发生的一切。偶尔一两次，他朦胧地觉得自己曾卷入一场莫名其妙的悲剧，不过这悲剧虚无缥缈，如梦似幻。

他穿好衣服便进了书房，在靠近敞开着窗子的地方，一张小圆桌旁坐了下来，开始吃简便的法国早餐。天气很好，暖和的空气里似乎芳香四溢。一只蜜蜂飞了进来，嗡嗡地围着他面前插满黄色玫瑰的青龙瓷碗打转。他愉快极了。

蓦地，他的目光落在遮盖画像的帘子上，不由得吃了一惊。

“太冷吗，先生？”侍者把煎蛋卷放在桌子上说，“要不要我把窗关上？”

道连摇了摇头。“我不冷。”他低声说。

这一切是真的吗？难道画像真的变了？要不，这不过是他自己把喜色想象成了凶相？自然，画了像的画布是不可能改变的吧？这事儿很荒唐，有一天可以充作自己与巴兹尔的谈资，他会觉得好笑。

然而，他对整件事情的记忆是何等清晰！他亲眼看到过扭曲的嘴唇边的凶相，起初是在灰暗的黎明，后来是在明亮的早晨。他几乎害怕侍者离开这间房子了。他知道，独自一人的时候会细看这幅画像。但他害怕做出定论。咖啡和香烟送上来后侍者转身离去时，他极想叫他留下。侍者正关上门要走，他把他叫了回来。这人站着等候吩咐。道连看了他一会儿。“维克多，不管谁来访，就说我不在家。”他叹了一口气说。侍者鞠躬退出房间。

随后，他从桌边站了起来，点了一支烟，腾地躺倒在铺着豪华坐垫的床榻上，床榻正对着帘子，帘子十分古旧，是烫金的西班牙皮革做的，印有路易十四时代风格的花哨图案。他好奇地扫了一眼，心里想，不知道这块帘子以前是否掩盖过一个男人的秘密。

究竟要不要把帘子拉开呢？干吗要去动它呢？知道了又有什么用？要是真有这么回事，那太可怕了。要是没有，又何必去找麻烦呢？可是，如果鬼使神差，其他人的眼睛暗中窥视，看到了可怕的变化该怎么办呢？如果巴兹尔·霍尔华德上门要看看自己的画，他又该怎么办呢？巴兹尔肯定会这样做。不行，这画得仔细看看，马上得看。什么都比这么疑神疑鬼的可怕心境要好。

他站起来，把两扇门都锁上了。这样，至少他看见自己耻辱的假面时只有他一个人。他拉开帘子，面对面看见了他自己。千真万确，画像已经变了。

如他后来常记得并为之惊奇的那样，他开始几乎是带着一种科学研究的兴趣凝视这幅画像的。他难以相信竟会发生这样的变化。然而这又是事实。难道在画布上构成形象和颜色的化学分子，同他躯体内的灵魂有着某种难以捉摸的关系？难道心灵中想的，那些化学分子会付诸实践？难道它们会使心灵的梦想成真？或者还有其他更可怕的原因？他打了个寒噤，不觉害怕起来，回到床榻，躺在那里，厌恶而恐惧地盯着画像。

然而，他觉得有一件事情，画像是为他做了。那就是使他意识到自己对西比尔·文多么不公平，多么冷酷。现在要补救还为时不晚。她仍然会成为他的妻子。他虚假、自私的爱，会让位给某种更崇高的影响力，会化成某种更高尚的激情。霍尔华德为他所作的画像会成为他生活的向导，会像圣灵对于一些人，良心对于另一些人，惧怕上帝对于我们所有人那样对他起作用。后悔总有后悔药，那就是使道德感麻木的药品。可是眼前是一个看得见的道德堕落的象征；是人给自己灵魂带来毁灭的永恒的标记。

钟敲了三点、四点和四点半，道连·格雷依然没有动弹。他竭力想收集生活的红色丝线，编织成一个图案；想找到一条通向乐观情绪的迷宫之路，因为他在那儿已经徘徊很久了。他不知道该怎么做，怎么想。最后，他走到桌旁，给他心爱的姑娘写了一封充满激情的信，请求宽恕并责备自己愚蠢。他写了一页又一页表示伤心的狂热言辞，以及表示痛苦的更为狂热的话。他慷慨地自责。我们自责的时候总觉得别人无权责备我们。使我们得到赦免的是忏悔，而不是牧师。道连写完这封信以后便觉得自己得到了宽恕。

突然敲门声响了，他听见了外面亨利勋爵的声音。“小伙子，我一定得见你。赶快让我进来。我不忍心你这样把自己关着。”

开始他没有回答，依旧端坐不动。敲门声继续响着，越来越响。是呀，还是让亨利勋爵进来吧，向他解释自己要过新生活了，必要的话可以跟他争吵，如果分手不可避免的话就分手。他跳将起来，急急忙忙拉好帘子遮住画像，用钥匙把门打开。

“这件事实在很遗憾，道连。”亨利勋爵进门时说，“可是你也不必为此想得太多。”

“你说的是西比尔·文？”小伙子问道。

“是呀，当然。”亨利勋爵回答，在一把椅子上坐下，慢慢地拉下黄色的手套，“从某一点上看，这件事很糟糕，但不是你的过错。告诉我，戏演完后你到后台去看过她吗？”

“去过。”

“我敢肯定你去过。你跟她吵了？”

“我很粗暴，亨利——非常粗暴。可是现在好了。我并不为已经发生的事感到遗憾，它使我更了解自己。”

“啊，道连，我很高兴你采取这样的态度！我曾担心你会一味地懊悔，撕自己漂亮的鬈发呢。”

“这一切我都经受住了，”道连摇了摇头，微微一笑说，“现在我非常愉快。首先，我明白了良心是什么。良心并不像你告诉我的那样。在我们心目中，良心是最神圣的东西。别再讥笑我了，哈利，至少在我面前别这样。我要做好人，我不能忍受自己的灵魂变得丑恶。”

“这是伦理学迷人的艺术基础，道连。我要为此而祝贺你。可是你怎样开始呢？”

“跟西比尔·文结婚。”

“跟西比尔·文结婚！”亨利勋爵大叫道，站了起来，惊愕不解地瞧着他，“但是，亲爱的道连——”

“是的，哈利，我知道你要说什么，关于婚姻的可怕。别说了。再也不要跟我说这类东西了。两天之前，我请求西比尔嫁给我。我不想食言，我要让西比尔做我的妻子。”

“你的妻子！道连！……你没有收到我的信吗？我今天早上写给你的，由我的人亲手送来的。”

“你的信？呵，不错，我想起来了。我还没有看呢，哈利。我担心里面会有些我不喜欢的话。你用你的警句把生活切得粉碎。”

“那你一点都不知道了？”

“你说什么呀？”

亨利勋爵穿过房间，在道连·格雷的身边坐下，把他的手放在自己的手里，握得紧紧的。“道连，”他说，“我的信——别害怕——是要告诉你西比尔死了。”

小伙子嘴里响起了一声痛苦的呻吟，他惊跳起来，从亨利勋爵的紧握中抽出了手。“死了！西比尔死了！这不是真的！是个可怕的谎言！你怎么敢这样说？”

“完全是事实，道连，”亨利勋爵神情严肃地说，“所有的早报都登了。我写信给你是叫你别见任何人，一直等到我来。当然会进行验尸调查，你可一定不能卷进去。这类事在巴黎能使人出尽风头，可是在伦敦大家成见很深。这儿，你绝不能在丑闻中出头露面。你应该把这份兴趣保留给老年。我猜想，在剧院里人家不知道你的名字？要是他们不知道，那就没事儿了。有没有人看见你到她的房间去？这一点很重要。”

道连好久没有说话。他吓得茫然不知所措。最后他结结巴巴，哽咽着说：“哈利，你说要验尸？那是什么意思？难道西比尔——？啊，哈利，我受不了啦！可是，你快说呀，统统都告诉我吧，马上。”

“毫无疑问，这不是一个意外事故，道连，尽管对公众一定得这么说。她同她母亲一起离开剧院的时候，好像是十二点半左右，她说把什么东西忘在楼上了。他们等了她一会儿，但她再也没有下来。最后他们发现她躺在化装室的地上，死了。她误吞了剧院常用的什么可怕的东西。我不知道是什么，但不是氢氰酸就是白铅。我猜想是氢氰酸，因为她似乎立刻就死了。”

“哈利，哈利，这太可怕了！”小伙子叫道。

“是呀，这当然很悲惨，但你千万别卷进去。我从《标准报》上知道，她今年十七岁。但我以为她实际年龄还要小。她看上去像个孩子，似乎不懂什么表演。道连，你可不能让这事刺激你的神经。你得过来和我一起去吃饭，吃完饭我们去看歌剧。晚上由帕蒂[1]主演，人人都会到场。你可以上我姐姐的包厢，她有几个漂亮的女人跟她在一起。”

“那么我谋杀了西比尔·文啦，”道连·格雷半是对着自己说的，“就仿佛用刀子割断她细细的喉咙那样，肯定是谋杀。可是玫瑰并不因为这样而减少它的魅力，鸟儿依然愉快地在我花园里歌唱。今晚我同你一起吃饭，然后去看歌剧，再后我猜想是在什么地方吃夜宵。生活是多么富有戏剧性呀！要是我在书本中读到这一切，哈利，我想我会抱头痛哭的。不知怎的，现在事情实际发生了。对我来说这事太奇妙了，使我无法落泪。这是我有生以来写的第一封充满激情的情书。奇怪的是，我的第一封热烈的情书是写给一个死去的姑娘的。我在想，那些我们称之为白色沉默者的死人有感觉吗？西比尔！她能感

1 帕蒂（1843—1919），意大利著名女高音歌唱家，是她所生活的时代最受欢迎的歌唱家之一，她的演出常常引起轰动。

觉，或者知道，或是倾听吗？啊，哈利，我曾经多么爱她呀！现在，对我来说那似乎是几年前的事了。她曾是我的一切。后来便是那个可怕的晚上——其实不过是昨天晚上的事吗？——她演得那么糟，我的心几乎碎了。她统统都向我解释了，非常凄切。但我无动于衷，反认为她浅薄。突然间一件使我害怕的事情发生了。我不能告诉你是什么事，但的确很可怕。我说我要回到她身边。我觉得我做了错事。可现在她死了。天啊！天啊！哈利，我该怎么办呢？你不明白我处境的危险，而谁都无法使我摆脱。西比尔本该可以帮我。她无权自杀，她很自私。”

“亲爱的道连，”亨利勋爵回答，从烟盒里拿了一支香烟，同时取出一个镀金的火柴盒来，“女人改造男人的唯一方法是让他彻底感到厌倦，这样他会对生活了无兴趣。要是你跟这个姑娘结婚，那你就惨啦。当然你会待她好，人总会待那些自己毫不在乎的人很好。但她很快就会发觉你对她非常冷淡。而女人一旦发现丈夫的这一态度，要么变得邋遢成性，要么开始戴时髦的帽子，不过出钱的是别的女人的丈夫。我姑且不说社会地位不当的问题，那很可悲，当然我也是无法容忍的。但我可以明确告诉你，整桩婚姻会以彻底失败而告终。”

“我想也是这样，”小伙子低声说，在房间里来回踱步，脸色苍白得可怕，“可是我认为这是我的责任。这个可怕的悲剧使我无法做我该做的事情，那可不是我的过错。我记得你曾说过，好的决断都有个不幸宿命——往往都下得太晚了。我的决断就是这样。”

“好的决断都意在对抗科学法则，是徒劳的。其根源是十足的虚荣，其结果是一无所获。时而留给我们慷慨而空泛的感情，使弱者感觉几分陶醉，如此而已。完全是一张空头支票。”

“哈利，”道连·格雷叫道，走过去坐在亨利勋爵旁边，“为什么我对这个悲剧的感受，不像我想要感受的那么深呢？我想并不是因为我狠心，是不是？”

“这两个星期你十的傻事太多了，所以够不上‘狠心’两个字，道连。”亨利勋爵带着甜蜜而忧郁的微笑说。

小伙子皱起眉头。“我不喜欢那样的解释，哈利，”他回答，“但我很高兴你不认为我狠心。我不是那种人。我知道我不是。可我得承认，这件已经发生的事并没有对我产生应有的影响。对我来说，它就像一场绝妙的戏的绝妙结局，具有希腊悲剧动人的美。我虽然参与了这场悲剧，却并没有受到伤害。”

“这是一个很有趣的问题，”亨利勋爵说，津津乐道于玩弄小伙子无意识的自私心——“一个极其有趣的问题。我想真正的答案在这里：生活中真正的悲剧往往以非艺术的形式发生，以其赤裸裸的暴力、绝对的混乱、可笑的无意义和彻底的无定式，来伤害我们。悲剧会像粗俗不堪的行为一样对我们产生危害，给我们留下一个十足暴力的印象，我们因此而感到厌恶。然而，有时生活中出现的悲剧会拥有艺术美的成分。如果这些美的成分是真实的，那就会吸引我们的感官，产生戏剧性效果。突然我们发现自己不再是演员，而是这个剧的观众了，或者两者兼而有之。我们观看自己的表演，这神奇的场面让我们着迷。眼下，实际是怎么回事呢？有人因为爱你而自杀了。要是我有这样的经历该多好，那会使我这辈子对爱富有真情。那些爱我的人——尽管不多，但还是有一些——总是一个劲儿地要活下去，虽然我对她们早已没有兴趣，或者她们早就感到我索然无味。她们变得肥胖而乏味，一碰上她们，这些人就立刻忆起旧来。女人的记忆多糟糕！这又多可怕！完全暴露了智力的迟钝！人应当吸收生活的色彩，而忘掉细枝末节。细节永远是庸俗的。”

“那我得在花园里种上罂粟花[1]。”道连叹息道。

“没有必要，”他的伙伴回答，“生活的手中始终掌握着罂粟花。当然，有时事情也徘徊不去。曾经有一度，我整个季节只戴紫罗兰，以艺术的形式悼念一段不肯逝去的罗曼史。然而它最后终于消逝了。我忘了是什么使它烟消云散的。我想是她提出要为我而牺牲整个世界的那会儿。那往往是一个可怕的时刻，让人充满了对永恒的恐惧。是呀——你会相信吗？——一个星期之前，在汉普夏夫人那儿，我发觉自己就坐在那个女人旁边。她执意要重温旧事，翻出陈年老账，并构想未来。我已

1　罂粟花象征遗忘和沉睡。

经把罗曼史埋葬在长春花[1]花圃里。而她又将它拖了出来，说是我毁了她的生活。我得声明，晚宴上她吃得很多，所以我不必为她担忧。可是她那么不得体！往事的魅力在于其已成往事。而女人们从不知道什么时候帷幕已经落下，往往还想要第六幕。戏剧的矛盾已经全部解决，她们却要求继续演下去。要是随了女人们的心，一切喜剧都会出现悲剧性结尾，一切悲剧都会以闹剧的形式告终，虽也有几分吸引力，却虚假做作，毫无艺术性可言。你要比我幸运。告诉你吧，道连，我所遇到的女人，没有一个会为我做出西比尔为你所做的一切。普通的女人常常会自我安慰，有些会求助于感情色彩来抚慰自己。穿紫红色衣服的女人，不管年龄大小，可千万不要相信。你也千万别相信过了三十五岁却仍然喜欢粉红色缎带的女人。这往往意味着她们有过一段历史。有的女人以突然发现丈夫的美德而得到极大的安慰。她们当着别人的面炫耀婚姻的美满，仿佛它是最诱人的罪孽。有些人则从宗教中得到安慰。一个女人曾告诉我，宗教的神秘有着跟调情一样的魅力，我对此能够充分理解。此外，没有比被人说成罪人更使人得意的了。良心把我们大家都变成了利己主义者。是的，女人们在现代生活中所找到的安慰始终是无穷无尽的。说真的，我还没有提到最重要的安慰呢。”

1 长春花象征死亡。

“什么安慰，哈利？”小伙子漫不经心地问道。

“哦，最明白不过的安慰。那就是一旦失去了自己的意中人，便把别人的抢过来。在上流社会，那常常会美化一个女人。但是，说真的，道连，西比尔·文同常见的女人真是天差地别！我觉得她的死有一种美。我很高兴，在我生活的时代能够出现这样的奇迹。它使人相信我们所玩弄的一切是真实的，比如浪漫、激情和爱情。”

“我对她极为冷酷，你忘啦。”

“恐怕女人欣赏冷酷，欣赏极度冷酷，胜过一切。她们有一种了不起的原始本能。我们解放了她们，而她们依然做着奴仆，照样寻找着主人，喜欢受人支配。可以肯定，你非常出色。我从来没有见你真的生过那么大气，但我能想象你显得多可爱。前天，你对我说了一番话，当时听来似乎是奇谈怪论，现在我明白，那绝对真实，而且是解开一切秘密的钥匙。”

“什么话呀，哈利？”

“你对我说，在你心目中西比尔·文代表一切富有浪漫气质的女主角——一个晚上是苔丝德蒙娜，另一个晚上是奥菲利娅；要是她死去时是朱丽叶，那么苏醒过来时是伊摩琴。”

“现在她永远不会苏醒了。”小伙子喃喃地说，把脸埋在手里。

“是呀，她再也醒不过来了。她扮演了最后一个角色。但是你得把她在俗里俗气的更衣室里孤独的死，看作詹姆斯时期某出悲剧中古怪骇人的一个片段，看作韦伯斯特、福特、西里尔·图纳[1]剧本中一个奇妙的场景。这位姑娘并没有真正地活过，所以她也并没有真的死去。对你来说，她至少总是一个梦，一个游荡于莎士比亚戏剧、使之更为动人的幽灵，一支使莎剧音乐更加欢快醇厚的芦笛。她一触及现实生活，就把现实生活给毁了。同时现实生活也毁了她，她便因此而逍遁。要是你高兴，你尽可以凭吊奥菲利娅，可以因为考狄利娅被绞杀而把灰撒在头上[2]，因为勃拉班修的女儿[3]之死诅咒上天。但你不要为西比尔·文空洒泪水，她没有她们那么真实。”

双方沉默了一阵子。房间里暮色渐浓。暗影迈着银色的脚步，从花园里悄无声息地潜入室内。房里的东西都恹恹地褪去了色泽。

过了一会儿，道连·格雷抬起头来。“你剖析了我，给我自己看，哈利。”他低声说，似乎松了一口气，“你所说的我都感觉到了，但不知怎的，我总有些害怕。我自己也说不上来，究竟怎么害怕。你对我真了解呀！但过去的事我们就不谈了。那是一种奇妙的经历，如此而已。我不知道生活是否还为我准备着同样奇妙的东西。”

“生活为你准备着一切，道连。凭你那非同寻常的漂亮外

1 均为英国十七世纪詹姆斯时期的戏剧家，在作品中强调激情和暴力。

2 表示哀伤。

3 即苔丝德蒙娜。

貌，没有什么做不到的。”

“但是，哈利，设想我苍老憔悴、满脸皱纹呢？那又会怎么样？”

“呵，那么，”亨利勋爵说着站起来要走——“那么，亲爱的道连，你得为胜利而奋斗了。事实上，对于你来说胜利不争而来。不，你必须保持漂亮的容颜。我们生活的时代，人们书读得太多了，所以不聪明；思考得太多了，所以不漂亮。你也不能幸免。现在你还是换好装，乘车直上俱乐部吧，说真的我们已经晚了。”

“我想还是同你们一起去看歌剧吧，哈利，我太累了，什么都不想吃。你姐姐在几号包厢？”

“我想是二十七号。在豪华层，门上可以看到她的名字。但我很遗憾，你不能同我们一起去吃饭了。”

“我不想吃，”道连懒洋洋地说，“但我非常感激你对我说的这番话。你当然是我最好的朋友。从来没有谁像你那么了解我。”

“我们的友谊才刚刚开始，道连。”亨利勋爵回答，同他握了握手，“再见。我希望九点半前见到你。记住，帕蒂要演唱。”

亨利勋爵关门离去，道连·格雷便按了下铃。几分钟后，维克多提着灯来了，拉上了百叶窗。道连等着维克多出去，可是这人干什么都磨磨蹭蹭。

维克多一走，道连便冲向帘子，一把将它拉开。不错，画像没有再出现什么变化。他得到西比尔·文的死讯之前画像就已经知道了。生活中发生的事，画像都心领神会。毫无疑问，那副毁掉嘴角上优美轮廓的恐怖凶相，在姑娘喝下毒药什么的那一刻，就出现了。要不，画像对由此产生的后果无动于衷？难道它只注意到灵魂所起的变化？他有些纳闷，希望有一天亲眼看一看它在起变化，尽管如他所想象的那样，他会因此而发抖。

可怜的西比尔！这一切多浪漫呀！她常常在舞台上模仿死亡。然后死亡触摸她，把她带走了。她是怎样扮演那可怖的最后一幕的呢！她死去的时候诅咒过他吗？不会的，她为爱他而死去。对他来说，今后爱情永远是圣洁的。她以牺牲自己的生命偿还了一切。他不会再去想那个可怕的晚上她让他经历的事情。他想起她来时，会把她视为一个悲剧人物，被送到世界舞台上来显示爱的至高无上的存在。一个奇妙的悲剧人物？他一想起她孩子似的外貌，奇特迷人的举止，腼腆羞怯的风度，眼泪便夺眶而出。他匆匆挥去泪水，再看了一眼画像。

他觉得做出选择的时刻真的到来了。要不，还是他已经做出了选择？是的，生活以及他对生活的无限好奇，为他做出了选择。常驻的青春、巨大的热情、微妙而神秘的享受、狂热的欢乐以及更狂热的堕落，是他将要享有的一切。画像将为他背负耻辱的包袱，就是那么回事。

他一想起污点将侵袭画布上那张英俊的脸，一阵痛楚悄悄袭上心头。有一回，他孩子气地模仿那喀索斯，曾经亲吻了，或是假装亲吻了画像上此刻对他冷笑的嘴唇。一个早上，又一个早上，他坐在画像跟前，像他有时感觉到的那样，惊叹它的俊美，几乎为之倾倒。难道画像随着他自己屈服于每一次诱惑而变化？难道它会变成狰狞可怖、令人厌恶的东西，只配藏进上锁的房间，远离曾经那么多次把它神奇的飘发染成金色的阳光？可惜啊，可惜！

一瞬间他想要祈祷，希望自己与画像之间的通感会消失。以前，应他的祷告，画像起了变化。也许应他的另一次祷告，画像会维持原貌不变。然而，凡是懂得一点生活的人，谁会愿意放弃永葆青春的机会呢，且不管这机会如何荒诞不经，或者可能隐伏许多致命的后果？此外，难道这画像真的控制在他手中了吗？是不是祈祷真的产生了所期望的效果？有没有可能用什么奇怪的科学原理来解释这一切呢？如果一种想法能对一个活体产生影响，它有没有可能对死的无机体产生影响呢？不，在没有想法或者欲望的情况下，我们身外的东西会不会同我们的心境和情感产生共鸣，并由于暗中的爱和奇怪的相似，原子和原子之间相互吸引呢？可是原因是无关紧要的，反正他再也不会通过祈祷招徕可怕的力量了。大不了画像要变就变吧，何必那么去细究呢？

观看画像确实是一种乐趣。他会跟踪自己的思想，直至其隐秘处。画像会成为他最神奇的镜子，既已展示了他的身体，也一样会展示他的灵魂。当冬天光临画像的时候，他本人仍会站立于春夏之交。当血色从画像的脸上悄然褪去，留下白垩画成的苍白假面和木然的眼睛时，他自己会保持少年的魅力。他迷人的青春永远不会褪色，他生命的搏动永远不会削弱。他会像希腊的众神那样强健、敏捷、欢快。画布上的彩色形象发生变化有什么关系呢？他自己会平安无事，那是最要紧的。

他微笑着又把帘子拉回画像前面原来的地方，走进卧室，他的仆人已经在那里等候了。一小时后，他已在观看歌剧，亨利勋爵正俯身朝他凑过去。

第九章

第二天早晨，他正坐着用早餐的时候，巴兹尔·霍尔华德由人领着进了房间。

“我很高兴总算找到了你，道连。”他沉重地说，“昨天晚上我找上门来了，他们说你在看歌剧。我当然知道不会有这回事。但我真希望你会留下话来，说明你到底上哪儿去了。我一夜都没有睡好，担心一个悲剧会造成另一个悲剧。我想你一听到这消息就会打电报给我。我是在俱乐部随便翻翻晚版的《地球报》时偶尔读到的。我立刻赶到这里，没有找到你，心里很着急。我无法向你诉说我为这事有多伤心。我知道你必定很痛苦。可是你昨晚在哪儿呢？你去看望姑娘的母亲了吗？刹那间我曾想跟踪你到那儿。他们在报上公布了她的地址，在休斯顿路的某个地方，是吗？但是我担心自己不能分忧，反而会添乱。可怜的妇人！她一定是很伤心的！何况又是她的独生女！她说什么来着？”

“亲爱的巴兹尔，我怎么知道呢？”道连·格雷低声说，他端着一个威尼斯酒杯，抿着带有金珠似的小气泡的淡黄色酒，显得极不耐烦。“我是在看歌剧，你要在那儿该多好。我碰到了哈利的姐姐格温多林夫人，还是初识。我们坐在她的包厢里。她绝对迷人。帕蒂唱得好极了。别谈论可怕的话题了。你不谈它，那就等于从来没有发生过。就像哈利说的那样，事物的存在完全是通过表达来实现的。顺便提一句，西比尔并不是那女人的独生女。她还有一个儿子，我想应该很可爱。不过他不是演员，是个水手什么的。好吧，谈谈你自己吧，你在画什么？”

“你看歌剧去了？”霍尔华德慢吞吞地说，嗓音有点生硬，并含着一丝痛苦，“西比尔的尸体躺在某个肮脏的住所里，而你倒在看歌剧？你心爱的姑娘连个可以安睡的坟墓都没有，你却可以同我谈其他女人如何可爱，帕蒂唱得如何动人？啊，老兄，等待着这具小小的白色躯体的是恐怖！”

“住嘴，巴兹尔！我不要听！”道连大叫着跳了起来，“你别教训我啦。做过的事已经做了，过去的已经过去了。”

“你把昨天说成了过去？”

“这同具体时间的长短有什么关系？只有浅薄的人才需要好几年方能摆脱感情的纠葛。一个独立的人能够轻而易举地了却悲伤，就像他能随意自得其乐一样。我不愿受自己情绪的摆布。我要利用情绪，享受情绪，征服情绪。”

“道连，这简直可怕！你被什么东西彻底改变了。尽管你看上去依然还是那个奇妙的孩子，曾一天又一天来到我的画室，坐着让我画你。但那时你纯朴、自然、柔情满怀，是世上最纯洁的人。如今我不知道你中了什么邪，说起话来好像没有良心，没有同情心。这都是因为哈利的影响，我看得很清楚。”

道连的脸唰地一下子红了。他走到窗前，看了一会儿洒满阳光、闪闪烁烁的绿色花园。“我多亏了哈利，巴兹尔。”他终于说，“我虽然也得益于你，但得益于他的地方更多。你只不过教会了我爱慕虚荣。”

“是呀，我为此受到了惩罚，道连——或者有一天会受到惩罚的。”

“我不明白你是什么意思，巴兹尔。”他回过头来叫道，“我不知道你想要什么。你想要什么呢？”

“我要我以前画过的道连。”艺术家伤心地说。

“巴兹尔，”道连说着走过去把手搭在巴兹尔肩上，“你来得太晚了。昨天我听到西比尔·文自杀的消息后——”

“她是自杀的！天哪！事情确实吗？”霍尔华德大声说，带着恐怖的表情抬头去看道连。

“亲爱的巴兹尔呀！你自然不会认为这是一起普通的事故吧？她当然是自杀的。”

年长的一位双手捂住脸。“多可怕呀！”他喃喃地说，禁不住打了一个哆嗦。

“不，”道连·格雷说，“这件事没有什么可怕的。这是我们时代最伟大的浪漫悲剧之一。演戏的人总是过着最普通的生活。他们是好丈夫，或是忠贞的妻子，或是非常乏味的人。你知道我的意思——中产阶级的德行和一整套诸如此类的东西。西比尔多么与众不同！她上演了自己最出色的悲剧。她永远是位悲剧女主角。她出演的最后一个晚上——你看到的那个晚上——演得很糟，因为她懂得了爱的存在。她知道爱不存在的时候，便死去了，就像朱丽叶会如此死去一样。于是她再次化入艺术之境。在她身上有一种殉道者的精神，她的死具有一切殉道那种悲哀的徒劳，一种荒废的美。但是我在说这话的时候，你千万不要以为我不感到痛苦。要是昨天你在那一时刻来——也许五点半，或是五点三刻——你会看到我在流泪。连当时在场的哈利——虽然是他带来的消息——也弄不清我当时有多难过。我痛苦万分。后来我的痛苦过去了。我无法重复一种情绪，这一点除了感伤主义者，谁都做不到。而你，巴兹尔，很不讲道理。你来安慰我，这很令人感动。你发觉我已经得到了安慰，于是便勃然大怒。这怎么像一个富有同情心的人呢！你使我想起哈利讲的一个故事。有一个慈善家，一生中花了二十年的时间，来解除某种疾苦，或是改变某项不公平的法律，记不准是什么了。最后他终于大功告成，但同时也失望极了。他无所事事，差一点因为厌倦而死，成了一个十足的厌世主义者。此外，亲爱的巴兹尔，要是你真的是来安慰我，那就教会我忘掉已经发生的事儿，或者教我从适当的艺术角度来看待这个问题。戈蒂埃[1]不是一再写到‘用艺术来安慰’吗？我记得一天在你的画室里捡起一本牛皮封面的小书，偶尔看到了那句令人欣慰的话。可是，我不像我们一起在马罗时你告诉我的那个年轻人。那人常说黄缎子可以安慰生活中的任何痛苦。我却喜欢摸得着拿得起的美的东西。古老的锦缎、绿色的青铜、漆器工艺品、象牙雕刻、精美的环境、奢华的陈设，你都可以从中得到启发。但是，这些东西所创造的，或者至少是昭示的艺术气息，对我来说更为重要。正如哈利所说，做自己生活的旁观者是为了逃避生活的痛苦。我这么同你说话，你会觉得奇怪。你没有认识到我已经长大了。你我相识时我还是个小学生，现在我是大人了。我有新的情感、新的思想、新的见解。我跟以前不同了，但你得跟以前一样爱我。我变了，但你得永远是我的朋友。当然我很喜欢哈利。可我知道你比他好。你并不比他强——你太害怕生活——但你更好。我们过去在一起的时候多么愉快！别离开我，巴兹尔，也不要同我争吵。我还是我。除此之外，没有别的好说了。”

画家奇怪地被打动了。他极其喜欢道连。道连的人格是他艺术的伟大转折点。他不忍心再去责备他。他的冷漠也许毕竟只是一种情绪，过后会消退的。他身上有那么多善良的德行，那么多高尚的情操。

1 戈蒂埃（1811—1872），法国诗人、小说家，“为艺术而艺术”美学思想的倡导者。

“好吧，道连，”他终于苦笑着说，“从今以后，我再也不跟你谈这件可怕的事情了。我只是相信你的名字不会同这事儿牵连在一起。尸检今天下午开始。他们把你叫去了吗？”

道连摇了摇头，一提“尸检”几个字，脸上便出现了厌烦的表情。这类事总是隐含着粗野和庸俗。“他们不知道我的名字。”他回答。

“但是她当然知道。”

“只晓得我的教名，而且我可以肯定，她从来没有跟人提起过。有一次她告诉我，他们都想知道我是谁，而她总是告诉他们我的名字叫‘迷人王子’。她也真够机灵的。你一定得画一幅西比尔的像，巴兹尔。除了她留给我的几个亲吻，几句令人断肠的话，我还想拥有一些她的别的东西。”

“我会想办法去做的，道连，如果这能使你高兴。但你自己也得过来让我画。没有你，我画不下去。”

“我再也不能摆姿势让你画了，巴兹尔。这不可能！”他大叫，吃惊地往后退了一步。

画家瞪着他。“亲爱的小家伙，你胡说什么！”他叫道，“你的意思难道是你不喜欢我画你吗？那幅画呢？你干吗在画像前遮了块帘子？让我看一看吧。这是我画得最好的一幅画。你一定得把帘子拿掉，道连。你的仆人简直丢脸，把我的画这么遮遮掩掩。怪不得我进来的时候发觉这房间变了。”

“我的仆人与这无关，巴兹尔。你不会想象我让他布置我的房间吧？他有时不过弄弄花草而已。不，是我自己的主意。落在画像上的光线太强了。”

“太强了！当然不强，我的好家伙，是吗？这地方再好没有了。让我瞧瞧这幅画。”霍尔华德朝房间的角落走去。

道连·格雷发出一声恐怖的惊叫，一下子冲到了画家和帘子之间。“巴兹尔，”他说，脸色非常苍白，“你一定不能看。我不希望你看。”

“不能看我自己的画！你不是当真吧。为什么我不该看？”霍尔华德大声说，哈哈大笑。

“要是你想看一眼，巴兹尔，我以我的名誉担保，这辈子我就不跟你说话了。我绝不是说着玩的。我不做解释，你也别来问我。但是记住，要是你碰一碰这帘子，我们之间就完了。”

霍尔华德如五雷轰顶，惊愕地看着道连·格雷。这副样子，他以前从来没有见过。这小伙子气得脸色发白了，双手攥得紧紧的，眼珠像两个射出蓝色火光的圆盘，浑身在发抖。

“道连！”

“别说话！”

“可是怎么啦？当然，你不要我看的话我就不看，”他冷冷地说，转身朝窗子走去，“但是，我连自己的作品都不该看，那实在有些荒唐，尤其是今年秋天我要把画拿到巴黎去展出了。送去之前我可能还要给它上一层油彩，因此我得找个日子来看一看，为什么今天不行呢？”

“去展出！你要把它拿去展出？”道连·格雷大声说，一种莫名的恐惧感袭上心头。难道要向世人展示他的秘密？让人们对他的隐私目瞪口呆？那不行。得想点办法——他不知道什么办法——一定得想点办法。

“是要去展出。我想你不会反对的。乔治·佩蒂要收集我最好的画到塞兹街举办专题画展，十月的第一周正式揭幕。画像只拿去用一个月，我想你能很容易地让出那点时间来，事实上你肯定会不在城里。而且要是你老是用帘子遮着，你也不会很在乎这幅画的。”

道连·格雷用手抹了一下额头的汗珠。他觉得自己已处在极度危险的边缘。“一个月之前你告诉我永远不会拿它去展出，”他叫道，“为什么又改变了主意？你们这些追求前后一致的人，跟其他人一样情绪瞬息万变。唯一的区别是你们的情绪没有什么意义。你没有忘记吧，你曾信誓旦旦地向我保证，世上没有什么能诱使你送它去展出。你对哈利也说了同样的话。”他突然刹住话头，眼里闪出了光芒。他记得有一次亨利勋爵半开玩笑半当真地同他说过：“要是你想度过不可思议的一刻钟，你就让巴兹尔告诉你他为什么不送你的画像去展出。他同我说过为什么不，这对我是一种启示。”不错，或许巴兹尔也有自己的难言之隐。他要试着问问他看。

“巴兹尔，”他说着，过来跟巴兹尔挨得很近，眼睛直盯着他的脸，“我们各自都有一个秘密，你把你的秘密告诉我，我也把我的告诉你。你拒绝把我的画像送去展出的原因是什么？”

画家不由自主地打了个哆嗦。“道连，要是我告诉你，你就不会像现在这样喜欢我了，而且你肯定会笑话我。这两种可能性，不管哪一种我都无法忍受。如果你不希望我再看这幅画，那我也知足了。我永远有你可以看。如果你希望我最好的作品秘不见人，那我也满意了。对我来说，你的友谊比名誉和声望更加宝贵。”

“不，巴兹尔，你一定得告诉我，”道连·格雷坚持着，“我想我有权知道。”他的恐惧感已经消失，好奇心占了上风。他决心要发现巴兹尔·霍尔华德的秘密。

“我们坐下来吧，道连，”画家说，显得有些困惑，“我们坐下吧。就回答我一个问题。你注意到画像中有某种奇怪的东西了吗？——某种东西，开始时也许并没有引起你注意，但突然间却自己展示在你面前了。”

“巴兹尔！”道连叫道，双手颤抖着紧抓住椅子的扶手，两眼急切而惊讶地盯着他。

“我看出来你注意到了。别开口。等你听了我的话以后再说。道连，从我遇到你的那一刻起，你的人格对我产生了非同寻常的影响。我的灵魂、我的头脑、我的精力都被你所左右。你成了我看不见的理想的可见化身，那种理想像一个美妙的梦，在我们艺术家的记忆中拂之不去。我崇拜你。于是你同谁说话，我就妒忌谁。我要一个人占有你。同你在一起我就感到愉快。你离开我的时候，也依然出现在我的艺术里……当然，这件事，我从来没有告诉过你。我不可能这样做，因为你不会理解。我自己也难以理解。我只知道我面对着完美，世界在我的眼睛里已经变得妙不可言——也许是太美妙了，因为这种疯狂的崇拜存在着失去崇拜对象的危险，它并不亚于继续拥有崇拜对象的危险……日子一周一周地过去，我越来越被你所吸引。然后开始了新的变化。我把你画成身穿精致盔甲的帕里斯[1]，画成身披猎人的斗篷，手持雪亮的狩猎梭镖的美少年阿多尼斯。你还头戴沉重的莲花花冠，坐在阿德里安国王的船头，扫视着绿色混浊的尼罗河。你俯视希腊森林一泓平静的池水，在悄然的银白色水中，看到了自己动人的容貌。这些画面都是无意识的、理想的、遥远的，符合艺术的本质。有一天，有时候我想是致命的一天，我决定替你画一幅奇妙的画像，按你的实际情况来画，不穿古代的服装，而是你自己的衣服，生活在你自己的时代。我说不清楚，是现实主义的方法，还是仅仅你人格的魅力，无遮无盖地呈现在我面前。但我明白，作画时每一笔、每一层颜色似乎都流露着我的秘密。我开始担心别人会知道我的偶像崇拜。我觉得，道连，我流露的东西太多了，我在画像里倾注了太多的自我。于是我决定绝不允许把画拿去展

---

1 希腊神话中的特洛伊王子，因为把斯巴达王墨涅拉俄斯美丽的妻子海伦引诱走而引起特洛伊战争。

出。你有点生气。但那时你不明白这一切对我意味着什么。我同哈利谈起过这件事，他笑话我。可我毫不在乎。画像完成以后，我独自坐在画像旁边，觉得自己是对的……哎，几天以后，画像离开了画室。我一摆脱画像的存在所产生的巨大的吸引力，我便似乎觉得自己很傻，竟会想象我在除了看到你很漂亮以及我可以画画之外，还看到了别的东西。甚至现在，我不禁感到，那种认为创作中所感受到的激情在完成的作品中会真的有所体现的想法，是错误的。艺术往往比我们想象的要抽象。形状和颜色只告诉我们形状和颜色——如此而已。我常常觉得，艺术更多的是掩盖而不是暴露艺术家。所以我得到巴黎的邀请以后便决定把你的画像作为主要展品。我根本没有想到你会拒绝。现在我明白你是对的，画像不能展出。你千万别为我告诉你的事生我的气，道连。就像我上次对哈利说的那样，你生来就是让人崇拜的。”

道连·格雷长长地吸了一口气。他的脸颊恢复了光泽，他的嘴唇绽开了笑容。危险已经过去，眼下他是安全的。可是他禁不住怜悯起这个刚刚向他莫名袒露心迹的画家来，心里想自己也会不会如此受制于一个朋友的人格。亨利勋爵因为危险而独具魅力，如此而已。他过于聪颖机敏，过于玩世不恭，不可能真的讨人喜欢。将来会有人使他莫名其妙地崇拜不已吗？那难道是生活为他准备着的一件事吗？

“我感到很惊奇，道连，”霍尔华德说，“你居然在画像中看到了这一点。你真的看到了吗？”

“我从中看到了某种东西，”他回答，“某种我觉得很奇怪的东西。”

“好吧，现在我要看画，你总不会在乎了吧？”

道连摇了摇头。“你不要这样问我，巴兹尔。我不可能让你站在画像前面。”

“当然有一天你会的。”

“永远不会。”

“好吧，也许你是对的。再见了，道连。在我的生活中，你是唯一一个真正影响了我艺术的人。凡是我所做的有益的事情，我都归功于你。啊！你可不知道，我费了多大的劲才把我刚才说的那番话告诉你。”

“亲爱的巴兹尔，”道连说，“你告诉了我什么啦？无非是你太敬慕我了，那连个恭维都算不上。”

“我的本意不是恭维。这是一种表白。现在我表白了以后，我似乎失去了某种东西。也许一个人永远不该把自己的崇拜用语言表达出来。”

“那是一种很令人失望的表白。”

“哎呀，你期望什么呢，道连？你没有在画里看到别的什么吧，是吗？没有别的可看了。”

“没有。没有别的可看了。你干吗要问呢？可是你千万别提崇拜了。那很傻。你我是朋友，巴兹尔，应当永远如此。”

“你有哈利在呢。”画家难过地说。

“哦，哈利！”道连叫道，接着是一阵大笑，“哈利把白天用于说不可信的事情，把夜晚用于做不可能的事情。这正是我想过的那种生活。但是如果我有了烦恼，我不会去找哈利。我还是会上你那儿去的，巴兹尔。”

“你会再坐着让我画吗？”

“不可能！”

“你的拒绝会毁了一个艺术家的生命，道连。谁都不可能碰上两桩理想的事情，碰上一桩的也很少。”

“我无法向你解释，巴兹尔。但是我再也不能摆姿势让你作画了。一幅画像有着某种致命的东西，有它自己的生命。我会过来跟你一起喝茶，那一样很愉快。”

“恐怕对你来说更愉快，”画家遗憾地咕哝着，“那么再见了。很遗憾你不让我看一看这幅画。但那也没有办法，我很理解你对它的感情。”

巴兹尔离开房间的时候，道连·格雷暗自笑了起来。可怜的巴兹尔！他哪里知道真正的原因！说来也怪，他没有无奈地暴露自己的秘密，却反而几乎在无意中从朋友那里发现了秘密。那奇怪的表白对他有多大的启示呀！画家荒唐的阵发性妒忌、狂热的虔诚、溢美之词、奇怪的缄默——他现在统统明白了，并感到很难过。他觉得在他们点缀着浪漫的友情中，有一种悲剧性的东西。

他叹了口气，揿了一下铃。他得不惜一切代价把画像藏起来，再也不能冒被人发现的危险了。他简直是疯啦，竟会让这幅画留在一个哪一位朋友都可以进来的房间里，即便是留一小时也不该。

第十章

仆人走进房间时，道连紧盯着他，心里想他是不是要偷看帘子后面的东西。但那人很规矩，光等着他的吩咐。道连点燃了一支香烟，走到镜子跟前，往里看了一眼。维克多的面容，镜子里看得清清楚楚。这很像是一张温和平静、奴性十足的面具，没有什么好害怕的。但他想还是提防着点好。

他慢悠悠地告诉仆人，让他通知管家，他要见她，并要仆人去一趟画框店，叫他们马上派两个人过来。他似乎觉得仆人离开房间的时候眼睛往帘子的方向转了一下。要不，那不过是他的幻觉？

过了一会儿，利芙太太风风火火地进了书房，她身穿黑色丝绸衣服，起皱的手上戴着老式的线手套。道连向她要读书室的钥匙。

“老读书室吗，道连先生？”她大声问道，“哎呀，里面全是灰尘。你进去前我得布置一下，把里面都收拾好了。现在可不宜看，先生。实在不行。”

“不需要收拾，利芙。我只要钥匙。”

“是，先生。你要是进去，身上会粘满蛛网的。哎呀，差不多已经五年没有打开过了，爵爷去世后就没有开过。”

他一听见提到外祖父便有些尴尬。外祖父给他留下了可憎的记忆。“那没有关系，”他答道，“我不过是要看一看这地方。把钥匙给我吧。”

“这是钥匙，先生，”老妇人说，她的手抖动着失去了准头，但还是把钥匙圈查看了一遍，“这是钥匙。我马上把它从圈上解下来。可是你不会想要住在那儿吧，先生？你这里多舒服。”

“不，不，”他生气地叫道，“谢谢，利芙。这就行了。”

她又逗留了一会儿，唠唠叨叨地说了些家庭琐事。他叹了口气，告诉她，她认为该怎么整理就怎么去整理东西吧。她离开了房间，笑容满面。

关上门以后，道连把钥匙放进口袋，扫视了一下房间。他的目光落在一块很大的紫色缎子盖布上；这块绣满金线的盖布，是一件十七世纪后期威尼斯的不朽之作，是他外祖父在博洛尼亚附近的一个修道院里发现的。不错，这块盖布可以用来包裹那件可怕的东西。它也许是一直用作遮盖死者的柩衣，现在要遮盖自身就蕴含着腐败的某件东西——这比死亡本身的腐败还要可怕——某种会引起恐怖却永远不会消亡的东西。蛆之于尸体就是罪孽之于画布上的形象。罪孽会毁掉画像的美，腐蚀掉它的韵致，玷污它，使它蒙羞。但是画像依然会存在下去，永远不灭。

他打了个哆嗦，一时间懊悔没有把自己要藏匿画像的真实原因告诉巴兹尔。否则，巴兹尔会帮助他抵御亨利勋爵的影响，以及来自他个性的更严重的毒害。巴兹尔对他的爱——因为这是真正的爱——并不包含不高尚的和非理性的东西。这不仅是对肉体美的爱慕，随感官的亢奋而来，因感官的厌倦而去，而是一种米开朗琪罗、蒙田、文克尔曼[1]，还有莎士比亚自己所感受的爱。是呀，巴兹尔本可以救他，但现在已经为时太晚了。往事常常可以抹掉，手段是悔恨、克制或遗忘。但未来却是难以避免的，他的欲望总要找到可怕的宣泄口，他的梦想总会使罪恶的阴影成为现实。

他取下了盖在床榻上的一大块紫金色织物，拿着它走到屏风背后。画布上的那张脸比以前更可恶了吗？他似乎觉得它没有变，但自己的厌恶之情加剧了。金色的头发、蓝色的眼睛、红红的玫瑰色嘴唇，全在那儿。只不过表情变了，残忍得可怕。同他从画像中看到的呵斥和责难的表情相比较，巴兹尔因西比尔·文而对他的责备要轻得多——那么轻描淡写，那么微不足道！他自己的灵魂从画布上直视着他，召唤他接受审判。他脸上掠过一个痛苦的表情。他把那块华丽的柩衣扔到了画像

1　文克尔曼（1717—1768），德国考古学家和艺术史家。

上。这时敲门声响了，仆人走进门来，他走了出去。

“那些人到了，先生。”

他觉得必须立即摆脱掉这个仆人，绝不能让他知道画像要搬到哪里去。他身上有一种狡猾，还有一双深沉奸诈的眼睛。道连在写字台旁坐下，给亨利勋爵草草写了一个条子，请他送些书来，还提醒他晚上八点一刻碰头。

“等候回复，”他说着把条子交给仆人，“把那些人带进来。”

大约两三分钟后，敲门声又响了。南奥德莱街有名的画框匠哈伯德先生亲自上门来了，还带了一个有些粗里粗气的年轻人。哈伯德先生是个小个子男人，脸色红润，长着红色络腮胡子。他老是跟大多穷愁潦倒的艺术家打交道，这大大培养了他对艺术的爱好。他一般从不离店，只是等着别人上门来。但他总是偏爱道连，把他当作例外。道连身上有一种使谁都着迷的东西，甚至连看他一眼也是一种享受。

“我能帮什么忙吗，格雷先生？”他说，一面搓着长满黑斑的肥胖的双手，“我想还是有幸亲自上门来好。我有一个非常漂亮的画框，先生，是一次大减价时买到的，属于古佛罗伦萨画派。我想是从凡特黑尔街弄来的货，非常适合宗教题材的画，格雷先生。”

“对不起，给你添了麻烦，让你亲自过来了，哈伯德先生。尽管我现在并不热衷于宗教艺术，我一定会来看看这画框——

但今天只要你们替我把一幅画搬到顶楼上去就行了。画相当重，所以我想问你要两个人来帮忙。”

“一点都不麻烦，格雷先生。我很高兴能为你效劳。是哪一件艺术品，先生?”

“这件，”道连回答，一面把屏风移开，“你们能把盖布和别的统统原封不动地搬走吗？我不想在上楼的时候让它给划破了。”

“不难的，先生。”这位和蔼的画框匠说，开始在助手的帮助下，从悬垂着的长长的铜链条上把画取下，“现在，我们该把它搬到哪儿去，格雷先生?”

“我给你们指路，哈伯德先生，你们跟我来吧。要不，你们还是走在前面吧。我想就在顶楼，我们从前面的楼梯上去吧，那儿要宽一些。”

道连为他们扶着打开的门。他们出了房间，到了走廊里，开始登楼。画框精制的木质使这幅画非常笨重，因此尽管哈伯德先生这位道地的匠人极不愿看到一个上等人来帮忙，还不乏奉承地回绝，道连仍然时不时地搭手扶他们一把。

“要搬的东西倒挺沉的，先生。”他们搬上楼梯平台的时候，这位小个子喘息着说，同时还抹了一下亮晶晶的额头。

“恐怕是相当重的。”道连低声说，一面打开房间的门。这里将要保存他生活中不可思议的秘密，掩藏他的灵魂，以避外人眼目。

他已经四年没有进这房间了——打从孩提时代把它当作游戏室，以及后来稍大时用它来作书房后，就没有进来过。这是一个非常匀称的大房间，是最后一位克尔索勋爵为他的小外孙特意建造的。因为道连与母亲之间奇特的酷似，以及别的什么原因，克尔索始终讨厌这个小外孙，并希望与他保持一段距离。道连觉得房间并没有什么变化。这里有一个意大利大柜子，面板上漆着奇形怪状的图案，金色的线条已经失去光泽。他小时候常躲在这个柜子里。那边的椴木书架上摆满了折了书角的教科书。书架后面的墙上，依然挂着那块破旧的佛兰芒壁毯，壁毯上褪了色的国王和王后在花园里下棋，而一群小贩骑马经过，在他们戴了长长的手套的胳膊上，挽着羽冠很大的鸟。这一切他记得多么清楚！他环顾左右，想起了孤独的童年的每一时刻，忆起了纯洁无瑕的孩提生活。他似乎觉得很可怕，这幅致命的画像就要藏在这个地方。在那些死寂的日子里，他哪里想得到后来将要遇到的一切！

但是这幢房子里没有其他地方比这更保险，可以躲过别人的眼目了。他掌管着钥匙，没有人能进得来。在紫色的柩衣下面，画布上的那张脸可能会变得残酷无情、呆头呆脑、污浊不堪。那有什么关系？谁都看不到。他自己不会去看。干吗要去看着自己的灵魂可恶地腐败下去呢？他保持着青春，那就够了。此外，他的本性毕竟也可能变好呀？没有理由断定他的将来该充斥着耻辱。某种爱可能会出现在他生活中，净化他的灵魂，使他免受罪孽的蛊惑。这些罪孽都已经在精神上和肉体上弄得他躁动不安——那种难以描述的罪孽，其神秘性本身就有着不可捉摸的魅力。也许有一天，那个残酷的表情会从红红的、敏感的嘴边消失，那他就可以向世人展示巴兹尔·霍尔华德的杰作了。

不，那不可能。画布上的那个形象正一个小时又一个小时、一周又一周地衰老起来。它也许能逃避可恶的罪孽，但可恶的年龄却不会饶过它。脸颊会下陷或松弛，黄黄的鱼尾纹会爬上昏花的双眼，使眼睛变得非常可怕。头发会失去光泽，嘴巴会张开或下垂，像所有的老年人一样，显得愚蠢或粗卑。喉咙会起皱纹，冰凉的双手会青筋暴起，身子会佝偻。他记得，在从小对他很严厉的外祖父身上，他目睹了这一切。画像该藏起来，那是很不得已的事。

“请把它搬进来，哈伯德先生。”他转过身来，有气无力地说，“对不起，让你久等了。我在想着别的事情。”

“能休息一下我总是很乐意的，格雷先生。”画框匠回答，仍旧喘着粗气，“把它放在哪儿呢，先生？”

“哦，哪儿都行。这儿，这儿可以。我不想把它挂起来，就让它靠在墙上吧。谢谢。”

“可以看一看这件艺术品吗，先生？”

道连吃了一惊。“它不会让你感兴趣的，哈伯德先生。”他说，眼睛盯着那个人。要是他敢揭开掩藏他生活秘密的华丽盖布，道连会随时准备扑向他，并把他掀翻在地。“现在我不想再打扰你了。感谢你到我这儿来。”

“不客气，不客气，格雷先生。随时为您效劳，先生。”哈伯德先生踩着沉重的脚步下楼去了，后面跟着他的助手。那助手回头看了道连一眼，粗糙丑陋的脸上，露出羞答答的惊奇的表情，因为他从来没有见过长得这么漂亮的人。

他们的脚步声消失以后，道连锁了门，把钥匙放进口袋。现在他觉得安全了。谁也不会再看那可怕的东西了。除了他自己，谁的眼睛都见不到他的耻辱。

回到书房，他发现五点刚过，茶点已经送上来。在一张香木做的镶嵌了不少珠母贝的黑色茶几上，放着亨利勋爵写来的便条。那张茶几是他的监护人拉德利太太送的，这位漂亮的太太是个老病号，在开罗度过了前一个冬天。亨利勋爵的条子旁边是一本用黄纸装帧的书，封面有点破损，书角已经弄脏。一张第三版的《圣詹姆斯公报》摆在茶几上。显然维克多已经回来。道连不知道他是否已碰上了过道上的那些人，并且探听到了他们所干的事情。维克多一定会想起这幅画来——无疑在摆茶具的时候已经想到了。屏风没有放回原处，墙上留下了惹眼的空隙。也许有一天夜里他会发觉维克多潜上楼去，破门而入。家里出了密探是很可怕的。听说有些富人被仆人敲诈了一辈子，就因为仆人偷看了一封信，或是偷听了一次谈话，或是捡起了一张写有某个地址的名片，或是在枕头底下发现了一朵枯萎的花或一截揉皱了的饰带。

他叹了一口气，倒了茶，拆开了亨利勋爵的便条。便条上只是说他送上今天的晚报和一本他可能会感兴趣的书，他八点一刻会到俱乐部。他无精打采地翻开了《圣詹姆斯公报》，浏览了一遍。第五页上一个红铅笔做的记号，引起了他的注意。这个记号旁是下面一段话：

> **女演员死亡案验尸经过**——今晨，地区验尸官丹贝先生在霍克斯顿路贝尔旅馆查验了新近就职于霍尔本皇家剧院的年轻女演员西比尔·文的尸体。结论为意外死亡。死者的母亲在提供证词和法医比勒尔做尸体解剖报告时，悲恸不已，众人都表示十分同情。

他皱了皱眉头，一把将报纸撕成两半，穿过房间，扔掉了碎片。这件事多么丑恶！因为丑恶才那么活灵活现，非常可怕。他有点生亨利勋爵的气，偏要寄来验尸报告，还用红铅笔做了记号，实在是够傻的。维克多可能已经看过，而且他认识的英文足以使他看懂这段话。

也许他看了以后起了疑心。可是，那又怎么样呢？西比尔之死与道连·格雷有什么关系？没有什么可怕的，又不是他道连·格雷杀了她。

道连的目光落在亨利勋爵送来的黄封面的书上，不知道是本什么书。他走向那张珠黄色的八角形小茶几，那张茶几看上去总像是埃及某些奇怪的蜜蜂用银酿造的。他从茶几上取了那本书，一屁股坐进安乐椅，开始翻看起来。没有几分钟，他就被吸引住了。他从来没有看过这么奇怪的书。世间的罪孽似乎披上了精美的衣装，在幽幽的笛声中，登上了他面前的哑剧舞台。过去他想象中朦朦胧胧的东西，刹那间变得真真实实了；过去连做梦都没有想到过的东西，现在都渐渐地展示在他眼前了。

这是一部没有情节，只有单个人物的小说，实际上是对一个巴黎青年的心理刻画。这个青年花费毕生的精力，想在十九世纪实现属于每个世纪而不属于他自己时代的一切欲望和思想，事实上他要集一切时代精神于一身，喜欢那种装模作样，却被人不明智地称为美德的克制，也热爱明智的人依然称其为罪孽而实出于本性的反叛。这本书的风格出奇地精美，既清晰而又含混，有很多行话、古语、术语以及详细的释义，具有某些法国最优秀的象征主义作品的特征。有些比喻的韵味兼有兰花的奇和妙。感性的生活用神秘的哲学语言加以描绘。有时你几乎不知道，读到的究竟是某个中世纪圣人精神上的极乐境界，还是一个现代罪人病态的忏悔。这是一本有毒的书，书页上似乎残留着浓重的薰香，仿佛要搅乱人的头脑。随着他一章章看下去，句子的节奏及其微妙而又单调的音乐（因为内中有很多复杂的叠句和刻意重复的乐章），在这个年轻人的脑子里勾起了一种幻想，造成了一种梦呓症，因此他没有觉察到日头西沉，夜色已悄然而至。

铜绿色的天光透进窗户，没有一丝云彩，一颗孤星闪烁着。他借着暗淡的光，一直读到看不见了才歇手。随后，经他仆人几次提醒时间已经不早，他才站起来，走到隔壁房间，把书放在那张一直在他床边的佛罗伦萨式样的小茶几上，开始换装赴晚餐。

他赶到俱乐部的时候已经九点了，只见亨利勋爵独个儿坐在休息室，显得很不耐烦。

“实在对不起，哈利，”他大声说，“不过完全是你的过错，你送来的那本书那么吸引人，我连什么时候都忘掉了。”

“是呀，我想你会喜欢这本书的。”这位东道主回答，站了起来。

“我并没有说喜欢这本书，哈利。我是说吸引。两者有很大区别。”

“啊，这你都发现了呀？”亨利勋爵低声问。两人走进了餐室。

第十一章

道连·格雷好多年都无法摆脱这本书对他的影响。或者更确切地说他并不想摆脱这种影响。他从巴黎买了这本书的第一版大开本，一共不下九册，每本都用不同颜色装帧，适宜于阅读时的不同心境，以及他有时几乎失控的变化无常的个性。作品的主人公，那个独特的巴黎青年，奇怪地兼有浪漫气质和科学气质，在道连看来成了自己的原型。说真的，他觉得整部书包含了他自己的故事，却在他身临其境之前就写成了。

有一点他要比小说奇特的主人公幸运。他从来没有，也绝无理由要那么奇怪地怕见镜子，怕见光滑的金属表面，怕见平静的水，那个巴黎青年却很早就有这种感受了，那是由于一个显见得非凡的美人突然夭折而造成的。道连几乎是带着幸灾乐祸的心情——也许差不多每种欢乐和享受无不包含幸灾乐祸——阅读小说的后半部分。这部小说用悲剧性的、夸张的笔调，描述了一个人的悲哀和绝望，因为别人身上和人世间弥足珍贵的东西，他自己却失掉了。

他得天独厚的美，曾那么打动过巴兹尔·霍尔华德和其他人，似乎永远不会从他身上消失。即便有人风闻了他的恶行，即便有关他生活方式的奇闻悄悄在伦敦传播，并成为俱乐部中的谈资，人们同他见面时也不会相信那些有损他名誉的谣传。他始终保持着一种不受世俗玷污的神态。言谈粗鲁的人一见他进了房间，便立即闭嘴。他纯朴的表情足以申斥他们。只要他在场，他们就会回忆起自己失去的天真，并无不感到惊奇，这人如此迷人，如此高雅，却能不受这个肮脏而又声色犬马的时代的污染。

他常常会神秘地失踪很长一段时间，从而引起他的朋友或是自认为是他朋友的人的奇怪猜测。每次回到家来，他总要先溜到楼上锁着的房间，用那把从不离身的钥匙打开门，手拿镜子，站在巴兹尔·霍尔华德为他所作的画像前，时而看看画布上那张丑恶变老的脸，时而瞧瞧在雪亮的镜子中对着他笑的白皙年轻的面容。强烈的对比使他兴奋不已。他越来越迷恋于自己英俊的容貌，越来越对自己灵魂的腐败感兴趣。他会细致地，有时是带着恶狠狠的愉悦，来观察讨厌的线条镌刻在起了皱纹的额头上，或是悄悄地爬上很有肉感的嘴巴。有时会觉得纳闷，在罪孽的迹象和衰老的迹象之间，究竟哪一个更可怕呢？他会把自己白皙的手放在画像粗糙发胖的手上，嘲笑那变形的躯体和衰朽的四肢。

当他躺在幽香满室的卧房难以成眠的时候，当他改名换姓，乔装打扮，频繁走访码头附近名声不好的酒店，躺在污秽的房间里无法入睡的时候，他偶尔会想起他给自己的灵魂带来的毁灭，不免生出一种完全是自私的，因而也更为强烈的惋惜之情。但这样的时候不多。亨利勋爵和他一起坐在朋友的花园里，第一次在他心中激起的对生活的好奇心，已随着好奇心的满足与日俱增。他知道得越多就越想知道更多，产生了一种越喂越饿的极度饥饿感。

但是他并没有真的无所顾忌，至少在跟上流社会的关系上是这样。冬天，每个月一两次，在社交季节则每个星期三晚上，他会把自己漂亮的住宅向外界敞开，邀请最有名的音乐家，以他们奇妙的艺术取悦宾客。他那些规模不大的宴请，在安排上总是得到亨利勋爵的帮助。这类宴请以对被邀请人的悉心挑选和安排而闻名。同样出名的，是餐桌的装饰格调十分高雅，异国花朵、绣花桌布、金银古盘，都摆得微妙而和谐。说真的，许多人，尤其是很多年轻人，看到了或是想象自己已经看到，道连真正实现了他们在伊顿公学或牛津大学时的梦想，成了把学者货真价实的文化素养同交际场中人的风度、盛名和完美的举止相统一的典范。在他们的心目中，道连似乎是与但丁笔下"以崇拜美来完善自己"的人志同道合的。像戈蒂埃一样，道连是一个"客观世界为他而存在"的人。

当然，对他来说，生活是首要的、最伟大的艺术，其他艺术似乎是为它所做的准备。他当然也迷恋于时尚和派头，时尚使真正奇妙的东西风行一时，派头以其独有的方式强调美的绝对现代性。他衣装的式样和时不时摆出的派头，对梅费厄舞厅的花花公子和帕尔莫尔俱乐部的橱窗，都产生了明显的影响。这些人模仿他的一举一动，连他出于好玩，偶尔才露出的纨绔子弟的翩翩风度，也一个劲儿要学。

他很乐意接受几乎一到成年便被授予的地位。想到自己之于当代的伦敦很可能就好比《萨蒂里孔》[1]的作者之于当年尼禄时代的罗马，便有一种说不出的愉快。但内心深处却不甘于做“时尚的主宰”，让人请教一下戴什么宝石，怎样戴领带，如何用手杖而已。他要建立某种新的生活纲领，内含理性的哲学，有条有理的原则，并使感官脱俗来实现其最高目标。

崇拜感官常常不无理由地要受到贬损。人生来就害怕比自身要强大的欲望和感受，也意识到自己与不那么高级的生命形式有着共同的欲望和感受。但道连·格雷似乎觉得，感官的本质始终没有被充分认识，感官之所以停留在原始的动物性阶段，是因为世人用饥饿疗法迫使其就范，或者用痛苦来扼杀它，而不是努力使其成为新精神的一部分，而求美的良好本能将是这种新精神的主要特点。回顾人类的整个历史，道连被一种失落感所困扰。我们放弃了那么多东西！为的是如此微不足

1　此书为罗马作家彼得罗尼乌斯所作，描述并讽刺了尼禄时代的荒淫。作者与尼禄关系密切，并有“时尚的主宰”的美称。

道的目的！疯也似的任性抵制，形形色色的自我折磨和自我克制，其根本原因在于害怕，其结果是彻底的堕落，比人们出于无知，努力要摆脱的想象中的堕落要可怕得多。造物主逐出了修道人，让他以荒漠中的野兽果腹，却又赐予隐士以兽类为伴，那实在是一种绝妙的讽刺。

是的，正如亨利勋爵所预言的那样，一种新享乐主义将会出现，重新创造生活，把生活从严酷而不合时宜的清教徒主义中解救出来。在我们这个时代，清教徒主义正不可思议地复活着。当然，这种享乐主义也求助于理智，但并不接受任何含有牺牲情感体验的理论或体系。事实上其目的在于使生活本身就成为体验，而不是体验的结果，且不管这种结果是苦还是甜。禁欲主义使感觉麻木，庸俗的挥霍放荡使感觉迟钝，新享乐主义与它们无关。不过，它教人珍惜生命的瞬间，因为生命本身就是转瞬即逝的。

不少人有时候天没亮就醒来，多半是在那些我们倾心于死的无梦之夜，或是经历了恐惧和奇怪欢乐的夜晚之后，那时闪过我们脑际的是比现实更可怕的幻象，它具有一切怪诞事物所隐藏的活力，它赋予哥特式艺术以持久的生命力。人们可以想见，哥特式艺术特别属于头脑患有幻想症的艺术家。白色的手指慢慢地伸进窗帘，似乎还在抖动。无声的影子，奇形怪状，黑乎乎一片，钻进了房间的角落，并在那儿栖息。室外，鸟儿拨弄着树叶，或是上班族人声鼎沸，或是风呜咽着从山上下来，在寂静的房子周围盘桓，仿佛担心惊扰了沉睡者，但又必须把睡眠从紫色的山洞中唤醒。一层层昏暗的薄纱被掀开，万物渐渐地恢复了原状和本色。我们观察着黎明以自古就有的方式重建世界。暗淡的镜子又开始照见东西。没有火焰的小蜡烛依旧竖立在老地方，旁边放着一本我们看了一半的书，或是我们在舞会上戴过、扎着铅丝的小花，或是一封我们不敢读或者读了无数次的信。似乎什么都没有改变。我们所熟知的现实生活从虚幻的夜影中跳出来了，我们得在原来停止的地方继续我们的生活。我们悄悄地涌起了一种可怕的感觉，不得不让精力按陈规陋习枯燥地循环往复；或者我们产生了一种不着边际的愿望，希望有一天早晨睁开眼睛，发现为了取悦我们，世界已经在黑暗中重建。在新世界中，万物都有新的形状和颜色，而且都会发生变化，或者都有了别的秘密。在新世界中，往事会变得无足轻重，或者没有立足之地，或者至少不会让人出于义务和悔恨而耿耿于怀，因为即使是欢乐的记忆也带有苦味，愉快的回想也饱含痛苦。

道连·格雷觉得，正是创造这样的世界构成了他真正的生活目的，或者真正的生活目的之一。他要寻找一种新奇而愉快的感觉，一种具有罗曼史所必不可少的陌生成分的感觉。在寻找中他会采用自知见异于自己天性的思想方法，沉湎于其微妙的影响。然后他会抓住这些影响的色彩，满足理智上的好奇心，随后又会冷漠地将这些影响弃之一旁。这种冷漠与真正的火热性格并不相斥，而且根据现代心理学家的说法，其实是火热性格的先决条件。

一度有谣传称，道连想要加入罗马天主教教派。确实罗马教的仪式一向对他有很大的吸引力。每天的牺牲虽然比古老世界的一切牺牲真的要可怕得多，却打动了他。打动他的，是对感官的巧妙抵制，是罗马教成分中原始的单纯，是罗马教所象征的人类悲剧永恒的悲哀。他喜欢跪在冰冷的大理石人行道上，观看身穿绣花法衣的牧师用白皙的手慢慢地揭开圣体盘的罩布，或者举起装有白色圣饼、嵌满宝石的灯笼形圣体匣，我们有时设想这种圣饼是天使的面包。或者观看牧师们穿着耶稣受难时的衣装，把圣饼弄碎放进圣餐杯，并以捶胸来悔罪。身穿镶花边的大红衣服、神情严肃的男孩子们，把蒸腾的香炉像镀金的硕大花朵那样抛到空中，这情景对他有一种难以言说的吸引力。他走出教堂的时候，总要惊奇地看一眼那些身着黑衣服的忏悔者，希望自己也坐在暗影里，倾听善男信女们隔着陈旧的栅栏诉说自己生活中的故事。

但是他决不会一本正经地接受某个信条和成规，而犯下遏制智力发展的错误，或者误把只适宜在没有星星和月亮的夜晚逗留一夜或者几个小时的客栈，当成了栖身的住所。神秘主义有一种化普通为新奇的威力，并往往伴有微妙的彻底解脱主义，曾一度打动了道连。但在另一个时期，道连却又倾向于德国达尔文主义运动的唯物主义思想，津津乐道于把人的思想和激情追溯到大脑中珍珠似的细胞，或是人体中某根白色的神经。他还赞赏这样的观点，即精神绝对依赖于物质，不论该物质是病态的还是健康的，正常的还是反常的。然而，正如前面说到的那样，他觉得比之于生活本身，没有一种理论是重要的。他强烈地感到，一切理性的思考一旦脱离行动和实验是多么苍白。他明白，感觉同灵魂一样，有自己的精神秘密需要袒露。

于是他现在又研究起香水及其制造的秘密来了，蒸馏各类香气很浓的油，燃烧来自东方、气味难闻的树脂。他知道人的情绪都在感官中得到相应的体现，所以便潜心于发现两者之间的真实关系，探究乳香中有什么东西使人变得神秘，龙涎香为什么能撩拨人的热情，紫罗兰为何能唤起对了结的罗曼史的记忆，麝香为何会扰乱头脑，金香木如何能玷污想象。他总想确立真正的香水心理学，估算着各类物质的不同效果，例如有甜香味的根子、带有花粉的香花、芳香的脂膏、黑色的香木、闻之使人作呕的甘松香油、会弄得人发疯的乔木，还有据说能驱除心里郁闷的芦荟。

另一个时期，他完全倾心于音乐。他有一个用格子装饰的房间，天花板为朱红和金黄两色，四周的墙壁漆成了橄榄绿。在这里他常常举办古里古怪的音乐会，疯狂的吉卜赛人从小小的齐特拉琴上撕出狂野的音乐；戴黄色头巾、表情严肃的突尼斯人，在一把巨大的诗琴上拉扯着紧绷的弦；咧着嘴笑的黑人单调地击打着铜鼓；戴着头巾身材瘦小的印度人，蹲在大红垫子上，吹着长长的芦笛和铜管，用魔法对巨大的眼镜蛇和吓人的长角小蝰蛇催眠，或是假装催眠。有时，当他的耳朵对舒伯特的典雅、肖邦优美的哀伤、贝多芬强有力的和谐都感到麻木的时候，这野蛮音乐刺耳的片段和不和谐的尖叫，却打动了他。他又收集世界各地能够找到的古怪的乐器，不是从一个消亡了的国度的坟墓里，就是从少数与西方文明共存的野蛮部落里搞来的，还喜欢扰弄一下，试试效果。他的藏品有里奥内格罗印第安人神秘的“朱鲁帕里斯”，这种乐器妇女是不允许看的，连年轻人也只能在斋戒或受鞭笞后瞧上一眼。还有能发出鸟儿尖叫声似的秘鲁泥罐，有阿方索·德奥瓦里[1]在智利听到过的人骨笛子；有在库斯科[2]附近发现的有声碧玉，能奏出甜美无比的调子。他还藏有绘了图案的葫芦，里面装了石头，摇动起来咯咯有声；有墨西哥人的长号“克拉令”，演奏时不是往里吹，而是朝外吸；有亚马孙部落刺耳的号子“特克”，是由整天坐在大树上的哨兵吹的，据说九英里之外也能听见；有一种叫“特庞那斯德利”的乐器，装有两个振动的木制簧片，演奏时用涂了黏胶的木棒敲击，那种黏胶取自植物乳白色的汁水；有一种阿兹特克人的铃“龙特尔”，像葡萄那样成串挂

1 阿方索·德奥瓦里（1601—1651），智利历史学家，著有《智利殖民史》（1646）。

2 秘鲁一城市。

着；有一个用巨蟒皮包裹的圆筒形大鼓，贝尔纳尔·迪亚斯[1]同科尔特斯[2]一起进入墨西哥神庙时曾经见过，他还为我们极其生动地描绘了那悲凉的鼓声。这些乐器奇妙的特色使他着了迷，一想到艺术也像大自然一样，有着自己的怪物，形态丑恶，声音可怕，他便感到了无可名状的愉悦。但是，过了一阵子他对这些乐器厌倦了，又会自个儿或是与亨利勋爵一起坐在歌剧包厢里，欣喜若狂地倾听歌剧《唐豪塞》[3]，并在那部伟大艺术作品的序言中，看到正在上演的自己灵魂的悲剧。

有一阵子他研究起宝石来了，还像法国海军将官安·德·若耶斯[4]那样，穿着一件饰有五百六十颗珍珠的衣服，出现在化装舞会上，好多年他都迷上了这种爱好，而且可以说再也没有放弃。他往往会整天反复摆弄珠宝盒里收藏着的各类宝石，如在灯光下会转成红色的橄榄色金绿宝石、带有银色线条的猫眼石、淡黄中泛绿色的橄榄石、玫瑰色粉红和酒黄色的黄玉、颜色火红并带有光芒四射的星星的红宝石、红似火焰的棕黄色宝石、橘黄色和紫色的尖晶石、宝石红与宝石蓝层层交替的紫晶。他喜欢太阳石的金红色、月亮石的珠白色和蛋白石的

1 贝尔纳尔·迪亚斯（1492—1581），西班牙历史学家。

2 指埃尔南·科尔特斯（1485—1547），西班牙殖民者。

3 《唐豪塞》（1844）系德国作曲家瓦格纳所作的歌剧，表现了骑士唐豪塞身上灵与肉的斗争。

4 法王亨利三世（1551—1589）的宠幸者，两人均为同性恋者，有时穿着女人的衣装出现在公众场合。

彩虹色。他从阿姆斯特丹购得三枚巨大且颜色无比鲜艳的绿宝石，并拥有一颗令鉴赏家妒忌的古老的绿松石。

他还发现了关于宝石的奇妙传说。阿方索的“教士的规诫”中提到一条毒蛇，眼睛是真正的橘红色宝石。在关于亚历山大的浪漫传奇中，这位伊马夏的征服者，据说在约旦溪谷发现了一种“背上长出真的绿宝石项圈”的蛇。菲洛斯特拉脱斯[1]则告诉我们，在龙的脑袋里藏有宝石，“只要出示金色的字母和一袭大红袍子”，那怪兽便会着了魔后睡去，随之可以将它杀掉。大炼金术家皮埃尔·德波尼法斯说，钻石使人隐形，印度玛瑙使人善辩，光玉髓能止怒，红锆石能催眠，紫晶能消除酒气，石榴石能驱魔，一种称为“赫屈罗皮克斯”的宝石会使月亮失色，石膏石会随月亮的盈亏而增减，一种叫“梅洛西亚斯”的宝石能识别窃贼，只有小山羊的血会使其失效。列昂那达斯·卡米拉斯见过从刚杀的蟾蜍中取出的白色宝石，可用作解毒剂。从阿拉伯鹿的心脏中发现的毛粪石是治疗瘟疫的良药。阿拉伯鸟巢中有一种“阿斯皮莱茨”的石头，根据德莫克里脱斯的说法，戴了它就可以免除火灾。

锡兰国王在加冕典礼上手捧一颗巨大的红宝石驱车穿过城市。牧师约翰的宫门是“用红宝石做成的，镶嵌着角蛇的角，使携毒者不得入内”。山墙上放着“两个金苹果，内有两块红

1　菲洛斯特拉脱斯（170—245），古希腊哲学家和传记家。

玉”，金子在白天闪光，红玉在夜间发亮。洛奇的一部怪异的传奇[1]《美洲的一颗珍珠》提到，在皇后的寝宫里可以看到“世间所有贞洁女子的银镂刻像，对着橄榄石、红玉、蓝宝石和绿宝石的镜子照个不停”。马可·波罗曾见到日本国百姓把玫瑰色的珍珠放在死者的嘴里。一个海怪迷上了被潜水员取来献给国王皮罗萨斯的一颗珍珠，杀死了窃珠人，并为自己的损失痛悼了七个月。后来匈奴人把国王诱入陷阱时，据普罗科皮埃斯[2]所说，国王扔掉了珍珠。尽管阿那斯塔西亚斯皇帝出了相当于五百磅黄金的悬赏，却并未觅到那颗珍珠。马拉巴尔的国王曾给一个威尼斯人看过一串由三百零四颗珍珠组成的念珠，每颗珍珠代表一个他所崇拜的神。

据勃兰托姆所言，亚历山大六世之子，瓦伦提努阿公爵拜见法王路易十二的时候，坐骑浑身披着金叶，帽子上镶着两排红宝石，光芒四射。英王查理的马镫挂着四百二十一颗钻石。理查二世有一件外套，满布玫瑰红尖晶石，价值相当于三万马克[3]重的金子。霍尔描写亨利八世在加冕前去伦敦塔的路上，身穿“凸花纹金丝线上衣，胸牌上饰有钻石和其他宝石，颈项有一大块饰品，缀有巨大的玫瑰红尖晶石”。詹姆斯一世的宠

1 洛奇的传奇出版于一五六九年，取材于他第二次南美之行。

2 普罗科皮埃斯系十六世纪拜占庭历史学家，他记载了皮罗萨斯国王发动的战争及其最后之死。

3 旧时金银重量单位，一马克相当于八盎司。

幸者们都戴着金丝线缀成的绿宝石耳环。爱德华二世赠予皮埃斯·盖维斯顿一副镶着红锆石的赤金盔甲，一个金玫瑰嵌绿松石的护颈，以及一顶饰有珍珠的头盔。亨利二世的手套直抵肘部，上面满布珠宝。他的一只猎鹰手套缀有十二颗红宝石和五十二颗大珍珠。“鲁莽的查理”，他家族中最后一个勃艮第公爵，所戴的公爵帽悬挂着梨形珍珠，装点着蓝宝石。

生活曾是多么美妙啊！那种气派，那种装饰多么灿烂辉煌！甚至连读到逝者的奢华也令人怦然心动。

后来他的兴趣转向了刺绣和北欧国家寒冷的房间里充作壁画的挂毯。他一钻进这个题目——他总有一种非同寻常的能力，会一时间极度专注于着手的东西——便几乎为这个题目的启示，即时间给美妙事物带来的摧残，而感到悲哀。至少他已经躲过了这种劫难。一个夏天又一个夏天过去了，黄色的长寿花开了又谢，谢了又开。恐怖的夜晚，那些可耻的事情仍一次次发生，而他自己却依然未变。冬天并没有损害他的容颜，或是玷污他如花的青春。时间给物质的东西带来的影响多么不同呀！这些物质的东西到哪里去了呢？那件橘黄色的大袍，是皮肤黝黑的姑娘为取悦雅典娜而做的，上有众神与巨人搏斗的图案，它在哪里呢？尼禄要铺盖罗马剧场的那块巨大的天幕，那张巨型紫色风帆，上面画着星光闪耀的天空和手执镀金缰绳、驾着白马战车的阿波罗，如今又在哪里呢？道连渴望见到那些为太阳祭司编织的奇异餐巾，上面绣有盛宴所需的一切美食佳肴；想看一看奇尔佩里克王灵柩上缀有三百只金色蜜蜂的盖布；还有那些激怒了庞脱斯主教的奇妙的袍子，袍子上画了“狮、豹、熊、狗、森林、岩石、猎人等画家所能描摹的大自然的一切”；他还希望一睹奥尔良的查理穿过的外套，袖子上绣着一首歌，起句是“夫人，我非常高兴”，配乐的歌词是用金线绣成的，当年画成方形的每个音符由四颗珍珠来代表。道连还读到为勃艮第的琼王后准备的兰斯王宫的内室，“装饰了一千三百二十一只鹦鹉刺绣，身上都绘有国王的徽记，以及五百六十一只蝴蝶，每只蝴蝶的翅膀上都绘了皇后的徽记，鹦鹉和蝴蝶都是用金线绣成的”。卡特林·德·梅迪西让人为她准备的灵床，铺着饰有无数新月和太阳的黑丝绒。灵床的帐幔是锦缎做的，缀着叶圈和花冠，用金银衬的底，边沿的流苏上绣的是珍珠。这张灵床安放在挂了一排排皇后的纹章的房间里，纹章是用剪碎的黑丝绒点缀在银线织成的缎子上做成的。路易十四的寓所里竖着一根高达十五英尺的镂金女子刻像柱子。波兰国王索别斯基的御用寝床料子是金线锦缎，装点着刻有《古兰经》经文的绿松石。床柱是银做的，精雕细刻，嵌满了珐琅和宝石圆饰。这张床是在维也纳城前土耳其营帐中夺得的，当年穆罕默德的军旗曾悬挂在飘动的涂金华盖下。

于是整整一年，道连力尽所能地收集着最珍贵的纺织和刺绣样品，有精美的德里薄纱织物，缀着金线织成的叶子和闪光的甲虫翅膀；有达卡的细罗，因其透明而在东方被称为“空气织品”、“流水”和“夜露”；有绘着稀奇古怪图案的爪哇花布；有精心制作的中国黄色帐幔；有用茶色的缎子和淡蓝丝绸装帧的书籍，画有百合花、鸟类和人像；有匈牙利针绣的花边织成的面纱；有西西里的锦缎；有西班牙的硬丝绒；有格鲁吉亚绣有金币的织品；有日本的锦缎丝绸，绣着绿色的金丝线和羽毛漂亮的鸟类。

道连对基督教的法衣情有独钟，其实，凡是跟宗教仪式有关的，他都感兴趣。排列在房子西廊的长长的杉木柜子里，有他收藏的基督新娘漂亮罕见的衣装真品，她得穿紫色的衣袍和精制的内衣，戴珠宝，方能掩盖自我受难所造成的苍白消瘦的躯体。道连有一件用深红的丝线和金线织锦缎做成的华丽长袍，匀称的六瓣形花中镶着金色的石榴，其上端的两侧是细珍珠组成的凤梨图案。法衣上的饰带分成多个小格，画着展示圣母马利亚生平的一幅幅场景。圣母加冕的场面则用彩色丝线绣在兜帽上。这是十五世纪意大利的工艺品。道连还有一件绿丝绒袍子，绣着一簇簇心形的叶子，叶子上伸出长柄的白花，银丝线和彩色水晶勾勒出了图案的细节。法衣的襻扣上饰有六翼天使的头，由金线钩成了凸花纹。法衣上的饰带缀有用红丝线和金丝线织成的菱形图案，上面星星似的满布众多圣像和殉道者的像，其中一幅是圣塞巴斯提安[1]像。道连还有几件神父穿

1 圣塞巴斯提安系三世纪罗马的殉道者，因坚持基督教信仰而被罗马皇帝处死。

的十字褡，料子有琥珀色丝绸的，蓝丝绸和锦缎的，黄丝锦缎和金布面的，上面绘有耶稣在十字架上殉难的情景，有的则绣了狮子、孔雀和其他纹章图案。道连拥有的法衣有白缎子的，粉红丝绸锦缎的，装点着郁金香、海豚和百合花图案。还有深红色丝绒和蓝色亚麻布做的祭坛围布，以及许多圣餐巾、圣餐杯罩和汗巾。这些在神秘的宗教仪式中使用的衣物和器具，有着某种激发他想象的东西。

这些宝物以及他可爱的住所里收藏着的一切，能让他忘却，也能使他暂时躲避几乎难以承受的恐惧。他童年时代的好多日子，是在那个紧锁着的孤寂的房间里度过的。现在他亲手把可怕的画像挂到了墙上，画像表情的变化向他显示了他生活的堕落。他已把紫金色的圣杯罩布当作帘子盖到了画像上。一连好几周，他都不上那儿，忘掉讨厌的画像，恢复了轻松愉快的心情，满腔热情地活着。随后，某个夜晚他会突然溜出住所，到蓝门场附近那些可怕的地方去，日复一日地待在那儿，人家不赶他就不走。回到家里，他会坐在画像前面，有时既讨厌画像，又讨厌自己。另一些时候则因多半为罪孽渊薮的利己主义而窃喜，暗笑画布上那个为他本人受过的怪异影子。

几年以后，他无法忍受久离英国，放弃了特鲁维尔同亨利勋爵合住的别墅，以及阿尔及尔他们不止一次共度冬季的带围墙的小白房子。他不愿离开画像，因为它已成了他生命的一部分。另外，尽管他已叫人装了精心制作的门闩，但仍然担心有人趁自己不在家时闯进门去。

他十分明白，这不会向他们透露任何信息。尽管画像的脸邪恶丑陋，但画像跟他本人依然非常相像。可是他们从中又能看出些什么呢？谁要是借此奚落他，他会嗤之以鼻。又不是他画的，画像卑鄙可耻的形象跟他有什么关系？他就是说出了两者的关系，他们会相信吗？

然而他还是害怕了。有时他在诺丁汉郡那边的豪宅，招待跟他地位相当的时髦青年，还有平时的一些好友，用他堂皇奢靡的生活方式使郡里人为之惊叹的时候，他会突然离别客人，匆匆赶回伦敦，看看门是不是被人动过，画像是否安然无恙。要是给偷走了怎么办？一想到这里，他便吓得浑身冰凉。当然，那时候全世界会知道他的秘密，也许人们已经在怀疑了。

尽管他使很多人着迷，不信任他的人也不在少数。在伦敦西区的一个俱乐部，就因为有人秘密反对，他险遭排斥，虽然他的出身和地位完全使他有资格成为会员。据说，有一次他由朋友带进丘吉尔俱乐部的吸烟室时，伯维克公爵和另外一个绅士公然离座，走了出去。他一过二十五岁，奇奇怪怪的流言蜚语便开始传播。据谣传，有人看见他在惠特查普尔一个偏远地方的下流贼窝，同一个外国海员大吵大闹，还跟小偷和造假币者沆瀣一气，熟知那些行当的秘密。他离奇的销声匿迹使人对他侧目，当他在社交场合重新露面时，人们会在角落里窃窃私语，或者讥笑着经过他身边，或者用冷冰冰寻根究底的目光看着他，仿佛决心要发现他的秘密。

对这样的傲慢和刻意的轻蔑，他自然不以为意。大多数人认为，他率直有礼的举止、孩子般迷人的微笑、似乎永不消失的青春的无穷魅力，其本身足以回答身边流传的诽谤，是的，他们将流言称作诽谤。可是显然，有些与他来往密切的人，后来似乎也躲避他了。那些狂热地爱慕他，为了他而不顾旁人的非难和无视社会习俗的女人，一见道连·格雷走进房间，便因为耻辱或害怕而顿然失色。

但是，在很多人眼里，这些嘁嘁喳喳的流言只会增加他奇怪而危险的魅力。他的巨额财富为他提供了相当的保障。社会，至少文明社会，不会轻易相信诋毁既有钱而又具吸引力的人的传言。世人有一种直觉：风度比道德更为重要，还认为拥有至高无上的体面还不如拥有一个好厨师。倘使有人以蹩脚的饭菜或劣酒宴客，纵然人家告诉你此人的私生活无可指责，那也是一个很可怜的安慰。就像有一次他与亨利勋爵谈起这个问题时勋爵所说的那样，连基本的德行都抵不上一道不冷不热的主菜。也许关于他的观点，还有很多话可说。上流社会的准则和艺术的准则是一致的，或者应当是一致的。对上流社会来说，形式极为重要，既要有礼仪的庄重又要有其虚假性，要把传奇剧的虚假成分同剧中悦人的机智和美结合起来。难道虚假很可怕吗？我认为并不可怕，它不过是丰富我们个性的一种手段而已。

这些至少是道连的观点。他过去总是对某些人的肤浅的心理学感到纳闷。他们认为人的自我是简单的、永久的、可靠的，具有单一的本质。对他来说，人具有多重生活和多重感觉，是一个多重体的复杂动物，内中有传承下来的思想和激情的奇怪遗产。人的肉体本身就染上了逝者可怕的疾病。他喜欢漫步在自己乡间别墅荒凉冷寂的画廊里，欣赏那些与他血脉相连的人的画像。这里是菲利普·赫伯特。弗兰西斯·奥斯本在他的《回忆伊丽莎白女王和詹姆斯国王的执政时期》中，把他描绘成一个“因外貌漂亮而深得朝廷的宠幸，但美貌并未久留”的人。难道自己有时过的就是青年赫伯特的生活？难道某种奇怪的毒菌从一个躯体潜入另一个躯体，直至最后到了他身上？难道是因为他朦胧地感觉到了那种已毁掉的魅力，才在巴兹尔·霍尔华德画室里发疯似的祈祷，许了一个从此完全改变了他生活的愿？这里站着的是安东尼·谢拉德。他身穿绣金红背心和镶着宝石的短袄，戴着金边圆领和袖口，银黑两色的盔甲堆在他脚边。他的遗产是什么呢？那不勒斯的乔凡那的情人把罪恶和耻辱作为遗产传给他了吗？他自己的所作所为难道不过是死去的人不敢实现的梦想？在这块褪了色的画布上，伊丽莎白·德芙洛夫人微笑着，披着薄纱头巾，身穿珍珠胸衣，露出粉红色分叉的袖子。她右手拿着一朵花，左手紧握一个红白玫瑰珐琅项圈。她身边的桌子上放着一把曼陀林琴和一个苹果。她尖尖的小鞋上缀着绿色的玫瑰花饰。道连了解她的生活，也了解她的情人们奇奇怪怪的传闻。难道他身上有她的脾性？这双杏眼重重地垂着眼睑，似乎好奇地瞧着他。这位头发搽粉、脸上贴着怪里怪气的饰颜片的乔治·威洛比又怎么样呢？他看上去一副恶相！黝黑的脸十分阴沉，性感的嘴唇因为目空一切的表情而扭曲。精制的花边褶袖下是一双又瘦又黄的手，手上戴了过多的戒指。他是个十八世纪的纨绔子弟，年轻的时候曾是费拉尔斯勋爵的朋友。第二代的贝克汉姆勋爵是怎样一个人呢？他是摄政王子放荡不羁的日子里的伙伴，是王子同菲茨赫伯特秘密成婚的见证人之一。他一头的栗色鬈发，一副盛气凌人的姿态，显得多么傲慢而又多么英俊！他传下的是什么样的情欲？世人都认为他声名狼藉，他是卡尔顿大厦纵情作乐的领头羊。他的胸前闪烁着嘉德勋章的星光。他画像旁边挂着他妻子的画像，一个穿黑衣服的女人，苍白的脸色，薄薄的嘴唇。她的血也在道连身上搏动。这一切显得多么不可思议！还有他的母亲，长着一张汉密尔顿夫人[1]的脸，嘴唇上沾着湿漉漉的酒滴，道连明白自己从她身上得到了什么。他得到了美，得到了追求他人之美的欲望。她穿着女祭司的宽大服装在朝着他笑。她的头发上沾着常青藤叶子，紫色的酒从她端着的酒杯中溢出。画像上的肉色已经褪去，但她的眼睛却深沉明

1 汉密尔顿夫人（1765—1815），英国驻那不勒斯公使威廉·汉密尔顿爵士的夫人，原是来自英国柴郡的一个农村姑娘，以貌美著称。

亮，依然炯炯有神，仿佛他走到哪里，那双眼睛就跟到那里。

人有种族的祖先，也有文学的祖先。很多文学的祖先在类型和个性方面也许更接近于后代，其影响当然也更强烈地被感知。有时道连觉得，整个历史不过是他自己生活的记录，不是他身临其境的生活，而是他的想象为他所创造的生活，因为这种生活存在于他的脑子里和欲望里。那些奇怪而可怕的人物，在世界舞台上来去匆匆，却使堕落显得那么神奇，罪恶那么微妙，道连觉得与这些人似曾相识，仿佛神秘之中他们的生活已成了他的生活。

那部如此影响道连生活的奇妙小说的主角，也熟悉这古怪的幻想。在第七章，他叙述自己如何戴了避雷的桂冠，像提比略[1]那样坐在卡普利岛的花园里，读着爱里芳提斯[2]写的淫书，侏儒们和孔雀们神气活现地在他身旁走来走去，吹笛者嘲笑着那个摇动香炉的人；或者像卡里古拉[3]那样，同马厩里的绿衣马夫痛饮一番，又与头戴宝石的马儿在象牙马槽里共进晚餐；也像多米提安[4]那样，徘徊在挂满大理石镜子的走廊，用憔悴的目光，寻找着后来结果了他性命的匕首的影子，产生了一种什么都得到了满足的人才有的厌世感。他透过一块晶莹的绿宝

1 提比略（前42—37），古罗马第二个皇帝。

2 爱里芳提斯，古希腊女作家，擅写艳情淫荡的书。

3 卡里古拉（12—41），古罗马暴君，后被暗杀。

4 多米提安（56—95），古罗马暴君，后被暗杀。

石，观看红色的马戏团屠场，随后，在一堆珍珠和紫袍中，由钉着银掌的驴子拖着，穿过石榴街到了金子宫，路上只听得人们高叫尼禄·恺撒；又像埃拉加巴路斯[1]，把脸涂上油彩，混在女人中间干活，从迦太基那儿取来月亮，使其与太阳神秘地结合。

道连总是反复阅读这妙趣横生的一章和紧接着的两章。那两章犹如某些珍稀的挂毯，或是巧夺天工的珐琅，勾勒出了那些被罪恶、鲜血和厌倦折磨得成了魔鬼和疯子的人漂亮却可怖的形象。如米兰的公爵菲利泼，杀死了妻子，在其唇上涂了鲜红的毒药，好让妻子的情人亲吻死者时中毒而亡；威尼斯人皮埃特罗·巴比，即教皇保尔二世，为获得封号而图尽虚荣，其价值二十万弗罗林的头冠，是以骇人的罪行为代价取得的；吉安·马利阿·维斯康迪曾唆使猎狗追逐活人，被谋杀后，一个爱过他的妓女在他的尸体上撒满了玫瑰花；波基亚骑着白驹，与身旁的弗拉特利西德策马同行，他的披风染着佩洛托的血；皮埃特罗·里亚里奥，佛罗伦萨的年轻红衣主教，西克斯脱斯的儿子及宠臣，他的放荡只有其美貌可与之比肩，他在一个用红白两色丝绸扎成的帐篷中接待了阿拉冈的列昂娜拉，帐篷里满是仙女和精灵，他还在一个男童身上涂了金，让他冒充甘米德或海拉斯，在宴会上充当招待；埃泽林，他的忧郁只有

1 埃拉加巴路斯（205—222），古罗马皇帝。

见到死亡的景象才能得以消解，他嗜血成性，就像别人嗜酒一样，据说他是魔鬼的儿子，他还在掷骰子以灵魂打赌的时候蒙骗了父亲；吉埃姆巴蒂斯塔·西波出于嘲弄给自己取名为英诺森特[1]，一个犹太医生在他麻木的血管中注进了三个青年的血液；西吉斯蒙多·马拉特斯达[2]是伊索达的情人，里米尼的君主，他被视为上帝和人类的敌人，在罗马被焚烧了模拟像，他用餐巾勒死了普里山娜，在给吉内弗拉·德埃斯特的绿宝石酒杯中下了毒，并为基督教信仰者建造了一座异教教堂以纪念可耻的情欲；查理六世疯也似的爱慕他的嫂嫂，以至于连一个为人们所不齿的人都提醒，他神经已有些失常，他的头脑出现病态变得反常时，只有用沙拉辛画有爱情、死亡和发疯的纸牌治疗，才能得以缓解；身穿漂亮的紧身上衣、头戴镶嵌宝石的帽子、蓄着叶片似的鬈发的格里芳纳托·巴格里昂尼杀死了阿斯托利和他的新娘，也杀了西蒙纳多和他的侍从，但他的容貌那么出众，他躺在佩鲁加黄色广场上奄奄一息的时候，那些恨过他的人禁不住号啕大哭，连咒骂过他的阿特朗泰也为他祝福。

这些人对道连都有令人生畏的吸引力。夜里，他梦见他们；白天，他们弄得他神魂颠倒。文艺复兴时期的人知道奇奇

1 英文“天真烂漫”的译音。

2 西吉斯蒙多·马拉特斯达（1417—1468），意大利文艺复兴时期残暴的王子。

怪怪的下毒方法——有在头盔上下毒的，有用点燃的火炬下毒的，有在刺绣的手套和镶宝石的扇子上下毒的，有用涂金香丸和琥珀手链下毒的，而使道连·格雷中毒的却是一本书。有时候他简直把罪恶当作实现他审美观的一种方式。

第十二章

道连后来常常记起来，那一天是十一月九日，他三十八岁生日的前夕。

大约十一点钟，他从亨利勋爵那里吃罢晚饭出来，正走回家去。夜里天冷雾浓，他把自己裹在厚实的皮大衣里。在格罗斯凡纳广场和南奥德莱街的拐角处，大雾中一个人从他身旁快步走过，灰色的大衣领子竖起，手里拎着一个手提箱。道连·格雷认出他是巴兹尔·霍尔华德。他感到一阵莫名的恐惧，连他自己也无法解释。他装作没有认出他来，顾自朝家的方向疾步走去。

可是霍尔华德已经看出他来了。道连听见他先是在人行道上停下脚步，随后急忙追他。不一会儿，霍尔华德的手搭到了他胳膊上。

“道连！真是太走运啦！我打从九点钟就等在你的书房里。最后，我可怜你那个仆人累得不行了，才吩咐他在我走了后自己去睡觉。我要乘半夜的火车上巴黎，临行前特别想看看你。

你走过的时候我想那是你，或者不如说是你的皮大衣。但我没有把握。你没有认出我吗？”

“在这样的大雾中吗，亲爱的巴兹尔？啊呀，我连格罗斯凡纳广场都认不出来呢。我相信我家就在附近什么地方，但一点把握也没有。很遗憾你得走了，我已经好久没有见你了呢。但我想你很快又会回来的，是吗？”

“不，我要离开英国半年。我想在巴黎搞个画室，闭门创作，直到我完成脑子里酝酿着的大作。不过，我要谈的不是自己的事儿。我们到你家了，让我进去一会儿吧，我有话同你说。”

“那我太高兴了。可你不误了火车了吗？”道连·格雷懒洋洋地说，一面走上台阶，用前门的钥匙开了门。

灯光挣扎着冲出雾气。霍尔华德看了看表。“我有的是时间，”他回答，“火车要到十二点一刻才开，而现在只有十一点。说真的，我碰见你的时候正要上俱乐部找你。你瞧，行李耽搁不了，我已经把重的东西送走了。身边就只有这个手提箱，二十分钟内便可以毫不费力地赶到维多利亚火车站。”

道连看着他笑道：“时髦的画家原来是这样出游的！光一个手提箱和一件长大衣！进来吧，不然雾气要钻进房间里来了。当心别谈一本正经的事。如今没有严肃的事儿，至少不应当有。”

霍尔华德进屋时摇了摇头，跟着道连走进书房。一个开口的大壁炉里，柴火正在熊熊燃烧。灯亮着。一张嵌木细工的小桌上，放着一个敞开的荷兰银酒箱，以及几瓶苏打水和一些刻花玻璃酒杯。

“瞧你的仆人让我很自在，道连。我要什么，他给什么，包括你最好的金嘴烟。他非常好客，比起以前的法国人来，我更喜欢他。顺便问一下，那个法国人怎么样啦？”

道连耸了耸肩。“我想他娶了拉德利夫人的女仆，替她在巴黎开了家店，挂出了英国女裁缝的牌子。听说英国货在那里很时髦。法国人好像有点傻，是不是？不过，你可知道，作为一个仆人，他一点也不差。我从来没有喜欢过他，但他也没有什么可以指责的。人总会把事情想象得很荒唐。他对我忠心耿耿，临走的时候似乎很难过。再来一瓶白兰地加苏打好吗？要不白葡萄酒加矿泉水？我总是喝白葡萄酒加矿泉水的。隔壁房间肯定还有一些。”

“谢谢，我什么都不喝了。”画家说，脱下帽子和外套，扔到了放在角落里的手提箱上，“好啦，老兄，我要跟你谈正经事儿了。别那么皱眉头好不好，你让我不好开口了。”

“谈什么呀？”道连气咻咻地叫道，腾的坐到了沙发上，“希望不要谈我，今晚我讨厌自己，很想变成另外一个人。”

“就是谈你自己，”霍尔华德用他那严肃深沉的嗓音说，“而且我必须同你谈，只用你半小时。”

道连叹了口气，点燃了一支香烟。“半小时！”他咕哝着。

“我同你谈，不是来求你什么的，道连，完全是为了你好。我想你该知道，在伦敦，人家都在说你的坏话，很可怕的话。”

“我什么都不想知道。我爱听别人的丑闻，对我自己的却不感兴趣。这些丑闻毫无新意。”

“你一定会感兴趣，道连。每一个有身份的人都对自己的好名声感兴趣。你不希望人家把你说成堕落的恶棍。当然你有你的地位、财富和诸如此类的东西，但地位和财富并非就是一切。告诉你吧，我根本不信这些谣传，至少我见到你时不相信。罪恶这东西是写在脸上的，无法加以掩盖。人们有时说起秘密犯罪，其实那并不存在。一个无耻之徒犯了罪，就会显示在嘴巴的线条上，下垂的眼睑上，甚至他的手型上。有人——我不提他的名字啦，反正你认识他——去年来找我替他画像。以前我从来没有见过他，当时也没有听人说起过，尽管后来听到了一大堆。他出了个大价钱，被我拒绝了。他手指的长相有些让我讨厌。现在我知道了，当时我的猜想是对的，他过着腐朽的生活。可是，你，道连，凭你那纯朴明朗、天真烂漫的面容，无忧无虑、美妙无比的青春，我就不相信那些说你的坏话。可是我很少见到你，现在你也不到我的画室来了。当我不跟你在一起的时候，听到这些叽叽咕咕的坏话，我真不知道该怎么说好。道连，究竟为什么像伯维克公爵这样的人看你一进门就要离开俱乐部？究竟为什么伦敦那么多上等人不上你家，也不邀请你去他们的家里？过去你是斯特夫利爵士的朋友，上周我在一个饭局上碰到了他。谈话间，说起你有袖珍画像拿到达德利去展出，偶然提到了你的名字。斯特夫利噘起嘴说，也许你有很好的艺术品位，但像你这样的人，心地纯洁的姑娘不应被允许同你交往，贞洁的女人不该跟你坐在一个房间里。我提醒他我是你的朋友，并问他用意何在。他同我说了，而且就当着大家的面。那实在可怕！为什么你跟年轻人交朋友，给他们带来了致命的后果呢？那个在皇家禁卫军服役的可怜孩子自杀了，而你是他的一个很要好的朋友。还有亨利·艾什顿爵士，声名狼藉地离开了英国，而你跟他是形影不离的。艾德里安·辛格尔顿和他可怕的下场是怎么回事呢？肯特勋爵的独生子和他的遭遇又是怎么回事？我在圣詹姆斯大街碰到了他父亲，他似乎被耻辱和伤心压垮了。还有年轻的珀思公爵呢？他过的是什么样的生活？还有哪一个上等人愿意同他往来？”

“行啦，巴兹尔。你谈论的事，你根本就不知道。”道连·格雷咬紧了嘴唇，以极度轻蔑的口吻说，“你问我，为什么我一进门伯维克就走掉，那是因为我对他的生活了如指掌，而不是因为他知道了我什么。血管里流着那样的血，他的历史怎么可能清白呢？你问我亨利·艾什顿和青年珀思的事儿，难道是我教唆一个去犯罪，另一个去放荡吗？要是肯特的傻儿子娶了个妓女做老婆，这跟我有什么关系？要是艾德里安·辛格尔顿在账单上冒签了朋友的名字，难道我是他的保护人，要为此负责？我知道在英国是怎样议论别人的。中产阶级在粗俗的饭桌上发表自己的道德偏见，对那些比他们优越的人的所谓奢靡生活，窃窃私语，为的是要装作自己也属于上流社会，跟他们所毁谤的人关系很密切。在这个国家，只要名声响，有头脑，就够让普通人对你说三道四了。而那些道貌岸然的人自己又过着怎样的生活呢？老兄，你忘了我们生活在伪君子的故乡。”

“道连，”霍尔华德叫道，“那不是问题所在。我知道英国是够糟糕的，英国社会全乱了。这也就是为什么我要你洁身自好，可是你没有。我们有理由以对朋友的影响来判断一个人。你的朋友似乎对名誉、德行和清白都毫不在乎。你使他们疯狂追求享乐，他们已经陷得很深，而你是领头羊。不错，是你把他们带到那儿的，你自己却一笑了之，就像你现在的表情一样，而这一切的背后还有更糟糕的事情。我知道你同哈利形影相随，不为别的原因，就为这个，你不应当让他姐姐的名字传为笑柄。”

“当心，巴兹尔。你太过分啦。”

“我一定要说，你一定得听。你给我听着。你初识格温多林夫人的时候，她没有一丝流言上身。可是现在，哪一个正派女人还愿意在海德公园里和她同乘一辆马车？嗨，连她的孩子也不能跟她一起生活了。还有其他的传言——说看见你天亮时溜出那些乌七八糟的地方，还乔装打扮，鬼鬼祟祟钻进伦敦最肮脏的贼窝。那是事实吗？有可能是事实吗？我初次听说的时候，大笑不已。现在我又听到了，不禁为之震颤。你的乡下别墅和你在那儿过的生活怎么样？道连，你不知道人家说了你些什么。我不会讲我不想对你说教。我记得哈利有一次说过，每个把自己变成临时说教牧师的人，都以这句话开头的，然后就食言了。我就是要对你说教。我要你过一种受世人尊敬的生活。我要你名声清白，历史干净。我要你断绝跟那些坏家伙往来。别那样耸肩，别那么冷漠。你的影响很大，让它成为好的影响，而不是坏的影响。他们说谁同你接近，谁就会被你带坏。你一走进一家，就足以使某种耻辱接踵而至。我不知道这是真是假。我怎么能知道呢？但人家是这么说你的。他们告诉我的事，似乎是无可怀疑的。格洛斯特勋爵是我牛津大学时代最要好的朋友之一。他给我看了一封信，是他妻子临死前独个儿在芒通的别墅写给他的。这封我所看过的最可怕的忏悔信，涉及你的名字。我告诉他这很荒谬，还说我对你非常了解，你不可能干出这样的事情来。了解你？我很纳闷，难道我真的了解你？在我能回答这个问题之前，我得看一看你的灵魂。”

“看我的灵魂！”道连·格雷咕哝道，一下子从沙发上惊跳起来，吓得脸色几乎发白了。

“是的，”霍尔华德严肃地回答，话音里带着深沉的悲哀，“看看你的灵魂。但只有上帝做得到。”

一阵嘲弄的苦笑从年少的那位嘴边传来。“你要亲眼看一看，就在今天晚上！”道连叫道，从桌上端起一盏灯来，“来吧，这是你亲手制作的。干吗不看看？然后要是你高兴，你可以把这告诉全世界，但没有人会相信你。要是他们真的相信了，就会因此更加喜欢我。我比你更了解这个世界，尽管你会唠唠叨叨，叫人乏味。来吧。你谈堕落已经谈得够多了，现在就让你面对面看看吧。”

他说的每一句话里都包含着失去理智的傲慢。他带着孩子气的无礼，把脚步踩得噔噔作响。想到有人要分享他的秘密，想到这幅他耻辱之源的画像的创作者，在有生之年将因为自己的可怕行为而寝食不安，他感到了极度愉快。

“不错，”他继续说，一面靠近霍尔华德，目光直逼他严厉的眼睛，“我要把我的灵魂给你看。你会看到你想象中只有上帝才能看到的东西。”

霍尔华德吃惊地往后退了一步。“这是亵渎，道连！”他叫道，“你不该说这样的话。那很可怕，也没有什么意思。”

“你这样想吗？”道连再次大笑起来。

“我知道是这样的。我今晚对你说的，是为你好。你明白我一向是你忠实的朋友。”

“别碰我，把你要说的话说完吧。”

画家的脸上掠过一阵痛苦的痉挛。有一会儿他没有开口，心头涌起了强烈的同情。说到底，他有什么权利去探究道连·格雷的隐私？要是他干了一点点人家谣传的事情，他自己也该有多大的痛苦！随后他直起腰来，走到壁炉边，站在那儿，看着燃烧的木柴霜一般的灰烬和闪动着的火焰。

“我等着呢，巴兹尔。”年轻人说，口吻生硬而毫不含糊。

霍尔华德转过身来。“我要说的是，”他叫道，“人家对你的这些可怕指控，你得给我一个回答。要是你告诉我，这些指控根本就是假的，我会相信你的。否认吧，道连，快否认呀！你没有看见我受着怎样的煎熬？天哪！别告诉我你很坏，你堕落了，你很可耻。”

道连·格雷微微一笑。他不屑地噘起了嘴。“上楼吧，巴兹尔。”他平静地说，“我每天都记生活日记，这部日记从来没有离开过我写日记的房间。你跟我来，我就把日记给你看。”

“我会跟你去的，道连，要是你希望的话。我知道我已经误了火车。那没关系，明天也可以走。但是别叫我今天晚上读什么东西。我所要的，是对我的问题给一个直率的回答。”

“到楼上才能回答你，现在可不行。你不需要花很多时间去读的。”

第十三章

他走出房间，开始登楼，巴兹尔·霍尔华德紧随其后。他们把脚步放得很轻，夜间行走的人不知不觉都会这样。灯光在墙上和楼梯上投下了奇怪的阴影，越来越大的风吹得几扇窗户咯吱直响。

到了顶端的平台，道连把灯放在地板上，取出钥匙开起门来。“你一定要知道吗，巴兹尔？”他轻声问。

“是的。”

“我很乐意，”他微笑着回答，随后又补充说，口气有些严厉，“你是天底下唯一有资格了解我底细的人。你跟我的生活的关系，比你想象的要密切。”他从地板上拿起灯，开了门，进了房间。一股寒气直逼过来，一时间灯火直往上蹿，火焰转成了昏黄色。他打了个寒噤。“快关门。”他悄声说，一面把灯放在桌子上。

霍尔华德带着困惑的表情把周围打量了一下。这里看上去好像已经多年没有住人了。一块褪了色的壁毯、一幅用帘子盖着的画、一个陈旧的意大利柜子和一个几乎空着的书架，似乎便是这个房间除了一把椅子和一张桌子之外的全部物品。道连·格雷正点着壁炉架上半支蜡烛时，霍尔华德发现到处布满了灰尘，地毯已是千疮百孔。护墙板后面，一只老鼠在逃窜，房间里有一股潮湿的霉味。

“因此你认为只有上帝才能看到我的灵魂了，巴兹尔？把这块帘子拉开吧，你会看到我的灵魂的。”道连说话的口气非常冷酷。“你疯啦，道连，要不也差不多了。”霍尔华德皱起眉头低声说。

“你不愿意？那我得自己拉了。”年轻人说着从杆子上一把扯下帘子，扔到了地上

画家的嘴里发出一声惊叫，因为在昏暗的灯光下，画布上一张狰狞的脸正朝着他笑。表情里有一种东西使他感到厌恶。天哪！他看的正是道连·格雷自己的脸！那表情虽然可怖，却并没有完全破坏出奇的美。在越来越稀少的头发上，残留着某种金子般的颜色，肉感的嘴巴上有一抹猩红，麻木的眼睛依然保留着一丝可爱的天蓝色，高贵的曲线并没有完全从轮廓分明的鼻孔和柔软的喉部消失。不错，画的正是道连他自己。可是谁把它弄成了这副样子呢？他似乎认得出自己的笔法，画框的设计也出自他之手。这念头很荒谬，但他觉得可怕。他紧紧抓住点着的蜡烛，凑近了画像。左下角签着他的名字，用的是朱红色瘦长的字体。

这是某种低级的仿作，卑鄙无耻的嘲弄。他从来没有画过这样的东西。可是，那是他自己的画。他心里明白，觉得仿佛身上的血，一下子从熊熊之火变成了凝结的冰块。居然是他的画！究竟怎么回事呢？为什么变成了这副样子？他回过头来，带着一种病人的目光瞧着道连·格雷。他的嘴巴痉挛着，一时张口结舌，说不出话来。他用手摸了摸额头，额头上湿漉漉黏糊糊的，全都是汗。

年轻人倚在壁炉架上，用奇怪的目光看着霍尔华德。你只有在那些全神贯注地观看某个伟大艺术家演戏的人脸上，才能看得到这种目光，内中既没有动情的哀伤，也没有发自心底的喜悦。纯粹是一个旁观者的心情，也许眸子里还含着一丝得意。他已经从外套上把花取下，正在闻着，或者假装在闻。

“这是怎么回事？”霍尔华德终于叫了起来。在他的耳朵里，连自己的声音听上去也又尖又怪。

“好多年前，我还是孩子的时候，”道连·格雷说，把手里的花捻碎了，“你碰到了我，恭维我，教导我为自己的美貌而感到虚荣。一天，你把我介绍给你的一个朋友，他向我解释了青春的魅力。而你完成了我的肖像画，这幅画向我昭示了美的魅力。因为一时的糊涂，至今我不知道是不是该后悔，我许了一个愿，也许你会称其为祈祷……”

“我记起来了！啊，我记得太清楚了！不，这不可能。是因为房间很潮湿，霉菌进了画布，是因为我用的颜料含有该死的有毒矿物质。我告诉你，这是不可能的。”

“嗳，什么不可能呀？”年轻人轻声说，走到窗前，把额头贴在冷冰冰雾气弥漫的玻璃上。

“你告诉我你已经把它毁了。”

“我错了。是它把我毁了。”

“我不相信这是我的画。”

“难道你看不到这画里有你的理想吗？”道连刻薄地说。

“我的理想，像你说的那样……”

“像你过去说的那样。”

“画里没有坏的东西，没有见不得人的东西。对我来说，当时的你是一个千载难逢的理想。可这是一张色情狂的脸。”

“这是我灵魂的面容。”

“上帝呀！我崇拜的是个什么东西！它有一双魔鬼的眼睛。”

“我们每个人身上都存在着天堂和地狱，巴兹尔。”道连叫道，使劲做了一个绝望的动作。

霍尔华德又转向画像，盯着它看了起来。“我的天哪！要是这是真的，”他大声说，“要是你过的就是这样的生活，那你一定比那些议论你的人所想象的要坏得多！”他又举起灯凑近画布，仔细端详起来。画像的表面似乎没有什么变化，还是他脱手时的老样子。显然，其恶浊来自内部。某种罪恶的病菌侵入了内在生命，奇怪地加剧了活动，渐渐地把画像蚕食掉了，比潮湿的坟墓里尸体的腐烂还要可怕。

霍尔华德的手颤抖着，蜡烛从烛台孔落到了地板上，火焰发出了噼噼啪啪的声音，他一脚把它踩灭了。随后他一屁股坐进桌旁那把摇摇晃晃的椅子上，把头埋在手里。

“老天呀，道连，多大的教训！多么可怕的教训！”道连没有回答，但他听得见这年轻人在窗前哭泣。“祈祷吧，道连，快祈祷吧。”他喃喃地说，“小时候大人是怎么教我们说的？‘别把我们引向诱惑。宽恕我们的罪孽。洗涤我们的邪恶。’让我们一起说吧。你高傲自负的祈祷已经应验，你悔过自新的祈祷也会得到应验的。我太崇拜你了，为此而受到了惩罚。你太崇拜自己了，我们都受到了惩罚。”

道连·格雷慢慢地转过身来，一双蒙眬的泪眼看着霍尔华德。“太晚了，巴兹尔。”他支吾着。

“永远不晚，道连。让我们跪下吧，看我们是否还记得该祈祷的话来。不是有这样一首诗吗，‘尽管你的罪恶是猩红的，我会把它变得像雪一样洁白’？”

“这种话现在对我已经毫无意义了。”

“嘘！别这么说。你这辈子作的恶已经够多了。我的天哪！你没有看到那该死的东西斜眼看我们吗？”

道连·格雷朝画像瞥了一眼，突然冲着霍尔华德泛起了一种难以控制的仇恨，似乎画布上的形象向他提醒了这种仇恨，并通过狞笑着的嘴，轻声地注进了他的耳朵里。他内心涌动着困兽般的疯狂，厌恶那个坐在桌子旁边的人，超过了平生所厌恶的一切。他狂乱地朝四周看了看。正对面的漆柜上有一样东西在闪光。他的目光落在那东西上。他明白那是什么，一把刀。几天前他拿上来割一根绳子，忘了带下去了。他慢慢地向这把刀走去，经过霍尔华德身边。一到他身后便一把抓过了刀，转过身来。霍尔华德在椅子上动了一下，好像要站起来。道连向他直冲过去，将这把刀刺进了耳后的大动脉，把头按到了桌子上，对准它一刀刀刺了又刺。

一声压抑的呻吟和一个鲜血堵塞喉咙的人发出的恐怖的声音。张开的手臂痉挛地往上伸了三次，在空中挥动着僵硬古怪的手指。道连又向他刺了两刀，霍尔华德没有动弹。什么东西开始流到地板上。道连等了一下，按着霍尔华德的头没有放开。随后他把刀子扔在桌上，听听有什么动静。

除了血滴滴答答流在磨光了的地毯上的声音，他什么也没有听到。他开了门，走到了楼梯的平台上。房子里静得出奇。四周无人走动。他俯身倚在栏杆上，往下朝沸腾的黑夜窥视了几秒。随后，他取出钥匙，又回到了房间，像刚才那样把自己关在里面。

那东西仍然坐在椅子上，紧绷着身子伏在桌上，头低着，背弓着，手臂又长又怪。要不是颈部血淋淋乱七八糟齿状的断口和桌上一摊慢慢扩散的黑血，你准以为这人睡着了。

这件事干得多利索啊！他觉得出奇地冷静，走到落地窗前，把它打开，到了外面阳台上。风已经驱散了浓雾，天空像

张开的手臂痉挛地往上伸了三次，在空中挥动着僵硬古怪的手指。

一只巨大的孔雀的尾巴，星星点点布满了无数金色的眼睛。他往下面望去，看见一个警察在巡逻，把手提灯长长的光束投在寂静的居家门户上。一辆徘徊着的马车，在角落闪出了一个红点，便消失了。一个女人，沿着栏杆爬也似的慢慢走着，一步一个踉跄，肩上的披风猎猎作响。她时时停下步来，往背后窥探着。一次她用沙哑的嗓子唱起歌来。那警察走过去，同她说了些什么。她大笑着摇摇晃晃地走开了。一阵刺骨的风刮过广场。汽灯摇曳着，火焰变成了蓝色。光秃秃的树木来回摇动着铁一样的黑色树枝。道连的身子抖了一下，返回房间，关上了窗子。

他到了门边，转动钥匙开了门。那个被谋杀的人，他连看都没看一眼。他觉得秘密在于不去搞清楚是怎么回事。这幅带给他一切苦恼的致命画像的作者已经咽了气，那就行了。

随后他想起了那盏灯。这盏灯有些稀罕，摩尔人的工艺，暗色的银子做的，镶嵌着带阿拉伯式图案的锃亮的钢，还点缀了粗糙的绿松石。他的仆人会想到这盏灯，并问起它来。他犹豫了一下，然后回身从桌上取了灯。他免不了要看到那个死人。那东西一点动静也没有。又长又苍白的手看上去多么可怕！整个人活像一尊可怕的蜡像。

他锁上了门，悄悄地溜下楼来。脚下的木板咯吱作响，仿佛在痛苦地呻吟。他几次停下脚步，等待着。没有动静，除了他的脚步声，一切都悄无声息。

他到了书房，看见了角落里的手提箱和外套。这些东西得找个什么地方藏起来。他打开了护墙板里的一个秘柜，平时是用来放乔装品的，现在他把手提箱和外套放了进去。以后可以轻而易举地把这些东西烧掉。随后他取出手表来，一看时间是一点四十分。

他坐下开始思考起来。在英国，每年——每月，几乎——都有人因为像他所做的事而上绞刑架。四周弥漫着一种发疯似的谋杀气氛。某颗红星与地球靠得太近了……可是能拿得出什么证据来给他定罪呢？巴兹尔·霍尔华德十一点钟离开了他家，没有人见他又回来过。大多数仆人都在皇家塞尔比庄园。他的侍从已经睡觉 巴黎！不错，巴兹尔是到巴黎去了，乘的是半夜的火车，像他原来打算的那样。凭他那种少言寡语的怪习惯，要等几个月以后别人才会起疑心。几个月！什么东西都可以早就在这之前毁掉。

他突然想到了一个主意。他穿上毛皮大衣，戴了帽子，到了门廊。在那里他停了一下，听到了外边人行道上一个警察缓慢而沉重的脚步声，看到窗玻璃上提灯的反光。他屏住呼吸等待着。

一会儿以后，他拉开门闩溜了出去，又轻轻地把门关上。随后开始揿门铃。五分钟后，侍仆出现了，睡眼惺忪，连衣服都没有穿好。

“对不起，叫醒你了，弗兰西斯。”他跨进门时说，“可我忘了带前门的钥匙了。几点钟啦?”

“两点十分，先生。”那人看了看钟，眨了眨眼睛说。

“两点十分啦?这么晚了!明天九点你得叫醒我，我有事儿。”

“好的，先生。”

“今晚有客上门吗?”

“先生，霍尔华德先生来过。他一直等到了十一点钟才走掉去赶火车。”

“哦!很遗憾我没有见到他。他留下什么条子没有?”

“没有，先生。他只不过说，要是在俱乐部找不到你，他会从巴黎给你写信的。”

“行啦，弗兰西斯。别忘了明天九点钟叫我。”

“不会忘的，先生。”

那人趿着拖鞋蹒跚地走下过道。

道连·格雷把帽子和外套扔在桌子上，走进书房。他在房间里来回踱了一刻钟，咬紧嘴唇，动着脑筋。然后他从一个书架上取下了《蓝皮书》，开始翻了起来。“艾伦·坎贝尔，梅菲埃区，赫特福德街一百五十二号”，不错，这就是他要找的人。

第十四章

第二天早晨九点钟，仆人用托盘端进来一杯巧克力，打开了百叶窗。道连睡得很平静，身子往右侧着，一只手枕在脸颊下。他看上去像一个玩要或学习累了的孩子。

仆人在他肩上碰了两次他才醒过来。他睁开眼时，嘴唇上漾起了笑容，仿佛刚做了一个好梦。不过他根本就没有做梦，也没有什么愉快或痛苦的幻影搅扰他的夜晚。但是，青春会无缘无故地微笑，这便是其迷人的魅力所在了。

他转过身，头倚在胳膊上小口喝起巧克力来。十一月温煦的阳光洒进了房间。天空非常明朗，空气里暖洋洋的，几乎像是五月的早晨。

渐渐地，昨夜的事静悄悄地迈着血迹斑斑的脚步，溜进了他的脑子，可怕而清晰地再度展现出来。他忆起所经受的一切痛苦，畏怯了。当初，因为对巴兹尔·霍尔华德怀着奇怪的憎恶，杀掉了坐在椅子上的霍尔华德。现在一时又泛起了这种憎恶感，他的心全冷了。那个死人依然坐在那儿，此刻还沐浴在阳光里。多么可怕！这种骇人听闻的事发生在夜间还行，白天就不行了。

他觉得去细想自己经历过的事情，就会作呕，或者发疯。某些犯罪的魔力不在于作案的一刹那，而在于事后的记忆。某些奇怪的得意之情，往往满足了自尊，而不是满足了感情。它激起了理智的愉悦，比带给或能够带给感觉的愉悦要大得多。但这件事与两者不同，得刻意忘却，得用鸦片加以麻醉，得把它扼杀，否则自己就会被扼杀的。

钟敲九点半的时候，他摸了摸自己的额头，然后急忙起身，比平时更讲究穿戴打扮，很注意领带和领带别针的选择，不止一次地更换了戒指。他早饭吃了很久，品尝了不同的菜，跟他的贴身男仆谈了给塞尔比庄园的仆人添新制服的事，还看了一遍信件。对有些信，他微微一笑。有三封信让他讨厌。有一封他看了几遍，随后将它撕碎了，脸上露出几分恼火的表情。“女人的记忆，可怕的东西！”正如亨利勋爵曾说的那样。

他喝完黑咖啡后，用餐巾慢慢地抹了抹嘴，示意仆人等候吩咐。他走到桌边，坐下来写了两封信，一封放进了口袋，一封交给了贴身男仆。

“把这封信送到赫特福德街一百五十二号，弗兰西斯。要是坎贝尔先生不在伦敦，那就把他的地址要来。”

一等到没有旁人的时候，他点起了一支烟，开始在纸上画起画来，先画了一朵花和零星的建筑物，然后画了人的脸。突然他发觉他画的每一张脸都酷似巴兹尔·霍尔华德。他皱了皱眉，走到书架旁边，随意抽了一本书，决定不到万不得已不去想已经发生的事情。

他舒展身子在沙发上躺下的时候，看了看这本书的封面。这是戈蒂埃的《珐琅和浮雕玉石》，夏邦蒂埃出的日本纸版本，内有雅克马尔的蚀刻版画插图。装帧是橡木绿皮封面，由涂金的格子和星星点点的石榴构成的图案。这本书是艾德里安·辛格尔顿送给他的。他一页页地翻着，目光落在咏叹拉斯奈尔[1]的手的一首诗上，这只冰冷发黄的手，长着红棕色的毛，“留着罪恶的痕迹”，还有着“农牧神的手指”。他瞥了一眼自己白皙尖尖的手指，不由自主地打了个哆嗦，继续往后翻，直到看到了抒写可爱的威尼斯的几节——

亚得里亚海中的维纳斯，
在水面上露出白里透红的躯体，
胸部淌下珍珠般的水滴，
背衬着半音节的乐声。
蔚蓝色的碧波掀起了穹隆，
像圆圆的乳房高高耸起，

1 拉斯奈尔（1800—1836），作恶多端的法国杀人犯，一八三六年被处以绞刑。戈蒂埃以此为题写了蓄意犯罪。作者引用的是诗歌的第二至第三节。

合着轮廓完美的乐章，
发出爱的叹息。
轻舟泊岸把我留下，
缆绳套到了柱子上，
在粉红色的正门前，
我登上大理石阶梯。

这些诗句多么精妙！读着这样的诗句，你会感到自己似乎也坐在舟头涂银、窗帘垂拂的黑色平底船里，在这个粉红色珍珠般的城市的绿色水道上漂游。在他看来，这些诗句本身就像往里多[1]挺进时船后泛起的深蓝色直线。色彩的闪烁变幻，令他想起那些颈项如闪光的彩虹的鸟儿，它们或是在蜂房般的坎潘尼尔高塔周围飞翔，或是在暗沉沉沾满灰尘的拱门下，气度非凡地大步走着。他半睁半闭着眼睛仰靠在沙发上，一遍一遍顾自吟诵着——

在粉红色的正门前，
我登上大理石阶梯。

这两行诗句写出了整个威尼斯。他想起了在那儿度过的秋

1 里多，威尼斯附近的一个避暑岛屿。

天，想起了那段让他发狂的浪漫爱情。世上到处都有浪漫故事。但像牛津一样，威尼斯为浪漫故事提供了背景。而对真正的浪漫者来说，背景就是一切，或者几乎就是一切。有一部分时间巴兹尔和他待在一起，巴兹尔对丁托列托[1]入了迷。可怜的巴兹尔！死得那么惨！

他叹了一口气，重又拿起书来读，竭力想忘掉。他读到燕子在士麦那的小咖啡馆飞进飞出，朝圣者坐着数他们的琥珀念珠，缠了头巾的商人吸着长长的带流苏的烟杆，一本正经地相互交谈着；他读到了协和广场的方尖碑[2]流着花岗石眼泪，哀叹自己孤苦伶仃地被放逐到了这个见不到阳光的地方，恨不得返回遍布荷花的炎热的尼罗河去，那里有狮身人面像，有玫瑰一样红的朱鹭，有爪子金黄的白色秃鹫，有眼睛小如绿玉的鳄鱼在蒸腾的绿色泥潭中爬行。他开始思索那些诗句，如何从留着亲吻痕迹的大理石那儿获得旋律，诉说着被戈蒂埃比作女低音歌手、"迷人的怪物"的珍奇雕像的故事，这座雕像如今蹲在卢浮宫的红紫石大厅里。但没有多久，那本书从他手上掉下来了。他紧张不安起来，感到了一阵强烈的恐惧。要是艾伦·坎贝尔出国去了怎么办？等他回来又得好几天了。他也可能拒绝来。真要是那样该怎么办呢？每时每刻都是至关

1 丁托列托（1518—1594），威尼斯著名画家。

2 实为一整块红花岗石，高七十五英尺，公元前十三世纪立于埃及，一八三一年赠送给法国。

重要的。

五年前，他们是莫逆之交，几乎是形影不离的。后来这种亲密关系突然中止了。现在两人在社交场合见面，只有道连·格雷还朝他笑笑，艾伦·坎贝尔毫无表情。

艾伦·坎贝尔是一个极其聪明的年轻人，但不大懂视觉艺术，对诗歌的一点点美感，完全是从道连·格雷那儿转手来的。学术上他倾心于科学。就读于剑桥时，很大一部分时间都泡在实验室里。在他那个年级的自然科学优等生考试中，他成绩出众。其实，他现在仍致力于化学研究，自己还有一个实验室，成天把自己关在里面，弄得他母亲很生气，因为她一心要他去竞选议员，并隐隐约约觉得化学家是一个调制方剂的人。然而他又很擅长音乐，小提琴和钢琴玩得比大多数业余琴手好。事实上，起初是音乐使他和道连·格雷结识的，音乐以及道连·格雷身上难以描摹的魅力。这种魅力道连似乎能随意显示，而实际上常常是出自无意的流露。他们是在鲁宾斯坦[1]演出的那一夜，在伯克希尔夫人家里相遇的。从那以后，在歌剧院，或者只要有好音乐上演，两人总是形影不离。他们亲密无间的关系持续了一年半。坎贝尔老是上塞尔比庄园或是格罗斯凡纳广场道连家里。他跟其他人一样，觉得道连·格雷代表生活中一切美好诱人的东西。谁都不知道两人之间是否发生过口

1 鲁宾斯坦（1829—1894），作曲家和钢琴演奏家，以艺术风格的浪漫著称。

角，反正旁人突然议论说，他们见面时很少说话了，而且聚会中只要道连·格雷在场，坎贝尔似乎总要早走。坎贝尔的性格也变了，有时候出奇地忧郁，连音乐都几乎不爱听了，琴已根本不弹。有人请他时，他便托词说忙于科学实验，没空操琴。这当然也是事实。每天他似乎更对生物感兴趣，有一两次他的大名还出现在某些科学杂志上，跟某些稀奇古怪的实验联系在一起。

这就是道连·格雷苦苦等待的人。道连一刻不停地看钟。时间一分钟一分钟过去，他心里焦急万分。他终于起身，在房间里来回踱起步来，好像一只漂亮的笼中鸟。他悄悄踩着大步，手冷得出奇。

这事那么悬着，他实在难以忍受。他觉得时间仿佛拖着铅一样的脚步爬行着，而他自己，却已被阵阵狂风刮到了黑色悬崖崎岖的边缘。他明白，那儿等待着他的是什么，实际上他已经看得清清楚楚了。他哆嗦着用湿润的手揉着发烫的眼睑，仿佛要剥夺大脑的视力，把眼珠压进眼孔去。但是那毫无用处。大脑有着自己赖以为生的食品。想象，如同受痛苦折磨的活物，被恐怖弄得奇形怪状，像一个肮脏的木偶那样在架子上跳舞，透过活动的面具咧开嘴笑着。然后，他觉得时间突然停止了。不错，那个眼盲而呼吸缓慢的东西已不再爬行。时间一旦死去，种种可怕的想法便生龙活虎地在眼前奔跑起来，从坟墓里拖出可怖的未来给道连看。道连瞪了一眼，吓得呆呆的，像一块石头。

终于，门开了，进来的是他仆人。道连呆滞的目光转向了他。

“坎贝尔先生到了，先生。”仆人说。

他干枯的嘴唇松了口气，脸颊又有了血色。

“叫他马上进来，弗兰西斯。”他觉得自己恢复了镇静，胆怯心理一扫而光。

仆人鞠了一躬，退了出去。不一会儿，艾伦·坎贝尔进来了，脸色严厉而苍白，煤一般黑的头发和乌黑的眉毛，使他的脸显得更没有血色了。

“艾伦！这太好啦，多谢你来了。”

“我本想从此不上你家了，格雷。可是你说这是生死攸关的大事。”他的语气生硬而冷淡，话说得很慢，也很审慎，镇定的目光带着蔑视在道连脸上搜索着。他的手始终插在羊毛外套里，他似乎也没有领会道连表示欢迎的手势。

“是的，是生死攸关的大事，艾伦，而且不只关系到一个人。坐吧。”

坎贝尔在桌旁坐了下来，道连坐在他对面。两人的目光相遇。道连的眼神里露出无限的怜悯，他知道自己要干的，是件极其可怕的事情。

一阵紧张的沉默之后，道连凑过脸去，非常镇静地开始说话了，注视着他叫来的这个人对每一个字的反应。“艾伦，在这幢房子的顶楼，有一个锁着的房间，除了我没有人进去过。房间里有一个死人，坐在桌子旁边。他死掉已经十个小时了。别动，也别那么看我。这人是谁，为什么死的，怎样死的，不关你的事。你要做的是——”

“住嘴，格雷。我不想再知道什么了。你告诉我的是真是假跟我没有关系。我断然拒绝同你搅在一起。把你那些可怕的秘密留给你自己吧，我一点都不感兴趣。”

“艾伦，这些秘密你得感兴趣，尤其是这个秘密。我很为你感到遗憾，艾伦，但也出于无奈。只有你能救我。我是被迫把你拖进来的，我别无选择。艾伦，你是搞科学的，知道化学这一类东西，还做过实验。你只要把楼上那个东西毁掉就可以了，彻底毁掉，不留痕迹。没有人见过他进这间房子，事实上此刻他应该在巴黎呢。几个月之内人家不会想起他来。等想起来时他已经无迹可寻了。你，艾伦，必须改变他，把他和他的随身物品变成一把灰，让我把他撒到空中去。”

“你疯啦，道连。”

“啊！我正等着你叫我道连呢。”

“你疯了。我告诉你，你真是发疯啦，以为我会帮你什么忙，做了那么可怕的自白。不管这是什么事，反正与我无关。你想我会拿自己的名誉去冒险吗？你干的鬼事跟我有什么关系？”

“他是自杀的，艾伦。”

“那很好。可是谁逼得他自杀的？我想是你。”

“你还是拒绝替我干吗？”

“当然拒绝。我绝对不会卷进去。我也不在乎你会蒙受怎样的耻辱。你活该。我不会因为你受辱，当众受辱，而觉得难过。世上那么多人，你怎么不找，却胆大包天把我搅到这恐怖事件中去？我原以为你对人的性格知道得还要多些。你的朋友亨利·沃登勋爵尽管教了你别的东西，却并没有怎么教你如何了解别人的心理。我绝对不会动一个手指来帮你忙，你找错人了。找你朋友去吧，别来烦我。”

“艾伦，他是给人杀掉的。我杀了他。你不知道他使我有多痛苦。且不谈我过的生活如何，但以造就或破坏这种生活而言，他起的作用比可怜的哈利要大得多。可能他不是故意的，但结果都一样。”

“谋杀！我的天哪！道连，你已经走到了这一步？我不会去告发。这不关我的事。此外，我不来搅弄，你也肯定会给抓起来的，犯了罪总归要露馅。但我不想卷进去。”

“你一定得卷进来。慢着，你等一下。你听我说，光是听，艾伦。我求你的不过是做一个科学实验。就譬如你上医院和停尸房，在那儿干了可怕的事，心理上会丝毫不受影响。在某个可怕的解剖室，或者发出恶臭的实验室，你发现这个人躺在铅灰色的台子上，红色的内脏已经挖出来使血液流通，你只会把它看作一个很好的实验品，心里一点也不怕。你不会相信自己在做什么坏事。恰恰相反，你也许会觉得你在从事有益于人类的事情，或是在增进世人的知识，或是满足学者的好奇，或是诸如此类的东西。我要你干的不过是你以前常做的事情。说实在的，毁掉一具尸体绝没有你的常规工作可怕。而且，你得记住，这是我的唯一一件罪证。要是被发现了，那我也完了。而你不帮忙是肯定要给发现的。"

"我不想帮你忙，你还是丢掉这份心吧。对整件事情我根本不感兴趣。这不关我事儿。"

"艾伦，我求你啦。想想我的处境吧。你来之前我吓得差一点昏倒。将来你也会尝到恐怖的滋味的。不，别去朝那里想了。干脆从科学的角度来看待这件事吧。你不会问你做实验的尸体是哪儿来的，现在也别问。事实上我已经同你说得太多了。不管怎样，我求你了。我们曾经是朋友，艾伦。"

"不要提过去的日子了，道连。那些日子已经死去。"

"有时候死掉的东西迟迟不肯消失。楼上那人不会走掉。他垂着头，伸着手臂，坐在桌子旁边。艾伦！艾伦！你不帮忙我就完蛋了。哎呀，他们会绞死我。艾伦！难道你还不明白？他们会因为我干的事把我绞死。"

"这场戏再拖下去没有什么好处，这件事，我断然拒绝插手。你疯啦，求到我头上来了。"

"你拒绝了？"

"不错。"

“我求你了，艾伦。”

“求也没有用。”

道连·格雷的眼睛里又露出了可怜的表情，随后他伸手拿了一张纸，在上面写了些什么，并看了两遍，仔细折好，在桌上把纸条推了过去。接着，他站了起来，走到窗前。

坎贝尔惊奇地瞧着他，拿起纸条，将它打开一看，便脸色死白，倒在了椅子上。他感到一阵可怕的恶心，只觉得仿佛心脏在一个空洞中乱跳，马上就要衰竭而死了。

两三分钟可怕的沉默之后，道连转过身来，站在艾伦的背后，把手搭在他肩上。

“我为你感到遗憾，艾伦，”他低声说，“可是你逼得我走投无路了。我已经写好了一封信。这就是。你看到信封上的地址了吧。要是你不帮忙，那我只好寄出去了。不帮忙，我就寄。你知道后果会怎样。但是你会帮我的，现在你不可能拒绝了。我本想饶了你，承认这一点你才没有冤枉我。可是你态度严厉，说话苛刻，出口伤人。谁都不敢像你那样对待我，无论哪个活着的人。这一切我都忍了。现在得由我开条件了。”

坎贝尔把头埋在手里，身子一阵哆嗦。

“不错，该轮到我开条件了，艾伦。你知道是什么条件。事情很简单。过来吧，别弄得自己像发烧似的。这事就得做，大胆去干吧。”

坎贝尔呻吟了一下，浑身发起抖来。他觉得壁炉上时钟的嘀嗒声，仿佛把时间切分成了细微的痛苦，每一丝痛苦都激烈得难以忍受；仿佛额头上套了个铁圈慢慢地在抽紧；仿佛威胁着他的耻辱已经降临到他头上。搭在他肩上的那只手重得像铅一样，似乎要把他压碎。他受不了了。

“来吧，艾伦，你得当机立断。”

“我不能干。”他机械地说，仿佛话语能改变事情。

“一定得干。你没有选择了，别耽误时间。”

他犹豫了一下。“楼上有火炉吗？”

“有的，有一个带石棉罩的煤气火炉。”

“我得回家从实验室拿些东西。”

“不行，艾伦，你不能离开这所房了。把你需要的东西写在纸条上，让我的仆人叫辆车子把东西拿来给你。”

坎贝尔草草写了几行字，用吸墨器将它吸干，在信封上写了他助手的名字和地址。道连拿起条子，仔细看了看。随后打了铃，把它交给贴身侍从，吩咐他快去快回，把东西随身带来。

门厅的门关上时，坎贝尔不安地惊跳起来。他离开椅子，走到壁炉架前，像打摆子似的簌簌地抖着。差不多有二十分钟，谁都没有开口。一只苍蝇在房间里嗡嗡转着，时钟嘀嗒嘀嗒响着，像是榔头在敲打。

钟敲一点的时候，坎贝尔转过身来，看着道连·格雷，见他眼里都是泪水。他伤心的脸上某种清纯之气使坎贝尔很愤怒。“你真无耻，无耻透顶！”他咕哝着。

“嘘，艾伦，你救了我的命。”道连说。

“你的命？天哪！你那是什么样的命？你一步步走向堕落，而现在已经登峰造极，竟犯了罪。我干我将要干的事，你强迫我干的事，考虑的不是为救你的命。”

“啊，艾伦，”道连叹息着低声说，“但愿你对我的怜悯，有我对你的千分之一。”他一面说，一面转过身去，望着花园。坎贝尔没有回答。

大约十分钟后，敲门声响了，进来的是取东西回来的仆人。他提着一大红木箱子化学药品，一长卷钢铂丝和两个形状很怪的钳子。

“我把东西都放在这儿吗，先生？”他问坎贝尔。

“好的，”道连说，“弗兰西斯，恐怕我还有个差使要让你干。那个供应塞尔比庄园兰花的里奇蒙人叫什么名字？”

“叫哈登，先生。”

“不错，叫哈登。你得立即上里奇蒙，亲自去见哈登，让他送兰花来，数量是我预订的两倍。白兰花尽量少送，说实在的，一盆也不要。今天天气很好，弗兰西斯，里奇蒙又很美，不然我是不会麻烦你的。”

“一点也不麻烦，先生。我什么时候得赶回来呢？”

道连看了一下坎贝尔。“你的实验要多久，艾伦？”他若无其事地问道。第三者在场使他平添了勇气。

坎贝尔皱起眉头，咬着嘴唇。“需要五个小时左右。”他答道。

“要是你七点半回来，时间还是足够的，弗兰西斯。或者就在那儿过夜。把我要穿的衣服拿出来就行了，晚上你可以自由支配。我不在家吃饭，所以用不着你。”

“谢谢，先生。”那人说着离开了房间。

“好吧，艾伦，这事刻不容缓。这箱子真重！我来替你拿吧。你拿别的东西。”他说得很快，用的是命令口吻。坎贝尔觉得自己已受制于他了。两人一起离开了房间。

他们到了楼梯顶上，道连拿出钥匙开门。随后他停了下来，眼里露出不安的神色。他打了个哆嗦。“我想我不能进去，艾伦。”他低声说。

“我不在乎，反正也不需要你。”坎贝尔冷冷地说。

道连把门才开了一半，便看见画像在阳光下斜眼瞅着。撕下的帘子落在画像前的地板上。他想起前一天晚上有生以来第一次忘了把致命的画布遮盖起来了，正要冲上前去，却打了个寒战，退了回来。

画像的一只手上出现了湿漉漉、亮闪闪的红色露水，仿佛画布在往外渗血，那讨厌的露水究竟是什么呢？它多么可怕！一时间，他觉得这比趴在桌子上的那个无声的东西还要可怕。那东西奇怪扭曲的影子落在血迹斑驳的地板上，说明它没有动弹，像他离开时一样依然在那儿。

他深深地透了口气，把门开得更大了些。他半闭着眼睛，扭着头急步走进房间，决计不看一眼死人。随后他俯身捡起紫金色的帘子，一下子扔过去盖住了画像。

在那儿，他停住不动了，不敢回头。但是他的眼睛不由自主地盯着面前的复杂景象。他听见坎贝尔把笨重的箱子、铁钳子和这可怖的活儿所需的其他物品拿进房间。他开始想象，要是艾伦·坎贝尔和巴兹尔·霍尔华德曾见过面，彼此会对对方有什么想法呢？

“现在你走吧。”他身后响起了一个严厉的声音。

他转身急急地走了出去，因为他知道那死人已经被推回到椅子上，坎贝尔正瞪着那张蜡黄闪亮的脸。下楼的时候他听见钥匙在锁孔转动的声音。

坎贝尔回到书房的时候已早就过了七点。他脸色苍白，却镇静到了极点。“你要我做的事我已经做好了，”他咕哝着，“好吧，再见了。让我们永远不再见面。”

“你已经救了我，免得我遭殃，艾伦。我不会忘记。”道连没有多说。

坎贝尔一走他便上了楼。房间里有一股可怕的硝酸气味，但坐在桌子旁边的那个东西不见了。

第十五章

那天晚上八点半，道连·格雷穿着考究，胸前还别了一大串帕尔马紫罗兰，被哈着腰的仆人请进了纳尔巴勒夫人的客厅。因为极度的紧张，他的额头悸动着。他觉得兴奋异常。但他俯身去吻女主人的手时，他的举止跟平日一样从容和高雅。也许人从来只有在演戏时显得那么从容。那天晚上见过道连·格雷的人，都不会相信他经历了一场悲剧，其可怕程度不亚于我们时代的任何悲剧。那些纤纤细指，绝不可能紧握一把刀去犯罪；那笑容可掬的嘴唇，也不会大叫上帝祈求宽恕。道连也不能不为自己镇定自若的举动感到惊奇。对这种双重生活，他一时有说不出的愉快。

这是一个很小的聚会，是纳尔巴勒夫人匆匆忙忙凑合起来的。纳尔巴勒夫人极为聪明，有一种亨利勋爵过去常说的“非凡的丑恶”之遗风。事实证明，她是我们一个十分乏味的大使的好妻子。她把丈夫妥善埋葬在由她亲自设计的大理石陵墓里，把女儿一个个嫁给上了年纪的有钱人，现在自己便津津乐道于法国小说、法国烹饪和所能理解的法语俏皮话。

道连是她特别喜欢的人之一。她常对道连说，她极其高兴，年轻的时候没有碰上他。“我知道，亲爱的，我会发疯似的爱上你的。”她总是这么说，“为了你，我会把帽子扔过磨坊[1]，幸亏那时候没有想到你。实际上我们的帽子很不合适，而那磨坊又忙于招风，结果我一次调情的机会都没有。不过那都怪纳尔巴勒，他眼睛近视得厉害，欺骗一个什么都看不见的丈夫，并没有任何乐趣。”

当晚的客人都有些乏味。纳尔巴勒夫人用一把蹩脚的扇子遮着脸向道连解释说，她的一个出嫁的女儿突然上门来小住，更糟的是还带了丈夫一起来。“我认为她很不体谅人，亲爱的。”她耳语道，“当然，每年夏天我从霍姆堡[2]回来后都待在他们那儿，可是像我这样的老太婆，有时候总得吸些新鲜空气。另外我也真让他们振奋起来了。你不知道他们在那儿过的是什么日子，纯粹的乡下生活。他们很早就起床，因为有那么多活儿要干；很早就上床，因为要考虑的事情实在太少。自从伊丽莎白女王时代以来，邻里间没有一句流言蜚语，结果一吃完晚饭就都睡着了。他们两人旁边，你都不要坐。你就同我坐在一起，逗我开心吧。”

---

1 “把帽子扔过磨坊”，法国成语，意为不怕别人议论。

2 德国的一个温泉避暑地，在法兰克福附近。

道连很有风度地轻声恭维了一下，便朝客厅四周看了看。不错，这确实是一个乏味的聚会。有两位，他从来没有见过。其他宾客中有欧内斯特·哈登，一个中年的庸人，在伦敦俱乐部里随处可见，这种人虽然没有仇敌，但朋友们都绝对讨厌他们；鲁克斯顿夫人，一个穿着过分的女人，四十七岁，长着鹰钩鼻，竭力想败坏自己的名声，但因为长相实在太平庸，没有人会相信任何一句关于她的坏话，这令她非常失望；厄利尼太太，一个雄心勃勃的小人物，头发褐红色，说话咬舌头，倒显得很可爱；艾丽斯·查普曼夫人，女主人的女儿，邋里邋遢，呆头呆脑，长着那种一见就忘的典型英国人的脸；艾丽斯的丈夫，一个红脸膛上长着白络腮胡子的家伙，像他那个阶级的很多人一样，以为无节制的取乐可以弥补思想的贫乏。

道连觉得来这里有些遗憾。这时，纳尔巴勒夫人看了一眼镀金的大钟，那大钟似一条条艳丽的曲线，趴在紫红色丝绒衬着的壁炉架上。她大声叫道："亨利·沃登真糟糕，那么晚了还没有来！今天早上我派人上他那儿碰碰运气，他一口答应不使我失望。"

亨利要来，对他倒也是一种安慰。门开的时候，只听见他慢悠悠的音乐般的嗓音，为没有诚意的道歉增添了魅力。这时，道连不再感到乏味了。

但晚宴上他什么都不想吃，一碟碟菜一口未尝就端走了，弄得纳尔巴勒夫人不住地怪他，说这是"对可怜的阿道夫的侮辱，他的菜单是特地为你设计的”。亨利勋爵隔着桌子不时地看他，对他一声不吭、心不在焉的样子感到奇怪。男仆不断地给道连的杯子斟满香槟，他都一饮而尽，而酒瘾似乎有增无减。

“道连，”在传递肉冻时，亨利勋爵终于开口了，“今天晚上你怎么啦？如此神思恍惚。”

“想必是爱上谁了，”纳尔巴勒夫人大声说，“而他又不敢告诉我，怕我吃醋。他没有错，我肯定要吃醋。”

“亲爱的纳尔巴勒夫人，”道连微笑着低声说，“我已经整整一个星期没有跟谁相爱了，事实上，打从费洛尔夫人离开伦敦以后就没有过。”

“你们男人怎么会爱上这样的女人！”这位上了年纪的女人惊叫道，“我实在不能理解。”

“那纯粹是因为她还记得你姑娘时的情景，纳尔巴勒夫人，”亨利勋爵说，“她是我们和你的短衣裙之间唯一的联系。”

“她根本不记得我的短衣裙，亨利勋爵。不过我清楚地记得三十年前她在维也纳的样子，那时她穿得多露！”

“她现在也穿得很露，”亨利勋爵回答，长长的手指抓了一个橄榄，“她穿上漂亮的睡袍时很像一本豪华版的蹩脚法国小说。她真了不起，老是让人惊叹不已。她很看重家庭亲情，第三个丈夫去世的时候，伤心得头发都变成金黄色了。”

“你怎么能这样讲呢，哈利！”道连叫道。

“那是一个非常浪漫的解释，”女主人大笑道，“不过，她的第三任丈夫，亨利勋爵！你该不会说费洛尔是第四任丈夫吧？”

“当然是第四任啦，纳尔巴勒夫人。”

“我绝对不信。”

“好吧，问问格雷先生吧，他是费洛尔夫人最亲密的朋友之一。”

“真有这回事，格雷先生？”

“她确实那么告诉我的，纳尔巴勒夫人。”道连说，“我问她是不是像玛格丽特·德·那瓦尔那样，把每个丈夫的心涂上防腐剂，挂在腰带上。她告诉我说没有，因为他们根本谁都没有心。”

“四个丈夫！我敢担保，一定是太多情了。”

“太胆大了，我对她说。”道连回答。

“呵！她什么都敢干，亲爱的。费洛尔怎么样？我不认识他。”

“绝色女人的丈夫都属于犯罪阶级。”亨利勋爵呷了一口酒说。

纳尔巴勒夫人用扇子敲了他一下。“亨利勋爵，难怪世人都说你坏透了。”

“不过，要看是哪个世界的人说的？”亨利勋爵扬了扬眉毛说，“那只能是来世的人，我跟这个世界相处得很好。”

“我认识的人都说你坏。”这位年老的夫人摇了摇头叫道。

亨利勋爵一时看上去一本正经。“那实在可怕，”他终于说，“如今的人到处在背后说人坏话，但那些话绝对真实。”

“他这人是不是无可救药了？”道连在椅子上往前凑了凑身子说。

“那也好。”女主人大笑着说，“不过，要是你们大家崇拜费洛尔夫人，都到了这么可笑的地步，我倒真的该再结婚，赶上潮流呢。”

“你永远不会再婚了，纳尔巴勒夫人，”亨利勋爵插嘴道，“因为你太快活了。女人再婚是因为讨厌第一个丈夫。男人再婚是因为爱第一个妻子。女人是要碰碰运气，男人是要冒冒险。”

“纳尔巴勒不是十全十美的。”老夫人叫道。

“要是他十全十美，你就不会爱他了，亲爱的夫人。”亨利勋爵反驳道，“我们有缺陷，女人才爱我们。要是缺陷很多，她们就什么都能原谅，甚至包括才智。我说了这些话，恐怕你再也不会邀请我吃饭了吧，纳尔巴勒夫人，但这是事实。”

“当然是事实，亨利勋爵。要不是我们女人看了你们有缺陷才爱你们，你们男人都会怎样了呢？你们谁都结不了婚，成了一群不幸的光棍汉。不过，就是那样，你们也变不了多少。如今结了婚的人都过着光棍的日子，而光棍们过的却是成家的人的日子。”

“这就是世纪末日。”亨利勋爵低语道。

“是世界的末日。”女主人回答。

“但愿是世界的末日，”道连叹了口气说，“生活是一种极大的失望。”

“啊，亲爱的，”纳尔巴勒夫人叫道，戴上了手套，“别告诉我你的生活枯竭了。有人说这话的时候，你就知道生活使他枯竭了。亨利勋爵可真坏，有时候我也希望能像他那样。但你是块好料——你看上去真好，我得给你找个好妻子。亨利勋爵，你不认为格雷先生该成家了吗？”

“我一直这么跟他说的，纳尔巴勒夫人。”亨利勋爵点了点头说。

“行啊，我们得为他找个门当户对的。我今晚就去仔细翻一翻德布利特编的贵族名录，把所有合格的年轻女士都列出来，列一张名单。”

“把年龄也列上吗，纳尔巴勒夫人？”道连问。

“当然也列上，稍稍编辑一下。这事可不能草率匆忙。我要这桩婚姻男女相配，就像《早报》上说的那样，双方都很幸福。”

“人们谈论幸福婚姻，其实都是胡说八道！”亨利勋爵叫道，“一个男人只要不爱女人，就能跟女人相处得很愉快。”

“啊！你真是个玩世不恭的人！”老夫人叫道，往后推了推椅子，向鲁克斯顿夫人点了点头，“你得快点再来跟我一起吃饭。你确实是一帖特好的补药，比安德鲁爵士替我开的要好得多。不过，你还得告诉我，你想见些什么人。我希望把它办成一个愉快的聚会。”

“我喜欢前程远大的男人和身世复杂的女人。”他回答，“不过这样一来，你认为会变成女人一统天下吗？”

“恐怕会这样。”她站起来，大笑着说，“实在对不起，亲爱的鲁克斯顿夫人，”她补充了一句，“我没有看到你还在吸烟呢。”

“没有关系，纳尔巴勒夫人。我吸得太多了，今后可要节制一下了。”

“请别这样，鲁克斯顿夫人。”亨利勋爵说，“节制是最不幸的，‘适量’像一顿普通的饭菜那么糟糕，‘过度’才像一席盛宴那么尽兴。”

鲁克斯顿夫人好奇地看着他。“哪一天下午，你得过来给我解释解释，亨利勋爵。这套理论听来还很吸引人。”她大模大样走出房间时小声说。

“嗨，你们可别老是在那儿高谈政治，传播丑闻。”纳尔巴勒夫人在门边叫道，“要不，我们在楼上可要吵起来了。”

男人们哈哈大笑。查普曼先生从餐桌的下座严肃地站了起来，移到了上座。道连·格雷换了位置，过去跟亨利勋爵坐在一起。查普曼先生开始大着嗓门，谈论起下议院的情况来，嘲笑他的政敌。在他爆发笑声的间隙，不时出现“教条主义”这个让英国人头脑中充满恐惧的字眼。他还用了一个押头韵的前缀，作为演讲的一种修辞手段。他在思想的尖顶升起了英国国旗，把英国民族传承下来的愚钝，兴致勃勃地称之为健全的“英国常识”，当作上流社会的可靠支柱。

亨利勋爵的嘴角浮起了微笑。他回过头来，看着道连。

“你好些了吗，我的好兄弟？”他问道，“吃饭时你好像有些不舒服。”

“我很好，哈利。只不过累了。”

“昨天晚上你真可爱。那位娇小的公爵夫人可被你给迷住了。她告诉我要拜访塞尔比庄园。”

“她已经答应二十日来。”

“蒙茂斯也来吗？”

“呵，是的，哈利。”

“他让我讨厌透了，几乎一样让公爵夫人讨厌。她很聪明，对一个女人来说，聪明过头了。她缺少一种不可捉摸的缺陷美。金铸的像之所以可贵，是因为有一双泥足。她的脚虽然很美，却不是泥塑的。你不妨称之为雪白的瓷脚，经过了烈火的考验，凡是火不能焚毁的就变硬了。她饱经世故。”

“她结婚多久了？”道连问。

“她告诉我说是好久好久了。根据贵族名录，我想是十年。但是跟蒙茂斯过日子，十年想必等于一世，还把时间都赔进去了。还有谁来？”

“呵，威洛比夫妇、拉格比爵士和夫人、这儿的女主人和杰弗里·克劳斯顿，还是往常那批人。我还请了格罗特里安爵士。”

“我喜欢他，”亨利勋爵说，“很多人不喜欢，不过我觉得他很不错。他偶尔穿戴过分，但所受教育绰绰有余，弥补了这个缺陷。他很现代。”

“我不知道他能不能来，哈利。他可能得跟他父亲上蒙特卡洛去。”

“啊呀，人的亲属真讨厌！想办法让他来。顺便说一下，道连，昨天夜里你很早就走了。你是十一点不到离开的，后来你干什么去了？是不是直接回家去了？”

道连慌忙瞥了他一眼，皱起了眉头。“没有，哈利，”他终于说，“我近三点钟才回家。”

“你上俱乐部去了吗？”

“是的，”他回答，随后咬起嘴唇来，“不，我不是那个意思。我没有去俱乐部。我闲逛了逛。我忘记自己干什么了……你可真爱打听人家的事，哈利！你总是想知道人家干了些什么。而我老是想忘记自己干了些什么。如果你希望知道确切时间的话，那我是两点半跨进家门的。我把前门的钥匙忘在家里了，不得不让仆人来开门。要是你需要确凿证据的话，可以去问他。”

亨利勋爵耸了耸肩。“老弟，好像我很在乎似的。我们到上面客厅去吧。谢谢，不要雪利酒，查普曼先生。你出了什么事了，道连？告诉我什么事，道连。今晚你不大正常。”

“别管我了，哈利。我很烦躁，脾气不好。明天，或者后天，我来看你。替我找个借口，跟纳尔巴勒夫人说一下，我不上楼了。我回家去了，我必须回家。”

“行呀，道连。明天喝茶时间再见。公爵夫人也要来。”

“我尽量到，哈利。”他说着走出了房间。他驱车回到自己家里的时候，意识到那种他认为已经掐灭的恐怖感又恢复了。亨利勋爵不过随便问问，他却一时失去了镇静，而他需要镇静。有危险的东西必须毁掉。他退缩了，一想到要碰那些东西，他便感到讨厌。

可是又不得不干。这，他非常明白。他锁上了书房门，打开了塞着巴兹尔·霍尔华德的外套和手提箱的秘密柜子。火烧得很旺，他又往里加了块木头。烧焦的衣服和燃烧的皮件气味很难闻。他花了三刻钟才把所有的东西都烧光。末了，他头发晕，想呕吐，于是便在一个打了洞的铜火盆里点起了阿尔及利亚芳香薰锭，又用带有麝香气味的凉醋洗了手和前额。

他蓦地一惊，眼睛出奇地发亮了，不安地咬起下嘴唇来。在两扇窗户之间，放着一个佛罗伦萨产的乌木大柜子，上面镶嵌着象牙和天青石。他瞧着这柜子，仿佛那东西既有诱惑力而又令人胆寒，仿佛那里面放着他所企盼而又近乎厌恶的东西。他的呼吸加快了，心里涌起了一种疯狂的欲望。他点了支香烟，随后又把它扔掉了。他的眼睑下坠，长长的流苏似的眼睫毛几乎碰到了脸颊。但他依然盯着这柜子。最后他终于从躺着的沙发上起来，走过去用钥匙开了柜子，碰了碰一个隐蔽的弹簧。一个三角形抽屉缓缓地开启了。他的手指本能地伸过去，摸到里面，抓住了什么东西。这是一个黑漆镏金的中国小盒，做得非常精致，两边是曲线形波浪图案，丝线上挂着几个圆圆的水晶球和金属丝编成的辫形流苏。他打开了盒子，里面是一个绿色的面团样的东西，上过蜡似的很有光泽，奇怪的是，气味很浓，而且经久不散。

他犹豫了一会儿，脸上浮起了呆得出奇的笑容。随后，尽管房间里热得要命，他还是打着哆嗦站了起来，看了看钟。时间是十一点四十分。他把盒子放回去，关上柜子的门，进了卧室。

铜钟在幽暗的夜空敲响子夜的钟声时，道连·格雷穿得普普通通，脖子上围了条围巾，悄悄地溜出了门。在邦特街看到了一辆马车，由一匹好马拉着。他招呼了车夫，并小声地把一个地址塞给他。

那人摇了摇头。“那地方太远了。”他咕哝着。

“这一金镑给你，”道连说，“跑得快再加一金镑。”

“好吧，先生，”那人回答，“一小时把你送到。”车夫放好车钱，掉转马头，朝河的方向疾驰而去。

第十六章

天空开始下起了冷雨。在湿漉漉的雾气中，朦胧的街灯看上去犹如幢幢鬼影。酒店正在打烊，一群男女聚在门外，零零落落，人影模糊。有些酒吧里传出了刺耳的笑声；另一些酒吧里，酒鬼们吵吵嚷嚷，人声大叫。

道连·格雷仰靠在马车上，帽子低低地压着前额，双目无神地注视着这个大城市的污秽耻辱，不时自言自语重复着亨利勋爵第一天同他见面时说的话，“用感官治疗灵魂，用灵魂治疗感官”。不错，这就是秘密。他试过多次，现在又要试了。鸦片窝可以让你买到遗忘，恐怖窝可以用疯狂的新罪，摧毁旧恶的记忆。

月亮像一块黄黄的头骨，低低地悬挂在天空。一大块奇形怪状的云，不时伸出长长的胳膊，把月亮遮住。越是往前，汽灯就越少，街道也越来越窄，越来越暗。有一回车夫还迷了路，不得不折回半英里。马踩着水潭，溅起泥浆，身上直冒热气。马车两边的窗子上，蒙上了法兰绒般的雾气。

"用感官治疗灵魂，用灵魂治疗感官！"这些话不住地在他耳边回响！他的灵魂自然已病入膏肓。感官真的治得了它吗？无辜的血已经流了。用什么来弥补呢？啊！已经无法弥补了。不过，尽管不可能得到宽恕了，但忘却还是可能的。他决计把过去遗忘，将其抹掉，像砸烂咬了人的蝰蛇一样把它碾碎。说真的，巴兹尔有什么资格这样同他说话？谁给了他法官的权利去审判别人？他说的话那么可怕，那么耸人听闻，实在不堪忍受。

马车吃力地往前赶路，越来越慢，他觉得似乎一步比一步慢了。他掀起活板门，叫车夫驶快些。可怕的鸦片瘾啮噬着他。他喉咙里像火烧一样，娇嫩的双手焦躁不安地抽动着。他用手杖发疯似的抽打起马来。车夫大笑着加了几鞭。他报之以笑声，车夫沉默了。

路似乎没有尽头。街道像是一只爬动的蜘蛛编织的黑色蛛网。那种单调令人难以忍受。雾越来越浓，他有些害怕了。

后来他们路过一个偏僻的制砖场。这儿的雾要小些，看得见奇怪的瓶子状的窑洞，蹿着橘黄色的扇形火舌。一只狗在他们经过时叫了起来。马在一条小沟里绊了一下，往旁边歪了歪开始奔跑。

不一会儿，他们离开了泥路，又在高低不平的街道上跑了起来。大多数窗子一片漆黑，但在点着灯的房间里，百叶窗上不时映着奇奇怪怪的黑影，动来动去，像拴着线的木偶，却又做出各种活人的姿势，道连好奇地注视着。他讨厌这些人，心里生着闷气。车子拐弯的时候，一个女人开着门朝他们骂骂咧咧，两个男子在马车后面追赶了大约一百码，车夫用马鞭揍他们。

据说激烈的情绪会使人的思路兜圈子。确实，道连·格雷咬着的嘴唇局促不安地重复着有关灵魂和感官的微妙字眼，直到自己的情绪在这些字眼中得到了充分的表达。而且在理智的应允下，他为这种激烈的情绪找到了正当理由。就是找不到，他的脾气仍然会受激烈的情绪所支配。在他的每个脑细胞里，潜伏着那个想法。生的强烈欲望——人类的欲望中最可怕的一个，使他每一根颤抖的神经纤维都活跃起来。丑恶曾一度令他讨厌，因为丑恶给人一种真实感。而现在却因其真实，反觉得可爱了。丑恶是唯一的真实。粗暴的争吵、可恶的鸦片窝、混乱的生活中赤裸裸的暴力、小偷和流浪汉的肮脏生活，就其给人的强烈真实的印象而言，要比一切优美的艺术形象和梦幻般的歌曲生动得多。这些正是他为了忘却所需要的。三天以后他就会无忧无虑了。

突然车夫猛的一刹车，车子在一条黑漆漆的巷子顶头停了下来。在低矮的房顶和参差林立的烟囱上方，冒出了船只的黑色桅杆。一团团白雾像鬼影似的船帆，飘在院子里。

“大概就是这儿了，先生，是不是?”车夫透过活动的车门，声音沙哑地问道。

道连吃了一惊，偷偷地往四周瞧了瞧。“行啦。”他回答，急忙跳下车来，守信给了车夫额外的车钱，便疾步朝码头方向走去。一艘大商船的船尾，一盏盏灯火闪烁着。亮光在一个个水潭中摇曳着化成了碎片。一艘生火待发的汽轮，冒出了红红的火光。泥泞的人行道，看上去像一块湿了的防水布。

他匆匆朝左边走去，不时回过头来，看看有没有人跟踪。大约七八分钟以后，他到了一间破败的小屋，夹在两个荒芜的工厂之间。顶层的一扇窗户里，亮着一盏灯。他停了下来，用特殊的方式敲了敲门。

一会儿，他听见走廊上响起了脚步声，门链从钩子上放了下来。门悄无声息地开了，他走了进去，没有跟蹲在地上那个样子很怪的人说话。他走过时，那人趴倒在地，像是个影子。走廊的尽头挂着一个破破烂烂的绿色帘子，在他从街上带进来的阵风中飘动。他拉开帘子，进了一个长长的低矮房间，看上去好像以前是一个三等舞厅。明晃晃嗞嗞作响的汽灯，挂在四周的墙上，在对面布满苍蝇屎的镜子中显得模模糊糊，变了形。油腻的螺纹铁皮，用来反射汽灯的灯光，形成了一个个圆圆的颤动光圈。地上铺着橘黄色的木屑，处处都已踩进泥里，还沾上了溢出的一圈圈深色酒迹。几个马来人蹲在一个小小的炭炉边，玩着骨筹码，张嘴说话时露出雪白的牙齿。在一个角落里，一个海员趴在桌子上，把头埋在胳膊里。一个漆得俗里俗气的酒吧，占去了房间的整整一边。那里有两个面容憔悴的女人在嘲笑一个老头子，那老头厌恶地刷着外衣袖子。“他以为有红蚂蚁上身了。”道连经过时，只听得其中一个女人大笑着说。老人恐怖地看着她，开始呜咽起来。

房间的一头有一个小楼梯，通向一间暗洞洞的内室。道连急急忙忙跨上三级摇晃的楼梯，闻到了浓浓的鸦片味。他深深地吸了口气，兴奋得连鼻孔都抽动起来。他进去时，一个蓄着油光光淡黄色头发的年轻人，正把身子凑向一盏灯，点着一根细长的烟杆。他抬头看了看道连，迟疑地点了点头。

“你在这儿，艾德里安？”道连低声说。

“还能在哪儿呢？”他无精打采地答道，“现在，这些家伙谁都不跟我说话了。”

“我以为你已经离开了英国。”

“达林顿不打算出力，最后我的兄弟付了账单。乔治也不跟我说话了……我不在乎。”他叹了口气，补充道，“只要有这个东西，朋友也不要了。我认为我的朋友太多了。”

道连皱皱眉头，看了看周围这些怪物，躺在破烂的床垫上，姿势很古怪。吸引他的是扭曲的四肢，张得大大的嘴巴，没有神采、发呆的眼睛。他明白他们在何种奇怪的天堂里受苦，又是何种沉闷的地狱教他们享受新欢乐的秘密。他们的处境比他要好。他被束缚在思想的牢笼中。记忆像一种可怕的疾病，蚕食着他的灵魂。他好像一次次看到巴兹尔·霍尔华德的眼睛盯着他。但是他觉得不能待在这儿。艾德里安·辛格尔顿的在场使他感到不安。他要待在一个没有人知道他的地方。他要逃离自我。

“我正往前走，到别的地方去。”他沉默了一会儿后说。

“到码头吗?”

“是的。”

“那只疯猫肯定在那儿。如今这儿不要她了。”

道连耸了耸肩。“我讨厌真心爱我的女人。心怀嫉恨的女人要有味得多。更何况这东西更好。”

“不相上下。”

“我更喜欢这东西。来吧，弄点什么来喝喝。我得喝点什么。”

“我什么都不要。”那年轻人咕哝着。

“没有关系。”

艾德里安·辛格尔顿疲惫地站起来，跟着道连到了酒吧。一个混血儿，戴着破旧的头巾，穿着褴褛的长大衣，谄笑着招呼他们，把一瓶白兰地和两个酒杯推到他们面前。女人们鬼鬼祟祟地上前开始搭讪。道连转过身去，把背对着她们，同艾德里安·辛格尔顿耳语了几句。

其中的一个女人抽动着脸，露出了扭曲的笑容。那笑容就像一把马来波伏刃短剑。“今晚我们很荣幸。”她讥笑说。

“看在上帝的面上，别同我说话。”道连顿足叫道，“你要什么?钱吗?在这儿。别再跟我说话了。”

那女人麻木的眼睛里一下子闪过两道红光，但随即熄灭，眼神又复归呆滞。她扬了扬头，贪婪的手指把硬币从柜台上耙走。她的伙伴妒忌地瞧着她。

“那毫无用处，”艾德里安·辛格尔顿叹息着说，“我不想回去。回去又怎么样？在这儿很愉快。”

“你需要什么会写信给我吧，是不是？”道连停了一下后说。

“也许会的。”

“那么，晚安。”

“晚安。”年轻人回答，走上台阶，用手帕揩着焦干的嘴。

道连一脸痛苦朝门走去。他撩开门帘时，刚才拿了他钱的女人涂了口红的嘴唇里，爆发出了一阵淫笑。“魔鬼的便宜货走了！”她打着嗝，粗声粗气地说。

“去你妈的，”他回骂道，“别那么叫我。”

她打了个响指。“你喜欢别人叫你‘迷人王子’是不是？”她在他身后大叫道。

这女人说话时，那个睡意蒙胧的海员跳了起来，狂乱地四顾，听见了过道门关上的声音。他冲了出去，好像要去追赶。

在蒙蒙细雨中，道连·格雷急急地沿着码头走去。与艾德里安·辛格尔顿的相遇奇怪地打动了他，让他心里觉得纳闷：那个年轻人的毁灭，是不是像巴兹尔·霍尔华德恶意辱没他的那样，真的与他有关？他咬着嘴唇，一瞬间双眼透出了哀伤。然而，说到底这与他何干？人的生命那么短暂，又何必把他人的过错揽到自己身上。各人都过着自己的生活，也为此付出自己的代价。唯一遗憾的是，人往往要为一个错误反复还债。没错，人得一而再，再而三地还债。命运在与人交易时永远不会结账。

心理学家告诉我们，有时候，当犯罪或是世人称之为犯罪的那种情绪支配着天性时，人体的每一根纤维就像头脑的每一个细胞那样，似乎都本能地产生了一种可怕的冲动。在这样的时刻，无论男女，都丧失了意志的自由，不由自主地奔向可怕的结局。选择已被剥夺，良心或是泯灭，或是依旧存在，但存在的意义仅限于给予叛逆以诱惑，赋予反抗以魅力。就像神学家孜孜不倦地提醒我们的那样，一切罪孽都来自反抗。那个高高在上的神灵，也就是那颗罪恶的晨星，是以叛逆者的身份从天上降落到人间的。

这时的道连已是麻木不仁，一心想着罪恶。玷污了的头脑和灵魂渴求着反叛。他急急地往前赶路，越走步子越快。可是他拐入一个幽暗的拱门，像往常一样抄近路，上那个声名狼藉的地方去时，突然觉得有人从背后抓住了他。他还来不及自卫，一只粗暴的手已经卡住了喉咙，推着他靠到了墙上。

他拼死挣扎着逃命，奋力脱开了卡紧的手指。刹那间他听见手枪咔嚓一响，看见亮晃晃的枪膛直对着他的脑袋，面前是一个矮墩墩、黑乎乎的人影。

“你要干什么？”他气喘吁吁地说。

“闭嘴,”那人说,“动一动我就打死你。”

“你疯了。我什么地方触犯你了?”

“你要了西比尔·文的命,”那人答道,“西比尔·文是我的姐姐,她自杀了,这我知道。你要对她的死负责。我发誓为此要杀掉你。几年来我一直在找你,但是无影无踪,没有线索。说得出你模样的两个人已经死了。除了西比尔叫你的昵称,我对你一无所知。今晚碰巧让我听到了。向上帝祈祷吧,今天晚上你就要丧命了。”

道连·格雷吓得要命。“我……我从……从来不认识她,”他结结巴巴地说,“我听都没有听说过她。你疯了。”

“为你的罪孽忏悔吧,只要我是詹姆斯·文,你就死定了。”这是一个极其可怕的时刻,道连不知道说什么,也不知道怎么办。“跪下!”那人咆哮着,“我给你一分钟祈祷——只有一分钟。今天晚上我要上船去印度。我得先把你干了。就只有一分钟。”

道连的胳膊垂落到了腰间,他吓瘫了,不知道如何是好。突然,脑子里闪过了一个急切的希望。“住手,”他叫道,“你姐姐是多久以前死的?快说!”

“十八年前。”那人说,“你问这干什么?多少年与这有什么关系?”

“十八年,”道连·格雷哈哈大笑,口气里不无得意,“哼,十八年!你让我到灯光下去,再瞧瞧我的脸!”

詹姆斯·文犹豫了一下，一时觉得莫名其妙。随后他抓住道连·格雷，拖着他离开了拱门。

尽管风中的灯光摇曳而昏暗，但足以告诉詹姆斯，他差一点铸成了大错。原来他要杀的这个人，脸庞保持着少年的红润，青年的一丝不染的纯真。他似乎是个才二十出头的小青年，不见得比自己多年前话别的姐姐要大多少。显然，他不是毁掉姐姐的那个人。

他松了手，晃晃悠悠地往后倒退了一步。“天哪！天哪！”他嚷道，“我险些把你杀掉！”

道连·格雷长长地舒了口气。“你落到了犯罪的边缘，老兄，”他严厉地瞧着他说，“这给你一个警告，别自作聪明图谋报复。”

“请宽恕我，先生，”詹姆斯·文低声说，“我上当了。在那个该死的贼窝里，我偶然听到了一句话，把我引向了歧途。”

“你还是回家去，把枪放好吧，不然会惹出麻烦来的。”道连说着转身慢慢地沿街走去。

詹姆斯·文站在人行道上，浑身发抖，吓得要命。过了一会儿，一个黑影贴着滴水的墙壁，蹑手蹑脚走过来，到了灯光下，暗暗地靠近了他。他觉得有人抓住了他的胳膊，吃惊地回过头来，发现是刚才还在酒吧喝酒的女人中的一个。

“你干吗不杀了他？”她说起话来咝咝作响，还把憔悴的脸凑过去，“你从达莱剧院冲出来的时候，我就知道你在跟踪他。

你这个蠢货！应该把他杀掉。他钱很多，而且坏透了。”

“他不是我要找的那个人，”他回答，“我要的不是钱，是要一个人的命。我要他命的那个人一定快四十岁了。而这个人比孩子大不了多少。谢天谢地，我没有让他的血溅在我手上。”

那女人发出一阵苦笑。“比孩子大不了多少！”她讥笑道，“嗨，老弟，‘迷人王子’把我糟蹋成现在这副样子已经快十八年了。”

“你撒谎！”詹姆斯·文叫道。

她把手伸向空中。“我向上帝发誓，说的是真话。”她叫道。

“向上帝发誓？”

“要是我撒谎，就叫我变成哑巴。上这儿来的人就数他最坏。据说，他把自己出卖给了魔鬼，换来了一张漂亮的面孔。打我碰见他到现在，已经快十八年了。从那时到今天，他没有什么变化，尽管我变了很多。”她补充说，令人作呕地乜斜着眼睛。

“你敢发誓？”

“我发誓，”她的扁嘴里响起了沙哑的回音，“可别把我给卖了，”她嘀咕着，“我怕他。给我点宿夜钱吧。”

他一声咒骂，甩掉了她，冲向街角，可是道连·格雷已经无影无踪。回头一看，那女人也不见了。

第十七章

一星期后，道连·格雷坐在皇家塞尔比庄园的暖房里，与漂亮的蒙茂斯公爵夫人聊着天，公爵夫人和年已六十、一脸倦容的丈夫都是道连的客人。正是用茶时间，茶几上那盏带花边灯罩的大灯，射出柔和的光，照亮了细瓷和银质茶具，公爵夫人正张罗着上茶。她雪白的双手，很有风度地摆弄着杯子；丰满的红唇正启齿而笑，因为道连在她耳边说了些什么。亨利勋爵斜靠在包了丝绒的柳条躺椅上，瞧着他们。纳尔巴勒夫人坐在一张桃红色的长沙发上，佯装倾听公爵描绘自己收藏中增添的巴西甲虫。三个身穿考究吸烟服的年轻人，正把茶点递给几个女人。这个留客小住的聚会一共十二人，第二天还有些人要来。

“你们俩在谈些什么呀？”亨利勋爵说，走到茶几旁边，放下杯子，“我希望道连已经把我重新命名一切的计划告诉你了，格拉迪斯。这是一个很有趣的想法。”

“我可不想重新命名了，哈利，”公爵夫人回答，抬起头来，美丽的眼睛望着亨利勋爵，“我对自己的名字很满意，而且可以肯定，格雷先生也应该一样。”

“亲爱的格拉迪斯，你们两个的名字，我哪一个都不会去更改，取得好极了。我所考虑的主要是花。昨天我剪下了一朵兰花，当作胸饰。这玩意儿斑斑点点，漂亮极了，同七大重罪一样诱人。无意间，我向一个园艺工打听了这花的名字。他告诉我，这是良种‘鲁宾孙尼亚那’，或者诸如此类的可怕名字。我们已丧失了取个好名字的能力，这是悲哀的事实。名字就是一切。我从不为行动争执，我只为语言文字争执。这就是我讨厌文学中庸俗现实主义的原因。一个能够把铲子叫作铲子的人，应当强迫他使用铲子，因为他只适合干这个。”

“那么我们该叫你什么呢，哈利？”她问道。

“他的名字叫‘悖论王子’。”道连说。

“我一听就知道是他。”公爵夫人大声说。

“我不同意，”亨利勋爵笑着说，一屁股坐进安乐椅里，“一旦被贴上标签，你就很难逃脱。我拒绝这个雅号。”

“王权是不退位的。”漂亮的嘴唇提出了告诫。

“那你是希望我捍卫自己的王位了？”

“不错。”

“我发布的是明天的真理。”

“我偏爱的是今天的谬误。”

“你缴了我的械，格拉迪斯。”他叫道，尝到了她个性的执拗。

“缴掉了你的盾，哈利，而不是你的矛。”

“我从不攻击美人。”他把手一挥说。

“那正是你的错误，请相信我，哈利。你太看重美了。”

“你怎么能这样说呢？我承认我以为善不如美，但同时我又比谁都乐于承认丑不如善。”

“照你说，丑是七大重罪之一了？”公爵夫人叫道，“那么刚才你用的兰花的比喻又怎么自圆其说呢？”

“丑是七大美德之一，格拉迪斯。你作为一个出色的托利党人，绝不可低估它们。啤酒、《圣经》和七大美德造就了英国。”

“那你是不喜欢我们的国家了？”她问。

“我居住在这个国家里。”

“便于指责它。”

“你要我认同欧洲人对英国的看法吗？”他诘问。

“他们说我们什么来着？”

“他们说答尔丢夫[1]移居到了英国，开了一家店。”

“这是你的雅号，哈利？”

“我把它送给你。”

“太真实了，可没法用。”

“你不必担心，我们的同胞从来不识雅号。”

---

1 法国喜剧作家莫里哀戏剧中一个工于心计的伪君子。

“他们很务实。”

“与其说务实还不如说狡猾。他们算账的时候用财富来抵消愚蠢，用虚伪来抵消恶行。”

“即使这样，我们还是干了大事。”

“是‘大事’自己找上门来的，格拉迪斯。”

“我们毕竟支撑起了这种伟大。”

“只不过是在交易所。”

她摇了摇头。“我相信民族的作用。”她说。

“它说明了进取者才能生存的道理。”

“这个民族在发展。”

“更吸引我的是腐朽。”

“那么艺术呢？”她问。

“是一种疾病。”

“爱情呢？”

“是一种幻想。”

“宗教呢？”

“是信仰的时髦替代物。”

“你是一个怀疑主义者。”

“绝对不是！怀疑是笃信的开端。”

“你究竟是什么呢？”

“下定义是一种束缚。”

“请给我一个线索。”

“线索断了。你会在迷宫里迷路。”

“你把我搞糊涂了。我们还是谈谈别人吧。”

“我们的主人是一个饶有兴味的题目。几年前他被称作‘迷人王子’。”

“啊！别提那事了。”道连·格雷叫道。

“今晚我们的主人情绪很不好，”公爵夫人回答，涨红了脸，“我想他以为蒙茂斯纯粹是根据科学原理同我结婚的，把我当作自己能找到的现代蝴蝶的最好标本。”

“啊呀，但愿他不要把针刺到你身上，公爵夫人。”道连大笑道。

“哦！我的女仆已经刺我了，格雷先生，她一生我的气就刺我。”

“为什么事生你的气呢，公爵夫人？”

“告诉你吧，大多为了琐事，格雷先生。常常因为我八点五十分赴约，告诉她我八点半该穿戴好。”

“她多么不讲道理！你应当向她提出警告。”

“我可不敢，格雷先生。喏，她替我设计帽子。你还记得我在希尔斯顿夫人举办的游园会上戴的那一顶吗？你不记得了，不过你很不错，装作还记得。是呀，她没用什么好料就做成了那顶帽子。好帽子都不用好料。”

“同一切好名声一样，格拉迪斯，”亨利勋爵打断她说，“你一有出色表现就会招徕敌人。平庸才能受人欢迎。”

“女人并不认为这样，”公爵夫人摇了摇头说，“而女人统治着世界。我明确告诉你，我们不能忍受平庸。正像有人说的那样，我们女人是根据耳朵听到的去爱的，就像你们男人是根据眼睛看到的去爱一样，要是你们爱过的话。”

“我好像觉得，除了爱，我们别的什么都不干的。”道连低声说。

“呵！那你从来没有真正爱过，格雷先生。”公爵夫人回答，假装很伤心。

“亲爱的格拉迪斯，”亨利勋爵叫道，“你怎么能这样说呢？浪漫的爱情通过重复而生存下去，而重复又把欲望变成了艺术。此外，每次爱的滋味都是独特的。对象的不同非但不会改变情欲的专一性，反而会强化它。我们一生中充其量只有一次伟大的经历，生活的秘密在于尽可能多地复制伟大的经历。”

“甚至包括使你受到伤害的经历，哈利？”公爵夫人沉默了一会儿后说。

“尤其包括使你受到伤害的经历。”亨利勋爵回答。

公爵夫人回过头来，用好奇的目光瞧着道连·格雷。“你对此有何看法，格雷先生？”她问。

道连犹豫了一下，随后仰头大笑。“我总归同意哈利的，公爵夫人。”

“他错了你也同意？”

“哈利永远正确，公爵夫人。”

“他的哲学使你幸福吗？”

“我从不寻求幸福。谁要幸福？我寻找快活。”

“找到了吗，格雷先生？”

“常常找到，这太习以为常了。”

公爵夫人叹了一口气。“我在求得太平，”她说，“要是我不快去穿戴，今晚就不得太平了。”

“让我给你弄些兰花来吧，公爵夫人。”道连大声说，一面站起来沿着暖房走去。

“你跟他调情，连面子都不顾了。”亨利勋爵对他的表妹说，“你还是小心为好，他的吸引力大着呢。”

“要是不大，那就没有争斗了。”

“那么是希腊人碰上了希腊人，两虎相争了？”

“我站在特洛伊人的一边，他们为一个女人而战。”

“他们战败了。”

“还有比被俘更糟糕的事呢。”她回答。

“你跑起来如脱缰之马。”

“速度创造生命。”她反驳。

“我把它写在今晚的日记里。”

“写什么？”

“一个烫伤的孩子爱玩火。”

“我连汗毛都没焦。我的翅膀没有碰到火。”

“你的翅膀用于一切，就是不用来飞翔。”

“勇气已经从男人身上传到了女人身上。对我们来说，这是一种新体验。”

“你有一个情敌。”

“谁？”

他大笑。“纳尔巴勒夫人，”他悄悄说，“她极其喜欢他。”

“你让我很担忧。倾心于古董对我们浪漫主义者来说是致命的。”

“浪漫主义者！你掌握了一切科学方法。”

“是男人教我们的。”

“可是并没有向你们做解释。”

“把我们整个女性描绘一下吧。”她咄咄逼人。

“女性是没有秘密的斯芬克斯。”

公爵夫人瞧着他微微一笑。“格雷先生去了那么久了！”她说，“我们去帮他一下吧。我还没有告诉他我上衣的颜色呢。”

“呵！你的上衣该配他的花，格拉迪斯。”

“那也许是一种过早的投降。”

“浪漫的艺术是以高潮为开端的。”

“我得为自己留条后路。”

“以帕提亚人[1]的方式撤退？”

“帕提亚人在沙漠里找到了安全感。我可不能这么做。”

---

1 即安息人，古时西亚人种，作战时擅用佯装退却诱敌追赶后突发冷箭而歼之的战术。

“女人并非总是允许选择的。”他的话音未落，暖房的远端传来了一声憋气的呻吟，随后是沉闷的、重重的倒地声。众人都惊跳起来。公爵夫人吓得木头似的站在那里。亨利勋爵满目忧虑地冲过飘垂的棕榈，发现道连·格雷脸朝下躺在地砖上，昏死过去了。

道连立即被抬到蓝色客厅，放在一张沙发上，过了一会儿，他苏醒了，茫然地左右张望着。

“出了什么事啦？”他问，“呵！我想起来了。我在这儿安全吗，哈利？”他开始发起抖来。

“亲爱的道连，”亨利勋爵回答，“你不过晕倒了，没事儿。你一定是太累了。还是不要下来吃饭了吧，我来替你照应。”

“不，我会下来的，”他说，一面挣扎着要站起来，“我宁可下来。我绝不能单独待着。”

他上自己的房间去换了衣服。后来他坐在餐桌边的时候，举动中透出一种盲目的乐观。但他不时吓得直打哆嗦，因为他想起看到了詹姆斯·文的脸，像一块白手帕那样贴在暖房的玻璃窗上，死死盯着他。

第十八章

第二天他足不出户，大多待在自己房间里，病恹恹地感到极度恐慌，担心自己快要死了，但又对生命本身十分冷漠。一种被追杀、诱捕和跟踪的感觉开始支配着他。壁毯在风中不过动了一下，他便颤抖起来。吹打在铅条玻璃上的枯叶，在他看来酷似自己徒劳的决心和狂乱的悔恨。他一闭上眼睛，便又看到了那海员的脸，隔着雾气迷蒙的窗玻璃窥视着。恐惧似乎再次攫住了他的心。

但也许不过是幻觉的缘故，黑夜里才闪现复仇景象，他眼前才展示出惩罚他的可怖场面。真实生活是无序的，但想象却有某种严密的逻辑。正是想象使悔恨尾随着罪恶，也正是想象使每一罪恶生出奇形怪状的后代。在平凡的现实世界，恶人得不到惩罚，好人得不到好报。成功被赐给了强者，失败被扔给了弱者。别无其他。此外，要是有陌生人在房子周围探头探脑，仆人或看守人一定会看到。要是花圃里有脚印，花工是会来报告的。是呀，那只不过是他的幻觉。西比尔·文的弟弟并

正是想象使悔恨尾随着罪恶，也正是想象使每一罪恶生出奇形怪状的后代。

没有回来杀他。他已经乘船远航，葬身于寒冬的海底。他无论如何也不会受到这人的威胁。嗨呀，那人不知道，也无法知道他是谁。青春的假面救了他的命。

然而，即使那不过是幻觉，一想起良心竟能唤起骇人的幻象，又使这幻象活灵活现地在面前走动，也够让人胆战心惊的。要是他罪恶的阴影从寂静的角落日夜窥视他，从秘密的藏身之地嘲笑他，在宴席上对他耳语，在沉睡中用冰冷的手指把他弄醒，那他的日子会有多糟！这种想法潜入了他的脑际，他吓得脸色发白，似乎觉得连空气也骤然变冷了。啊！在那个狂乱的时刻他竟杀了自己的朋友！就是记忆中的情景也让人觉得害怕！而他偏偏又看到了当时的一切。回想每一个可怕的细节都给他带来加倍的恐惧。在时间的黑洞外，出现了包扎得血淋淋的罪恶的形象。六点钟亨利勋爵进来，发现他哭得就要心碎了。

一直到第三天他才敢出门。冬天的早晨，明净而带松树清香的空气中洋溢着某种东西，似乎恢复了他的欢乐和对生活的热情。但也并不只是环境的物质条件造成了这种变化。他的天性跟过度的痛苦势不两立，因为这种痛苦破坏了他内心的安宁。性格细腻和高雅的人都是如此。强烈的情绪本身要么碰得鼻青脸肿，要么立即收敛；要么置人于死地，要么自己灭亡。小悲小爱继续生存，大悲大爱则毁灭于自己的充盈。另外，他相信自己是一场噩梦的牺牲品。现在，他回顾自己的忧虑时，是带着惋惜和蔑视的心情的。

早饭后，他同公爵夫人在花园里散了一会儿步，随后驱车穿过公园加入狩猎的人群。严霜像盐一样凝结在青草上。天空如一个倒置的蓝色金属杯。芦苇丛生、平平坦坦的湖面边缘结起了一层薄冰。

在松树林转角处，他看见公爵夫人的弟弟杰弗里·克劳斯顿把两个用过的弹壳推出枪膛。他跳下车子，吩咐马夫把牝马牵回家去，自己便穿过枯萎的荆棘和蓬乱的灌木丛，朝那位宾客走去。

“猎打得好吗，杰弗里？”他问。

“不大行，道连。我想大多数鸟都飞出树林了。估计午饭后到了新的地方会好些。”

道连在他身旁溜达。浓烈的香气、树林中闪烁的红棕色的光、猎人一阵阵嘶哑的叫喊以及紧接着的清脆的枪声，深深地吸引了他，给了他一种自由自在的愉快感觉。他沉浸于忘乎一切的幸福和欢乐之中。

突然，前方二十码开外高低不平的乱草丛中，惊起了一只野兔，竖着耳尖带黑的耳朵，用力蹬着长长的后腿。那野兔正往桤树丛中蹿去。杰弗里爵士把枪端到肩上。但是，野兔洒脱的跳跃动作让道连·格雷奇怪地着了迷，他不由得立刻叫道：“别开枪，杰弗里，让它跑吧。”

“瞎扯，道连！”他的伙伴哈哈大笑。那野兔正蹿入草丛时他开枪了。随之传来了两声叫声，一声是兔子的惨叫，听来非常可怕；另一声是人的痛苦呻吟，听来更加骇人。

“天哪！我击中了一个追赶猎物的人！”杰弗里爵士大声叫道，“那人怎么那么蠢，跑到枪前来了！别在那儿开枪了！”他声嘶力竭地叫道，“有人被打伤了。”

猎场看守拿着根棍子闻声赶来。

“哪儿，爵士？他在哪儿？”他叫道。与此同时，那边的枪声也停止了。

“在这儿，”杰弗里爵士怒气冲冲地回答，急忙朝草丛跑过去，“你干吗不叫你的人避开？破坏了我今天打猎的兴致。”

道连望着他们拨开柔软摇摆的树枝，钻进桤树丛中。过了一阵子，这些人出来了，把一具尸体拖到了阳光下。他恐惧地转过身去，似乎觉得他到哪里，厄运也跟到哪里。他听见杰弗里爵士问这人是否确实死了，看守做了肯定的回答。刹那间林地里似乎人头攒动，闹闹嚷嚷，杂乱的脚步声，嗡嗡的低语声，响成了一片。一只黄铜色胸脯的大雉鸡，拍打着翅膀飞过头顶的树枝。

虽然才过了一会儿，但在慌乱中，他好像是经历了无数小时的痛苦。这时，他觉得有一只手搁在他肩上。他吓了一跳，回头瞧了瞧。

“道连，”亨利勋爵说，“我还是告诉他们今天就停止射击吧。看样子再干下去并不好。”

“我巴不得永远停止射击，哈利，”他痛苦地回答，“整个事儿很讨厌，也很残酷。那个人……？”

他说不下去了。

“恐怕是这样，”亨利勋爵回答，“这一枪正好打在他胸部，他一定是当场就死了。来吧，我们回家去吧。”

他们并肩朝大路方向走了近五十码，都没有开口。随后道连瞧了瞧亨利勋爵，叹了口气说：“这是一个凶兆，哈利，一个大凶兆。”

“你指什么？”亨利勋爵问，“呵！我猜是这次事故。老弟，那是无可奈何的。是那个人自己的过错。他干吗要跑到枪口前面去呢？何况，这跟我们无关。当然，杰弗里有些尴尬。惩罚猎人是不行的，人家会以为那一枪是打偏了才射中他的。杰弗里可不是这样，他射得很正。可是再谈也无济于事。”

道连摇了摇头。“这是一个凶兆，哈利。我觉得厄运就要降临到我们有些人头上了，也许是我的头上。”他补充了一句，用手盖住眼睛，做了个痛苦的手势。

年长的那人大笑。“世上唯一可怕的是厌倦，道连。那是无法宽恕的罪孽。但我们不会有厌倦之苦，除非这些家伙在餐桌上不停地谈论这件事。我得告诉他们禁止谈这个话题。至于凶兆嘛，是不存在的。命运不会派遣先行官，因为她太狡猾或是太残酷了。更何况你究竟会出什么事呢，道连？凡是世人想要的你都有了。没有谁不愿意跟你交换位置。”

“谁的位置我都愿意交换，哈利，你别笑，我说的是实话。刚死的那个可怜农民比我还好些。我并不怕死，我怕的是死亡的逼近。死亡的巨大翅膀已在我周围铅一样的空气中盘桓。我的天哪！你没有看到有一个人躲在那些树后面，监视我，候着我吗?”

亨利勋爵朝道连戴了手套不住发抖的手所指的方向看了看。“是的，”他笑了笑说，“我看到园艺工在等候你。我想他是要问你今晚餐桌上要什么花。老兄，你紧张得有些荒唐了！我们回伦敦后你得来看看我的医生。”

道连看见园艺工走过来了，便松了口气。那人用手碰了一下自己的帽子，犹犹豫豫地瞅了瞅亨利勋爵，随后拿出一封信来，交给了他的主人。“公爵夫人让我等候回音。”他低声说。

道连把信放进口袋。“告诉公爵夫人我回屋了。”他冷冷地说。那人转过身朝房子方向走去。

“女人多喜欢冒险！”亨利勋爵叫道，“这是她们身上我最钦佩的品格。只要有旁观者，女人会和世上任何人调情。”

“你多喜欢说危险的话，哈利！眼下的事，你可没有说准。我很喜欢公爵夫人，但我并不爱她。”

“而公爵夫人很爱你，却并不很喜欢你。所以你们非常相配。”

“你在谈论丑闻，哈利。丑闻从来没有根据。”

“凡是丑闻，其根据必定是不道德。”亨利勋爵说着点了一支烟。

“你不惜牺牲任何人，哈利，就为了成全自己的一个警句。”

“世人是自愿走向祭坛的。”他回答。

“但愿我能爱，”道连·格雷叫道，嗓音里隐含着深沉的悲哀，“但我似乎失去了热情，抛却了欲望。我太关注自己了。我自己的人格成了我的负担。我要逃避，我要离开，我要忘却。我真傻，居然跑到这个地方来了。我想拍个电报给哈维，让他准备好游艇。在游艇上是安全的。”

“什么东西使你不安全呢，道连？你出了什么事了？干吗不告诉我呢？你知道我会帮助你。”

“我不能告诉你，哈利，”他伤心地回答道，“恐怕是我的一种幻觉。这不幸的事故弄得我心烦意乱。我有一种预感，我可能也要出事了。”

“胡说八道！”

“但愿如此，可是我不由自主地产生了这种感觉。呵！公爵夫人来了，穿着定做的长袍，看上去很像古希腊的狩猎女神。瞧我们回来了，公爵夫人。”

“我全听说了，格雷先生。”她说，“可怜的杰弗里懊丧极了。你好像是叫他别向那兔子开枪。真也奇怪！”

“是呀，可奇怪了。我不知道怎么会说这话的，想必是心血来潮。那只兔子看上去像是最可爱的小活物。很抱歉，他们把这人的事告诉你了。一个可怕的话题。”

“一个讨厌的话题，”亨利勋爵插了进来，“一点心理学价值都没有。反之，要是杰弗里出于故意，那会多有意思！我很想结识一个真正的杀人犯。”

“你真可怕，哈利！”公爵夫人叫道，“你说是吗，格雷先生？哈利，格雷先生又发病了，看样子马上要昏倒。”

道连挣扎着站了起来，微微一笑。“没有事，公爵夫人，”他喃喃地说，“我的神经完全混乱了，没有别的原因。恐怕是今天早上走得太远了。我没有听见哈利说了什么。很坏吗？什么时候你得告诉我。我想我该去躺一会儿。你们会不在意吧，是吗？”

他们到了从暖房通向台地的大阶梯。玻璃门在道连身后关上的时候，亨利勋爵回过头来，睡眼惺忪地看着公爵夫人。“你深深爱上他了吗？”他问。

她没有立即回答，却站在那里凝视着景色。“但愿我能知道。”她终于说。

他摇了摇头。“知道了就糟糕了。没有把握才迷人呢。雾里看花花更美。”

“雾里要迷路。”

“条条道路都通向同一个终点，格拉迪斯。”

“通向哪里？”

“幻灭。”

“幻灭是我生活的起点。”她叹了一口气说。

“幻灭是戴着皇冠来到你身边的。”

“我讨厌草莓叶子[1]。”

“你戴着正合适。”

“只限于公众场合。”

“你会思念它。”亨利勋爵说。

“我一个花瓣都不放弃。”

“蒙茂斯长着耳朵。”

“老龄人耳背。”

“他从来没有吃醋？”

“但愿他会吃醋。”

亨利勋爵东看西看，像是在寻找什么。

“你在找什么呀！”公爵夫人问。

“你剑头上的盖子[2]，”他回答，“已经掉了。”

她大笑。“我还留着面具。”

“它使你的眼睛看上去更加可爱。”亨利勋爵回答。

她又大笑起来，露出了牙齿，像一个猩红的果子里雪白的果仁。

在楼上自己的房间里，道连·格雷躺在一张沙发上，身子里每一根抖动的神经都充满了恐惧。生活突然成了他不堪负担的讨厌包袱。不幸的猎物驱赶人像一头野兽那样被射杀在树丛

1　皇冠上的饰物，这里暗指公爵夫人的爵位。

2　剑头上的盖子用来避免比赛时受伤。没有盖子的比赛是真刀真枪的血战。

中了。这人的惨死也预示着他自己的死亡。亨利勋爵兴之所至随意挖苦时说的话，差一点让他昏倒。

五点钟时，他打铃唤来了仆人，吩咐他收拾好东西，乘夜车回伦敦，八点半备好马车在门口等候。他决定不在塞尔比庄园过夜了。这个地方凶多吉少。死神游荡于光天化日之下，森林的草丛已经溅上了血迹。

然后，他给亨利勋爵写了个条子，告诉他自己上伦敦看医生去了，他不在时，宾客们请他代为招待。他正把条子放进信封，敲门声响了。侍仆告诉他猎场看守求见。他皱了皱眉，咬紧嘴唇。“叫他进来。”他犹豫了一阵子后说。

这人一进门，道连便从抽屉里取出一本支票簿，摊开放在面前。

“我想你是为早上不幸的事故来的吧，桑顿？”他拿起一支笔来说。

“是的，老爷。”猎场看守回答。

“这可怜家伙成家了吗？有没有家眷需要他抚养？”道连问，显得有些不耐烦，“要是有，我不想让他们缺衣少食的，愿意给他一笔钱，你认为需要给多少就给多少。”

“我们不知道他是谁，老爷，所以我冒昧来打扰你了。”

“你不知道他是谁？”道连有气无力地问，“那是怎么回事？他不是你的人吗？”

“不是，老爷。从来没有见过他。好像是个海员，老爷。”

道连手中的笔蓦地掉了下来。他觉得自己的心脏好像突然停止了跳动。“一个海员?”他惊叫道，“你说是一个海员?”

“是的，老爷。他看上去好像当过海员，两只胳膊都文过，反正有这类东西。”

“在他身上发现了什么吗?”道连说，身子往前凑了凑，带着惊异的目光瞧着来人，“有什么东西能表明他的名字吗?”

“有些钱，老爷——不多。还有一支六响手枪，什么名字也没有。看上去像个正派人，就是粗了些。我们估计他是个海员。”

道连惊跳起来，心中升起了一个可怕的希望，并疯也似的把它抓住了。“尸体在哪儿!”他大声问，“快!我得马上看一看。”

“在家用农场的一个空马厩里，老爷。我们那些人都不想往家里放这样的东西。听说尸体要带来厄运的。”

“家用农场!立刻上那儿跟我碰头。告诉马夫牵一匹我的马来。不，你别管了。我自己上马厩，这样节省时间。”

不到一刻钟工夫，道连·格雷便以最快的速度策马奔驰在长长的大道上了。树木像列队的幽灵扫过他身旁，杂乱的阴影横陈在他面前。有一回牝马在一根白门柱旁突然转向，差一点把他摔了下来。他用鞭柄狠揍了一下马脖子，马像箭一样划破了暗沉沉的天空，蹄子下石子乱飞。

最后他到了家用农场。有两个人在院子里溜达。他跳下马鞍，把缰绳扔给了其中一个。马厩的远端闪着灯光，似乎告诉他尸体就在那儿。他急忙朝门走去，伸手去拉门闩。

他迟疑了一会儿，觉得自己马上要发现什么了，成败在此一举。随后他推开门，走了进去。

在另一头角落的一大堆麻袋布上躺着一具尸体，穿着粗劣的衬衫和一条蓝裤子，脸上盖着一块血迹斑斑的手帕，旁边的瓶子里，插着一根粗糙的蜡烛，发出噼啪的响声。

道连·格雷打了个哆嗦。他觉得那块手帕不能由他的手来拉开，于是便叫了一个农仆过来。

“把那东西从他脸上拿走，我想看一看。”他说，一面抓住门柱当作支撑。

农仆拉开手帕，道连往前跨了一步。他嘴里迸发出一声喜悦的叫喊。树丛里被打死的原来就是詹姆斯·文。

他站在那里，看着尸体，足足有好几分钟。他骑马回家的时候，眼睛里满是泪水，因为他明白自己从此安全了。

第十九章

“你何必告诉我你要从善呢，”亨利勋爵叫道，把白皙的手指浸在装满玫瑰露的红色铜碗里，“你已经十全十美了，请你别改啦。”

道连·格雷摇了摇头。“不，哈利，我这辈子干了很多坏事，以后不干了，昨天起开始做好事。”

“昨天你在哪儿？”

“在乡下，哈利，我独个儿待在一个小旅馆里。”

“好家伙，”亨利勋爵笑了笑说，“在乡下谁都能学好。那里没有诱惑，这也就是乡下人极不开化的原因了。文明绝不是唾手可得的。人要达到文明有两条途径：一条是使自己有教养，另一条是使自己堕落。乡下人两个机会都没有，所以停滞不前。”

“教养和堕落，”道连重复了一下，“两者我都有一点。现在我觉得把它们相提并论似乎很可怕。因为我有了一个新理想，哈利。我要改，我想我已经在改了。”

“你还没有告诉我你的善行是什么呢。你不是说你做了不止一桩吗?”他的伙伴问，一面把熟透的草莓倒进自己的盘里，堆成一个锥形的小山，用带孔的贝壳形小匙把糖撒在草莓上。

“我可以告诉你，哈利。这件事，别人我谁都不能说。我放过了一个人。这话听起来有些自负，但你知道是什么意思。她很漂亮，极像西比尔·文。我想正因为漂亮，她一开始便吸引了我。你还记得西比尔，是吗?那似乎是很久以前的事了。不过，赫蒂当然不属于我们的阶级，她纯粹是个农村姑娘。但我真的很爱她，确实很爱。整个风和日丽的五月，一星期我总是去看她两三次。昨天她跟我在一个小果园里碰头。苹果花雨点一般撒在她头发上，她哈哈大笑。我们原打算今天拂晓出走。突然，我决定让她留下，让她像我初识她时那样，如鲜花一般纯洁。”

“我想这种情绪的新鲜感一定使你愉快而激动，道连，”亨利勋爵打断他说，“但我可以替你写完这首田园诗。你给了她一个忠告，撕碎了她的心。这就是你悔过自新的开始。”

“哈利，你真糟糕!你不该说这些可怕的话。赫蒂的心没有碎。当然她哭哭啼啼，闹了一下。可是她的名声没有被败坏。她可以像潘狄塔[1]那样生活在长满薄荷和金盏花的园子里。”

---

1 莎士比亚戏剧《冬天的故事》中的人物，被其父母所抛弃。

“为负心的弗罗利泽[1]哭泣，”亨利勋爵说，身子往椅子上一靠哈哈大笑，“亲爱的道连，你有一种奇怪的小孩脾气。你认为这个姑娘真的会满足于一个跟她门当户对的人吗？我估计她将来会嫁给一个赶车的粗汉，或是咧嘴傻笑的农夫。是呀，跟你相识并相爱，教会了她瞧不起自己的丈夫，她因此会很不幸。从道德角度看，我也并不赞赏你的主动放弃。就算事情才开始，那也是很糟的开端。何况，你怎么能知道，此刻赫蒂不像奥菲利娅那样漂浮在哪一个星光照耀的水塘里，有可爱的睡莲做伴？”

“我可受不了，哈利。你什么事都要讥笑，然后暗示最悲惨的结局。我很懊悔把这事告诉了你。我不在乎你对我说什么，我知道我做得很对。可怜的赫蒂！今天早上我骑马经过农场时，看见她苍白的脸靠在窗前，像一簇茉莉花。我们就别谈这个话题了，也别来说服我，要我相信几年来我做的第一件好事，首次微不足道的自我牺牲，居然是一种罪孽。我要改好，我会改好的。还是谈谈你自己吧。伦敦有什么消息？我已经几天没上俱乐部了。”

“人们还在议论可怜的巴兹尔失踪的事。”

“我想这时候他们该厌倦了。”道连给自己倒了些酒，微微皱了皱眉说。

1　莎士比亚戏剧《冬天的故事》中的人物。

“老兄，他们才谈了六个星期。英国的公众三个月换一次话题，不然，他们的神经受不了那种紧张。不过近来他们很走运，可谈论我的离婚案，艾伦·坎贝尔的自杀案。而现在又出了艺术家神秘失踪的事。伦敦警厅坚持认为，那个穿灰外套乘十一月九日半夜的火车去巴黎的人就是可怜的巴兹尔。而法国警方宣布，巴兹尔根本就没有到过巴黎。我想两星期以后，他们会告诉我们有人在旧金山看到了巴兹尔。每个失踪的人都说是在旧金山露面了，也真是件怪事。旧金山一定是个诱人的城市，具有来世的一切魅力。”

“你认为巴兹尔出了什么事？”道连问，对着灯光把盛满葡萄酒的酒杯举了起来，心里觉得奇怪，自己怎么会如此从容地议论这个话题。

“我一点都不知道。要是巴兹尔躲起来了，这不关我的事；要是他死了，我不愿再去想他。死亡是唯一让我害怕的事，我讨厌它。”

“为什么？”年轻一点的那位不耐烦地问。

“因为，”亨利勋爵说，把一个镀金的开口嗅盐盒放到鼻孔底下，“人别的都能躲过，就是躲不过死亡。死亡和庸俗是十九世纪人们无法解释的两件事。我们到音乐室去喝咖啡吧，你得给我弹肖邦。跟我妻子私奔的那个人肖邦弹得极好。可怜的维多利亚！我很喜欢她。少了她，屋子里冷冷清清的。当然婚后的生活不过是一种习惯，一种坏习惯。但即使是最坏的习惯，一旦失去了，人总是要遗憾的。也许最令人感到遗憾的就是这些坏习惯，因为它们是个性的重要组成部分。”

道连没有搭话，从桌旁站起来，走进隔壁房间，坐在钢琴前，让自己的手指扫过黑白两色的象牙琴键。咖啡送进来后，他停止了弹奏，抬眼望着亨利勋爵说：“哈利，你想到过巴兹尔是被谋杀的吗？”

亨利勋爵打了个哈欠。“巴兹尔人缘不错，而且总是戴着廉价的沃特伯利手表。干吗要杀他呢？他没有聪明到会树敌的地步。当然他是个了不起的绘画天才。不过，即便像委拉斯开兹[1]那样擅画的人也是极其乏味的。巴兹尔真的很乏味。只有一次他使我感兴趣，那是几年前的时候，他告诉我完全为你所倾倒，你成了他艺术的压倒一切的主题。”

“我很喜欢巴兹尔，”道连略带伤心的口吻说，“可是没有人说过他是被谋杀的吗？”

“呵，有些报纸是这么说的。我觉得根本不可能。我知道巴黎有些地方很危险，但巴兹尔这样的人不会去。他没有好奇心。这是他的主要缺陷。”

“要是我告诉你，是我谋杀了巴兹尔，你会怎么说呢？”更年轻的一位问，他话一出口便紧盯着亨利勋爵。

“我会说，老兄，你想装扮一个不像你的人。正如一切庸

1　委拉斯开兹（1599—1660），西班牙大画家。

俗都是罪恶一样，一切罪恶都是庸俗的。道连，你身上没有那种犯谋杀罪的庸俗。对不起，我这么说伤了你的虚荣心，不过这的确是事实。犯罪只是下等人干的事，我丝毫不因为这样而责备他们。我设想，犯罪之于他们就像艺术对于我们那样，完全是一种寻求额外刺激的手段。”

“一种寻求刺激的手段？那你是说犯过一次谋杀罪的人有可能再犯同样的罪？别这么说。”

“啊！什么东西重复多次便成了享受，”亨利勋爵大笑着说，“那是生活的一个重要秘密。不过我想，谋杀总是错的。人不应该做那种饭后难以启齿的事。可是我们就不谈可怜的巴兹尔了吧。但愿我可以相信他的结局真像你说的那么浪漫。不过，我还是不信。大概他从马车上掉了下来，落进了塞纳河，而售票员把这丑闻包起来了。不错，我想那便是他的结局。可以设想他此刻躺在暗绿色的水底，水面上漂着沉重的驳船，长长的水草缠住了他的头发。你知道吗，我认为他就是活着，也画不出多少好作品来，最近十年他的画差多了。”

道连舒了一口气，亨利勋爵溜达着穿过房间，开始抚摸起一只珍稀的爪哇鹦鹉的头来。这只体大毛灰、冠尾粉红的鹦鹉，正在一根栖身的竹竿上使自己保持平衡。亨利勋爵的手指一碰它，它鳞片状起皱的白色眼睑，便阖到玻璃一样的黑眼珠上，身子也开始前后摇摆起来。

“是呀，”他继续说，转过身来，从口袋里取出手帕，“他的画差多了。我似乎觉得是失去了什么，失去了理想。你与他不再要好，他也就不再是一个伟大的艺术家了。你们是为什么分手的？我猜想是他使你感到乏味。要是这样，他绝不会原谅你。这是乏味的人的一个习惯。顺便问一下，他为你画的那张绝妙的画像怎么样啦？他画好以后我就没有见过。啊！我记得几年前你告诉我把它送到塞尔比庄园去了，是放错了地方，还是路上被人偷走了。你再也没有弄回来？真可惜！那确实是幅杰作。我记得我要买下来。我真希望我现在拥有这幅画。这是他最佳创作时期的作品。打那以后，他的作品便成了良好的创作意图和拙劣的画作的奇怪结合，具有典型的英国艺术家的特点。你为这幅画的失窃登过报吗？你应该登。”

“我忘了，”道连说，“大概登过。不过我从来就没有喜欢过这幅画。我后悔当初坐着让他画了，回想起来真令人厌恶，你为什么要谈呢？它总让我想起某个剧本——我想是《哈姆雷特》吧——里面的两行诗句，是这样吗？

> 不过是做出来的悲哀，
>
> 只有表面，没有真心。[1]

---

1 见《哈姆雷特》第四幕第七场，国王对雷欧提斯说：“雷欧提斯，你真爱你的父亲吗？还是不过是做出来的悲哀，只有表面，没有真心？”译文引自《莎士比亚全集》，人民文学出版社，1988年。

不错，就是这样。”

亨利勋爵笑了起来。“要是把生活艺术化，那么脑袋就是心。”他说着一屁股坐在一把安乐椅上。

道连·格雷摇了摇头，在钢琴上弹出几下和弦来。“不过是做出来的悲哀，”他重复道，“只有表面，没有真心。”

年长的那位头往后一仰，眯起眼睛看着道连。“顺便问一下，道连，”他停了停说，“那有什么好处，要是一个人得到了整个世界，却又失去了——原话是怎么讲的？——对了，失去了自己的灵魂？”

音乐发出了噪声，道连·格雷吃了一惊，瞪着他的朋友。“你为什么问我这个问题，哈利？”

“老弟，”亨利勋爵惊奇地扬了扬眉毛说，“我问你是因为你能给我一个回答。没有别的意思。上星期天我路过海德公园，只见在大理石拱门附近站着一小群衣衫褴褛的人，在倾听一个粗俗的街头牧师讲道。我走过时，那人正好对听众大声问那个问题，在我听来有些戏剧化。伦敦很富有这种情调：一个下着雨的星期天，一个身穿雨衣、谈吐粗鲁的基督徒，滴着水的破伞下露出一圈苍白的脸，一个奇妙的短语从歇斯底里的嘴里尖声吐出来，在空中回响——就其本身而言，这确实很好，是一种启示。我想告诉那位先知，艺术有灵魂，而人却没有。不过恐怕他未必理解我的意思。”

“别说这话，哈利。灵魂是一种可怕的客观存在，可以买卖，可以交换，可以毒化它，也可以完善它。我们每个人都有灵魂，我知道。”

“你能肯定吗，道连？”

“我很肯定。”

“呵！那么这必定是一种幻想。凡是我们觉得绝对有把握的东西绝不可能是真实的。信仰的致命伤也就在这里，这也是浪漫情怀应当吸取的教训。你也太严肃了！别那么顶真。你与我跟我们时代的盲目信仰有什么关系呢？没有，我们在心底里已经放弃了信仰。给我弹一曲什么吧。一首夜曲如何，道连？一面弹一面轻轻地告诉我，你是怎样保持青春的。你肯定有某种秘诀。我只不过比你大十岁，却已经是满脸皱纹，皮色发黄，筋疲力尽了。你实在了不起，道连，你从来没有像今天晚上看上去那么神气，让我想起初次见你时的样子。当时，你有些调皮、腼腆，却绝对与众不同。当然你已经变了，但外貌还是老样子。希望你把秘密告诉我。为了恢复青春，我会在所不惜，除了锻炼、早起和不失体面。青春！它无与伦比。把青春说成无知是荒谬的。现在我只尊重比我年轻得多的人的意见。这些年轻人跑在我前面，生活也似乎为他们展示了最新的奇迹。至于年岁大的人，我的意见总是与他们相左，我是根据原则才这么做的。要是你问他们，对一件昨天发生的事有什么看法，他们会一本正经地告诉你一八二〇年流行的看法，那个时候的人还戴领饰，对什么都相信，却对什么都不了解。你弹的曲子真好听！不知道肖邦是不是在马略卡岛[1]上创作的，听着大海在别墅周围呜咽，带咸味的浪花撞击着窗户。这曲子极富浪漫气息。我们也真有福气，有这一种不属于模仿的艺术给传下来了。别停下来，今天晚上我只要音乐。我觉得你像年轻的阿波罗，我像听你演奏的马西亚斯[2]。我有我自己的忧虑，道连，这连你也不知道。老年的悲剧并不在于人老了，而是人还年轻。我有时对自己的诚心感到惊奇。呵，道连，你真幸福！你的日子过得多美！你陶醉于一切之中，你的上颚把葡萄压出汁水来了。一切都呈现在你面前，你听来都是音乐之声。你没有受到损害，同以前一个样子。”

“不一样了，哈利。”

“不，你还是老样子。我不知道你的余生会怎样。不要随便放弃而毁了它。现在你是十全十美的一类人，不要使自己不完美，如今你丝毫没有缺陷。你不用摇头，你知道自己是这样。另外，道连，别欺骗自己。生活不是受意志或愿望支配的。生活是神经，是纤维，是逐步确立的细胞，在这些东西中，思想把自己掩盖起来，而激情做着自己的梦。你设想自己很安全，认为自己很强大。但是，房间里或是晨空中一抹随意的颜色，你曾经喜欢过并给你带来微妙记忆的某种特定的香

1 地中海上的一个岛屿，肖邦和乔治·桑曾居住于此。在这段罗曼史期间，肖邦创作了自己最出色的气势磅礴的乐曲。

2 希腊诸神中的一个次要的神，曾与阿波罗比试乐艺。

水，一首被遗忘的诗歌中你重又见到的一行诗句，你不再弹奏的乐曲中的一个节拍——告诉你吧，道连，我们的生活正是依赖于这些东西的。诗人勃朗宁在什么地方写到过它，不过我们自己的感官会替我们想象的。曾有这样的时刻，一阵丁香的芬芳突然飘来，于是我便又回味一生中最奇特的一个月里的日子。但愿我能同你交换一下位置，道连。世人都吵吵嚷嚷地指责我们，但对你却向来表示崇拜，还会一直崇拜下去。你正是我们时代所要寻找的典型，而所找到的正是所惧怕的。我很高兴，你没有做过雕像，没有画过画，以及诸如此类自身之外的东西，什么也没有做。生活就是你的艺术，你把你自己谱成了乐曲，你过的日子就是你的十四行诗。”

道连从钢琴边站起来，用手捋了捋头发。“是呀，生活是美好的。”他喃喃地说，“可是，我不会再过同样的生活了，哈利。你不该对我说那些言过其实的话。你并不完全了解我，否则连你都要对我嗤之以鼻了。你干吗要笑呢？你别笑。”

“你为什么停下不弹了呢，道连？再弹一下那首夜曲吧。看看那个悬挂在幽暗的天空中的蜜黄色大月亮吧。她等着你去迷她呢，你一弹，她会跟地球靠得更近。你不愿意？那我们就上俱乐部去吧。这个迷人的夜晚应当用迷人的方式来结束。在怀特俱乐部，有人急于结识你——年轻的普尔勋爵，就是伯恩茂斯的大儿子。他已经复制了你的领带，还求我把他引见给你。他很惹人喜爱，让我想起你来。”

“我想还是不去吧，”道连说，目光里露出忧郁的神色，“我今晚很累了，哈利。我不去俱乐部了。已经快十一点了，我想早点睡。”

“千万别走，你从来没有像今晚弹得那么好过，你的指触妙不可言，传达了我从未听到过的内涵。”

“那是因为我要学好了，”他笑着回答，“我已经有点变了。”

“对我，你不能变，道连，”亨利勋爵说，“你我永远是朋友。”

“可是你曾经用一本书来毒害我，这，我不应该原谅你。哈利，答应我再也不要把这本书借给谁了，它有害。”

“好小子，你倒真的开始道德说教了。要不了多久，你就会像皈依者和福音传教士那样，到处游说，规劝大家远离你们已经感到厌倦的罪孽。你太讨人喜欢了，不会去干这种事，更何况又没有什么用处。你我现在是这个样子，将来还会是这个样子。至于受一本书的毒害，这样的事情是不存在的。艺术不影响行动，而是扼杀行动的欲望，它的好处在于不结果实。被人称之为不道德的书往往展示了世人自己的耻辱，如此而已。我们还是别讨论文学了吧。明天你过来，我十一点去骑马。我们一起去吧，然后我带你与布兰克萨姆夫人共进午餐。她是个可爱的女人，还想向你请教一下买壁毯的事。记着你要来的。要不我们同可爱的公爵夫人一起吃午饭？她说现在一直见不到你呢。也许你对格拉迪斯厌烦了？我想你会的。她的伶牙俐齿让人感到心烦。好吧，不管怎样，十一点到这里。”

“我一定得来吗，哈利？”

“当然。海德公园现在这时候很漂亮。我想自从我碰到你的那一年以来，还没有见过长得这么好看的紫丁香。”

“好吧，我十一点到这里。”道连说，“晚安，哈利。”到了门边，他迟疑了一下，像是有话要说。随后他叹了口气，走了出去。

第二十章

这是一个可爱的夜晚，天气十分暖和。道连把外套搭在胳膊上，脖子上没有围丝绸围巾。他吸着香烟，闲荡着往家里走去，两个穿晚礼服的年轻人从他身边走过。他听见一个对另一个耳语说："那是道连·格雷。"他记得过去人家指出他来，或是盯着他看，或是谈论他的时候，他是多么高兴呀。现在他讨厌听到别人提起自己的名字了。他最近常去的那个小村子，其魅力多半在于没有人知道他是谁。他常对自己勾引的那个姑娘说，他很穷，姑娘倒也信了。有一回他还告诉她自己作恶很多，她竟笑他，还说恶棍总是又老又丑。她笑得多欢！就像画眉在歌唱。她穿着布衣，戴着大帽子，看上去真漂亮！她什么都不懂，但凡是他失去的，她都有。

到了家里，他发觉仆人仍醒着等他。他吩咐他去睡觉，自己便在书房的沙发上躺下，思考起亨利勋爵跟他讲过的一席话来。

人永远无法改变，这是真的吗？他极其渴望一尘不染的少年，亨利勋爵曾称之为玫瑰般洁白的少年。他明白他玷污了自己，让他头脑里充斥着腐朽，幻想中染上了恐怖。他施与别人极坏的影响，反而为此幸灾乐祸。与他结交的人本都是前程远大、充满希望的，而他却给他们带来了耻辱。难道这一切都无法挽救了？他就没有希望了？

啊！在那个得意和激动的时刻，他祈祷让画像承担自己行为的后果，让他自己永葆青春的无瑕辉煌。那是他一切失败的根源。倒还不如让他为自己的罪恶立即受到必然的惩罚，惩罚有净化作用。人向最公正的上帝所应当祈祷的，不是“宽恕我们的罪孽”，而是“惩罚我们的恶行吧”。

几年前亨利勋爵送他的那面雕刻得很奇特的镜子，此刻放在桌上，四肢雪白的小爱神依旧在镜框上笑着。就像在那个可怕的夜晚，他第一次注意到画像致命的变化一样，他拿起了镜子，泪眼模糊地朝光洁的镜子看进去。有一次，一个爱得他要命的人写了一封痴情的信给他，信末是这样两句崇拜得五体投地的话：“世界因为你是象牙和金子做的才变了样。你嘴唇的曲线重写了历史。”他想起了这两句话，并不断地回味着。随后他厌恶起自己的美貌来，一下子把镜子扔到了地板上，用鞋跟把它踩成银色的碎片。正是美貌毁了他，他所祈求的美貌和青春。要是没有这两者，他的生命也许仍会洁白无瑕。对他来说，美貌不过是一张假面，青春只是一种讽刺。青春充其量是什么呢？是一段幼稚不成熟的时期，一段情绪浅薄、思想病态

正是美貌毁了他，他所祈求的美貌和青春。要是没有这两者，他的生命也许仍会洁白无瑕。

的时期。为什么他老是穿着青春的号衣呢？青春已经害了他。

往事还是不想为好，那已经是无法改变了。该想的是他自己，是自己的将来。詹姆斯·文已被埋藏在塞尔比墓地无名的坟墓里。艾伦·坎贝尔已在一天夜里自杀于实验室，而并没有透露道连强迫他知道的秘密。巴兹尔·霍尔华德的失踪所引起的轰动很快会平息，现在人们的兴趣已经开始消退。他完全可以高枕无忧了。巴兹尔·霍尔华德之死并没有成为他沉重的思想负担，而是他生不如死的灵魂弄得他寝食不安。巴兹尔画了一幅毁坏了他生活的画，他不能原谅他。什么都是这幅画干出来的。巴兹尔说了些他难以忍受的话，但他还是耐心地忍了。他不过是一时冲动杀了巴兹尔。至于艾伦·坎贝尔，自杀是他自己干的，他选择了这条路，不关他的事。

新的生活！这就是他所需要的，也是他所等待的。当然他已经开始了新生活。无论怎么说，他已经放过了一个天真的姑娘。他以后永远不再去引诱天真，他要做个好人。

他想着赫蒂·默顿的时候，心里有些疑惑，不知道上了锁的房间里那幅画是不是变了。肯定不会像原来那么可怕了吧？也许要是生活变得纯洁了，那脸上的邪气可能会烟消云散呢，或许已经没有了，他要去看看。

他从桌上拿了灯，悄悄地溜上楼梯，拉开门闩的时候，一抹愉快的笑容掠过他那张出奇年轻的脸，并在唇边逗留了一会儿。不错，他要改好了，那里藏着的讨厌东西不会再让他胆战心惊了，于是便觉得心里的一块石头仿佛已经落地。

他轻手轻脚地进了房间，像往常一样锁了门，拉开盖在画像上的紫色罩布。只听见他嘴里迸发出一声痛苦和愤怒的叫喊。他并没有看到什么变化，只不过眼睛里多了狡猾的神色，嘴角的曲线添了虚伪的皱纹。画像依然令人厌恶，也许比以前更可恶了。落在手上的猩红的露水，愈加鲜艳，更像才溅上的血。于是他发抖了。难道他只不过是受虚荣心的驱使，才做了这一件好事？或者像亨利勋爵嘲笑他时所暗示的那样，是出于寻找新刺激的愿望？或者是激情满怀地要扮演某一个角色，于是便像有时出现的情形一样，干出了超越自身品格的好事来？要不，也许所有这些原因都有！此外，为什么红色的污点比原来要大了呢？那血渍像一种可怕的疾病蔓延到了起皱的手指上。血仿佛已经滴下来，因为画像的脚上也有了，甚至连没有拿过刀的手上也沾上了血。去自首？难道这意味着他该去自首？交代自己的罪行，然后被处死？他哈哈大笑。他觉得这念头很可怕。更何况他就是自首了，谁又会相信呢？被杀的人已经无迹可寻，凡属于他的东西都已毁掉，他还亲手烧掉了藏在楼梯下的物品。人家只会说他疯了，要是他一口咬定的话，还会把他关起来……可是，忏悔自己的罪过，当众蒙受耻辱，公开赎罪，都是他的责任。上帝召唤人向人世和上天供认自己的罪孽。要是不忏悔，他的罪孽是怎么也洗不清的。他的罪孽？他耸了耸肩。巴兹尔·霍尔华德之死，他并不十分在意。他所叨念的是赫蒂·默顿。因为他所照的那面灵魂的镜子是不公正的。难道照出来的只是虚荣？好奇？虚伪？难道他弃恶从善的行为没有别的动机了？还有更多的东西，至少他自己是这样想的。可是又有谁能分得清呢？……不，没有别的动机了。出于虚荣他放过了赫蒂，因为虚伪他戴上了善良的假面，由于好奇他尝试着克己。现在他全明白了。

但难道这桩杀人的罪孽要一辈子纠缠着他？难道他永远要背着过去的包袱？他真的该去忏悔吗？绝对不干。现在留下的罪证只有一小点。这张画本身就是证据。他要把它毁掉。为什么把它保存了那么久呢？看着画像起变化和逐渐变老曾经是他的一大乐趣。近来，这种乐趣已不复存在，画像反使他夜不能寐。他不在家的时候也总是提心吊胆，生怕别人看到了这幅画。画像给他的情绪增添了忧郁。无数快活的时刻，只要一想起它来便兴味索然。这东西像是他的良心。不错，就是他的良心。他要把它毁掉。

他朝四周望了望，看到了刺杀过巴兹尔·霍尔华德的那把刀。他把它清洗过多次，刀上已不见血渍。这把亮闪闪、明晃晃的刀，既已灭掉了画家，那也要灭掉画家的作品以及它的一切内涵。它要灭掉往事，往事一旦消失，他也就自由了。它要灭掉令人担惊受怕的灵魂生活，没有画像的可怕警示，他也就可以安心了。他拿起刀来，朝画像刺去。

只听见一声惨叫和忽喇喇的倒地声。这叫声如此惨烈，仆人们被惊醒了，悄悄地溜出房来。路过底下广场的两位绅士停下脚步，抬头望着这幢大房子。他们又往前走了一阵，碰到一个警察，把他带回到原先的地方。警察揿了几回门铃，却无人回答。除了顶楼的一扇窗子亮着，整幢房子一片漆黑。过了一会儿，他走掉了，站在附近的门廊里监视着。

“那是谁家的房子，警官？”两位绅士中的年长一位问。

“先生，是道连·格雷先生家的。”警察回答。

两人相互看了一眼，冷笑了一声走掉了。其中的一位是亨利·艾什顿爵士的叔叔。

房子里仆人的住处，衣服都没来得及穿好的仆人在窃窃私语。上了年纪的利芙太太一面哭泣，一面搓着双手。弗兰西斯面如死灰。

大约一刻钟后，弗兰西斯叫了马车夫和一个男仆，一起上了楼。他们敲了敲门，里面没有应答。于是便大声喊叫起来，但依然毫无动静。他们想撞门进去，也没有成功。最后只好爬上屋顶，再从屋顶溜到阳台上。落地窗毫不费劲地打开了，因为销子已经很旧。

他们进了房间，发现墙上挂着他们家主人的一幅栩栩如生的画像，同他们最后一次见到时一样，奇迹似的显得那么年轻，那么英俊。地板上躺着一个死人，穿着晚礼服，心口插了一把刀。他一脸憔悴，皱纹满布，面目可憎。他们仔细查看了手上的戒指，才终于认出他是谁来。